Arena-Taschenbuch
Band 1149

N. Kalashnikoff

Faß zu, Toyon

Das wechselvolle Schicksal einer
Tungusen-Familie in Nordsibirien

Ausgezeichnet mit dem
Deutschen Jugendbuchpreis

Arena

3. Auflage als Arena-Taschenbuch 1976
24.–31. Tausend
Lizenzausgabe des Bertelsmann Jugendbuchverlags
Reinhard Mohn, Gütersloh

Originaltitel: Toyon, a dog of the north and his people
Aus dem Amerikanischen übertragen von Ursula Bruns

Umschlaggestaltung: Herbert Lentz
Gesamtherstellung: Richterdruck Würzburg
ISBN 3 401 01149 9
[redacted]

I

Es war Ende September und warm, aber in den Polarregionen muß man in dieser Jahreszeit mit einem plötzlichen Wetterumschlag rechnen. »Das Wetter«, sagen die Jakuten, »ist wie eine dumme Kuh, man weiß nie, wann sie austritt und den Melkeimer umstößt!« So versuchten also wir vier – der jakutische Führer, meine Kosakenwächter und ich – die schönen sonnigen Tage auszunutzen, indem wir eilig nordwärts ritten.

Meine Reise von Zentralrußland nach Nordsibirien erfolgte unfreiwillig, denn ich wurde als politischer Gefangener ins Exil gebracht. Zu Fuß, zu Pferd, per Zug, Schiff und Wagen hatte ich von St. Petersburg aus, wo ich ein Jahr lang in Einzelhaft gehalten worden war, in fünf Monaten nahezu neuntausend Meilen zurückgelegt und befand mich nun kurz vor Werchojansk, einem der ödesten Flecken der Welt. Dort würde ich bleiben, bis wir im Winter mit Rentieren die letzten tausend Meilen bis zu meinem Bestimmungsort Sredne-Kolymsk zurücklegen könnten, der ironisch »Die Hauptstadt des Polarkönigreiches« hieß.

Fünfzehn Tage waren wir seit Jakutsk, der letzten Dampferhaltestelle, schon unterwegs. Wir ritten hintereinander: voran der jakutische Führer mit dem Proviantpferd, das in Lederbehältern unsere Verpflegung trug, dann der junge fröhliche Kosak mit einem Handpferd, das in schweren Kisten irgendeinen geheimnisvollen Schatz mitschleppte, darauf ich und als letzter der alte finstere Kosak mit Bart und breiten Schultern. Beide Wächter trugen außer den Gewehren noch Revolver.

Bis auf die blauen schneebedeckten Gipfel der Gebirge von Werchojansk vor dem fernen Horizont war das Land, durch das wir ritten, unfruchtbar, tot und leer, eine monotone Folge von Seen und Sümpfen, verbunden durch ein Spinnennetz von schmalen Wasserläufen. Seit sieben Tagen hatten wir keine Menschen, keine Jurte mit wärmendem Feuer mehr gesehen. Wir schienen in eine Welt ganz ohne menschliche Besiedlung vorzustoßen.

Dann – ohne jede Warnung – trat die dumme Kuh den Eimer um: Der Morgenhimmel wurde dunkel, Nebel wälzte sich heran, und es begann zu schneien.

Obgleich der Pfad jetzt kaum noch sichtbar war, stapften die Pferde unverdrossen vorwärts, als sei ihnen die Gegend wohlvertraut. Mein eigenes Tier gehörte der gewöhnlichen Jakutenrasse an. Es war klein und weiß, mit breiter Brust und breiter Kruppe und starken, zotteligen Beinen. Während ich ihm zuschaute, wie es mit einer Art instinktiver Disziplin, die an Artistik grenzte, seinen Weg in den Fußstapfen der vorangegangenen Pferde suchte, hatte ich nur den einen Wunsch, endlich wieder Menschen zu sehen und auszuruhen, ganz gleich wo. Doch um uns war nichts – nichts als das Klopfen der Pferdehufe, das derbe Fluchen der Kosaken und hin und wieder der klagende Singsang unseres Führers.

Die Kosaken erklärten mir, der Jakut singe nur so vor sich hin, die Worte erfindend, wie sie sich im Trott aus den Gedanken und Sehnsüchten des Augenblicks formten.

Im Sattel schaukelnd, vertraute ich die Gegenwart dem willigen Tier an und ließ die Gedanken in die Zukunft wandern. In vier oder fünf Tagen würden wir Rast machen und uns neu einkleiden, ehe wir für den letzten Teil der Reise die Pferde gegen Rentiere vertauschten. Sredne-Kolymsk machte mir Angst. Das Klima würde grimmig sein und das Volk, gemessen am Standard moderner Zivilisation, elend arm. Der bloße Gedanke, daß ich fünf Jahre lang in einer solchen Umgebung leben sollte, lag mir wie ein Stein auf der Seele. Ich war jung, gerade zwanzig Jahre alt, strotzend vor Stärke und Gesundheit. Die Periode des Exils kam mir wie ein Stück verlorenen Lebens vor.

Meine Begleiter, einfache Menschen, die es fertigbrachten, all ihre Freizeit dem Teetrinken zu widmen, behandelten mich nicht schlecht. Gleich hinter Jakutsk hatten sie mir die Handfesseln abgenommen und mich mit den amtlichen Vorschriften bekannt gemacht: »Während der ganzen Zeit scharf aufpassen und beim geringsten Fluchtversuch ohne Warnung schießen!« – Das waren natürlich leere Worte, denn ein Entkommen war in dieser öden Gegend ganz unmöglich. Wir waren nichts als vier menschliche Wesen mit einem gemeinsamen Interesse. Die Kosaken versorgten mich mit dem Nötigsten zum Leben, und ich versorgte sie und den Jakuten dafür mit höchst farbig ausgemalten Schilderungen von der Eroberung Sibiriens. Sie waren ein eifriges und lebhaftes Publikum und konnten, wie Kinder, nie genug bekommen. Jetzt brüllten sie mir durch das Toben des Schneesturms aufmunternd zu:

»Was da für eine Nässe herunterfällt! Aber hab nur Geduld! Bald sind wir beim Haus des reichen Guran angelangt! Da werden wir ausruhen und uns wärmen!«

Der ältere Kosak fügte hinzu: »Drei Tage werden wir bei Guran bleiben! Zeit genug für eine gute Rast!«

Ihre Worte gaben mir Mut. Ich hatte schon von dem einflußreichen Guran gehört, einem Tungusen, der seßhaft lebte und samt seiner großen Familie Gerste pflanzte, das einzige Brotgetreide, das in diesen Regionen wuchs. Dazu besaß er umfangreiche Herden: Kühe, Rentiere, Schafe und Pferde. Er hatte nicht nur eine, sondern zwei Wohnstätten: ein großes Winterhaus aus Lärche mit wetterfester Einrichtung und viele Sommerzelte für seine Familie und die Arbeiter draußen in der freien Steppe, wo es genügend Gras und Wasser für das Vieh gab.

Wieder und wieder versicherten mir meine Gefährten: »Guter Mann, Guran, und reich! Seine Frau auch gut!«

Im Gedanken an all die versprochenen Bequemlichkeiten konnte ich es kaum erwarten, Gurans Wohnplatz endlich zu erreichen. Doch es wurde dunkel, und es schneite noch immer, und schließlich mußten wir auf offenem Feld rasten, wo die Kosaken unter einer Kiefer mühsam ein Feuerchen entzündeten. Ein Jäger blieb im Vorüberkommen stehen, um einen Schwatz zu halten, und von ihm erfuhren wir, daß Guran noch in seinem Sommerlager lebte. »Ihr könnt ihn unmöglich verfehlen«, sagte er, »folgt nur dem Flußlauf drüben, der wird euch geradewegs zu Gurans Lager führen.«

Nach dieser Nachricht fühlte ich mich noch trostloser und kälter. Ich konnte mir das Sommerhaus vorstellen – eine rohe Hütte aus Pfählen, dünn bedeckt mit einer Mischung aus Lehm und Dung, in der Mitte eine Feuerstelle, an den Wänden entlang Bänke zum Schlafen, und natürlich keine sanitären Einrichtungen. Als habe er meine Gedanken gelesen, sagte der ältere Kosak:

»Keine Sorge, Gurans Sommerhaus ist besser als die beste Jakutenjurte. Sein Zelt ist sauber und geräumig und warm und mit weichen Fellen ausgelegt. Wir werden dort gut aufgehoben sein. Ah – und das Essen! Fleisch von jeder Sorte. Auch das feinste: Rentierlippen und Knochenmark. Und die Rentiermilch ist viel besser als bei uns die Sahne!«

Obgleich er diese Leckerbissen schmatzend aufzählte, gelang es ihm nicht, mir Appetit zu machen. Mich verlangte nur danach, endlich Kälte und Nässe loszuwerden. – Wenn bloß ein Feuer da ist, dachte ich. – Wie so viele, die im Norden leben, war auch ich zum Feueranbeter geworden.

Am anderen Morgen setzten wir unseren Weg fort. Der Nordwind ließ meine Jacke erstarren, bis sie wie ein Panzer war und mir durch die nassen Kleider in die Haut schnitt. Ich hatte nicht mehr Kraft genug, meine klappernden Zähne zu bändigen. Gerade aber, als mir schien, wir würden niemals irgendwohin gelangen, spitzten die Pferde plötzlich die Ohren und setzten sich in Trab. Der Führer rief: »Rauch!«

Ich konnte keinen Rauch entdecken, aber der Schrei und das unmißverständliche Gebaren unserer Pferde ließen mich hoffen, daß wir tatsächlich dem Ziel der Reise nahe waren. Als ich in der Ferne Hunde bellen hörte, war mir, als riefen Freunde uns »Willkommen!« zu.

Als wir uns Gurans Wohnstätte näherten, schwärmten aus allen Ecken Hunde auf uns zu. Sie rannten unter den Köpfen der Pferde her, sausten vor uns über die Straße, rasten wieder zurück und freuten sich die ganze Zeit über den Tumult, den sie verursachten.

Der ältere Kosak sagte: »Du siehst, welch lärmende

Abordnung uns begrüßt. Mach dir nichts daraus. Sie bellen zu ihrem eigenen Vergnügen, nicht aus Wut. Ich kenne Hunde und bin immer froh, ihr Bellen zu hören. Denn wo es Hunde gibt, gibt es bestimmt auch Menschen. In Sredne-Kolymsk wirst du niemals Hundegebell hören. Dort sind die Hunde wie Wölfe, sie heulen nur. Es ist fürchterlich.«

Männer, Frauen und Kinder liefen aus ihren Zelten herbei. Vor dem größten erwartete uns Guran.

Er mochte vierzig Jahre alt sein, nicht mehr. Bartlos und mittelgroß, hatte er den geschmeidigen Körper eines Ringers. Seine Nase war anders als die der Jakuten, eher gerade als platt, und hatte in der Mitte einen kleinen Höcker. Steifes schwarzes Haar stand aufrecht auf seinem unbedeckten Kopf wie Schilfgras auf einem Hügel. Er trug eine kurze Lederjacke und Hosen von gleichem Material, die in hohen, wasserfesten Stiefeln, den Sari, steckten. Seine Frau war rundlich und untersetzt und sah noch jung aus, sehr hübsch mit ihrem schwarzen Haar, in das sie Silbermünzen geflochten hatte. Sie blieb ein Stück hinter ihrem Mann zurück, um anzudeuten, daß er hier Herr war.

Von dem Schwall jakutischer Wörter verstand ich nur das vertraute Kaspe: »Sprecht – erzählt – was gibt es Neues?« Dann wandte sich Guran mir zu.

»Willkommen, Fremder!« sagte er auf russisch. »Steig ab und komm ins Zelt. Wärm dich am Feuer.«

Ich ließ mich nicht lange nötigen. Herzlich dankend, sprang ich vom Pferd und betrat, leicht gebückt, durch die schmale Öffnung das Zelt. Zu meiner Freude war das Innere warm, sauber und geräumig. Ein Feuer in der Mitte des Raumes sandte Bänder dünnen Rauches durch eine Öffnung in der Decke, wo sie der fallende Schnee traf. Es war ein Komelek, eine einfache Feuerstelle.

Meine nasse Jacke abzulegen und mich ans Feuer zu setzen, war das Werk einer Minute. Über den Boden verstreute Filze und Rentierfelle dienten als Stühle, denn gleich den Angehörigen vieler anderer sibirischer Stämme zogen es auch die Jakuten vor, auf den gekreuzten Beinen zu sitzen. Ich folgte ihrem Beispiel. Mir gegenüber saß Guran. Ein riesiger grauer Hund, einem Wolf ähnlich, lag mit dem Kopf auf den Pfoten neben ihm. Dann folgten in der Reihe zwei gutgekleidete Jakuten in Gurans Alter – Nachbarn, wie ich später erfuhr –, und ihnen gegenüber saß ein alter Mann, runzlig wie ein Winterapfel, mit einem spärlichen kleinen Bart und wäßrigen, entzündeten Augen, die er halb geschlossen hielt. Dieser alte Mann war ein jakutischer Schamane, ein Priester jenes heidnischen Glaubens, der sich beim Volk der Tundra trotz des Übertritts zum Christentum lebendig erhalten hatte. Der Schamane saß meist schweigend da. Wenn er gelegentlich die Augen öffnete, sah man Weisheit darin, Scharfsinn und Verschlagenheit.

Ich studierte ihn gerade voll Interesse, als meine Aufmerksamkeit durch den Hund abgelenkt wurde, der sich auf die Hinterläufe setzte und sich, die Gesellschaft kurz in Augenschein nehmend, umwandte, um ins Feuer zu starren. Irgend etwas an ihm nahm mich seltsam gefangen. Dem Fell, das lose um seine Wamme hing, den trüben Augen und den vorsichtigen, schwerfälligen Bewegungen seiner Beine nach mußte er schon sehr alt sein. Aber weder dies noch seine massige Größe beeindruckten mich so tief wie seine Augen. Sie sprachen nicht nur von hoher Intelligenz, sondern von einem Leben voll Leid und Erfahrung.

Ich gebe meine Schwäche für Tiere zu, besonders für junge, die noch so von Leben sprühen, daß man von ihrer Vitalität unwillkürlich selber angesteckt wird. Aber dies armselige alte Geschöpf hatte keine sichtbaren Vorzüge und stach, abgesehen von seiner ungeheuren Größe, durch nichts hervor. War es vielleicht ein gezähmter Wolf? Ich versuchte absichtlich nicht mehr nach ihm zu sehen, doch wieder und wieder erzwang er meine Aufmerksamkeit. Zweifellos nahm er in Gurans Zelt einen Ehrenplatz ein, denn als die Frauen jedem von uns eine Holzschale mit Fleischsuppe reichten, bekam auch der Hund eine ähnliche Schüssel vorgesetzt.

Die Situation verwirrte mich etwas. Auf jeden Teller wurden große Fleischklumpen gelegt. Ich beobachtete meinen Nachbarn genau und sah, wie er mit der Hand ein Stück aufnahm, es zum Mund führte, mit den

Zähnen zupackte und den Bissen mit einem blitzschnellen Schnitt des Messers knapp vor den Lippen abtrennte. So bewundernswert ich seine Geschicklichkeit fand, mochte ich sie jedoch nicht nachahmen, aus Furcht, mir dabei Lippe oder Nase abzusäbeln. So zerschnitt ich das Fleisch im Teller, nahm die Stückchen mit den Fingern auf und spülte sie wie die andern mit heißer Suppe hinunter.

Die fette Suppe, das gekochte Rind- und Rentierfleisch und die heißen Semmel aus Gerstenmehl waren gut, und ich aß gierig. Eine Zeitlang war nichts zu hören als hingegebenes Schmatzen. Der Jakut gab seinem Wohlgefallen besonders heftigen Ausdruck, indem er wie eine Katze schleckerte und schnurrte. Wer mit dem Essen fertig war, rieb das Gesicht am Ärmel ab.

Der ältere Kosak wandte sich nun an Guran und fragte ihn etwas auf jakutisch. Guran nickte lächelnd, und der Kosak verließ das Zelt, um bald mit einer runden, flachen, fest mit Eisendraht umwickelten Holzflasche zurückzukehren. Sie bildete einen Teil unseres geheimnisvollen Schatzes: Alkohol, von der Regierung verboten und von den Kosaken zu illegalen Handelsgeschäften benutzt. Sie faßte den Inhalt von etwa fünfzehn normalen Flaschen. Ich sah zu, wie der Kosak den Holzstöpsel entfernte, das Zeug in ein paar leere Flaschen goß, die Gurans Frau besorgte, es mit Wasser verdünnte und die Mischung gründlich schüttelte. Rund um mich war gespanntes Schweigen. Alle hatten aufgehört zu essen, und hinter ihrem gekünstelt gleichgültigen Gehabe war heftig brodelnde Ungeduld wahrzunehmen.

Als der Wodka fertig war, füllte der Kosak einen Becher, den er Guran mit einer Verbeugung überreichte. Guran erhob sich und sagte höflich: »Der Wodka ist euer eigen, ihr seid meine Gäste, und so gebührt euch zuerst die Ehre.«

Aber davon wollte der Kosak nichts hören. Er verneigte sich nochmals und bestand darauf: »Die Ehre gebührt dem Gastgeber für seine Gastfreundschaft.«

Guran weigerte sich nun nicht länger, er nahm den Becher mit nochmaliger Verneigung entgegen. Anstatt aber zu trinken, legte er eine Hand auf den Kopf des

Hundes, schloß die Augen, murmelte etwas auf jakutisch und träufelte mit den Fingern ein paar Tropfen des Getränkes auf das Tier. Auch ohne die Worte zu verstehen, entnahm ich seinem Gesichtsausdruck, daß er ein Gebet sprach. Später wurde es mir übersetzt: »Mit dir, guter Geist meiner Wohnstätte, teile ich diesen Trank.« Für diesen Mann war der Hund ein Symbol. – Wessen? – Ich war begierig, es zu erfahren.

Darauf näherte sich Guran seiner Frau und der übrigen Familie und besprengte alle der Reihe nach mit ein wenig Wodka, wiederum einen Segen murmelnd: »Unser guter Geist wünscht das Getränk mit euch zu teilen.« Nach diesem feierlichen Ritus trank er den Rest des Alkohols in einem Zug aus.

Die Wirkung trat unverzüglich ein. Die Augen geschlossen, den Mund nach Luft ringend geöffnet, sagte er, unter verzücktem Schnaufen, auf russisch: »Danke, Kosak! Euer Wodka ist gut. Es ist lange her, seit ich Ähnliches getrunken habe. Nun trinkt selbst und bewirtet unseren russischen Freund.«

Als der Kosak meinen Becher füllte, ergriff mich tödlicher Schrecken. Ich war keinen Wodka gewohnt und verlangte nicht danach. So wollte ich mich weigern: »Danke, meine Freunde, ich kann nichts trinken.«

Sofort wandte sich Guran an den Kosaken, und Stimme und Gesichtsausdruck entnahm ich, daß er höchst ungehalten war. Der Kosak erklärte: »Er sagt, daß ein Mensch, der einen freundlichen Trunk verweigert, böse Absichten mit sich herumträgt und sich fürchtet, wir könnten sie erfahren.«

»Glaubt mir«, protestierte ich, »meine Weigerung bedeutet nichts dergleichen! Ich trinke sonst nie Wodka, doch will ich diesen Becher leeren, damit ihr seht, daß meine Gedanken offen vor euch liegen.«

Dem Beispiel Gurans folgend, leerte ich den Becher mit einem Schluck. Der Schock war überwältigend. Mein ganzer Körper brannte wie Feuer, Tränen strömten mir aus den Augen. Es verschlug mir den Atem. Offenbar bot ich einen, wenngleich bedauernswerten, so doch komischen Anblick, denn alle Umstehenden betrachteten mich mit beifälligem Vergnügen. Niemand konnte mehr bestreiten, daß für mich Wodka grimmige Pflicht hieß.

Zur Belohnung hörte ich Guran sagen: »Verzeih uns! Wir werden dich nie wieder bitten, Wodka zu trinken. Nun iß diese saftigen Rentierlippen – Semmeln mit Rentiermark bestrichen – Tee mit Rentiermilch. Das wird dir guttun.«

Aber einige Minuten lang konnte ich nichts essen. Nur der Tee half das innere Feuer löschen, und ich trank ihn durstig. Die Rentiermilch war wie feinste Sahne, dick und lindernd.

Während ich mich langsam erholte, tranken die anderen einen zweiten Becher Wodka, und plötzlich wich die Schweigsamkeit lärmender Unterhaltung in russisch-jakutischem Kauderwelsch. Das Gespräch drehte sich um die Jagd, um die Pelze von Eichhörnchen, Hermelin und Fuchs und ihre Preise. Auf dem Höhepunkt der Diskussion trafen weitere Jakuten ein, offenbar in der Absicht, etwas zu verkaufen. Auch sie bekamen Wodka. Dann wurde vorgeschlagen, daß man in ein anderes Zelt hinüberwechseln solle, um dort den Geschäften ernstlich nachzugehen.

Ehe er ging, legte Guran seine Hand auf den Kopf des Hundes und flüsterte wieder einen Segensspruch. Meine Neugier muß mir im Gesicht gestanden haben, denn er wandte sich mir zu.

»Wundere dich nicht«, sagte er, »dies hier ist kein gewöhnlicher Hund, sondern unser guter Geist. Alles, was du rundum siehst – Glück und Überfluß –, hat er uns gebracht. Er rettete einmal meine Rentiere vor bösen Menschen, und mehr als einmal rettete er sie vor Wölfen.« Auf das Mädchen und den jungen Mann hinweisend, fügte er hinzu: »Sowohl meine Tochter als auch mein Schwiegersohn verdanken ihm ihr Leben.«

Was ich in den Gesichtern Gurans und seiner Tochter sah, veranlaßte mich, ihn zu bitten, mir doch die Lebensgeschichte des Hundes zu erzählen.

»Warum nicht«, meinte er. »Ich hörte schon, daß auch du viele erstaunliche Geschichten kennst und sie gut erzählst. Nur sind deine Geschichten sehr traurig. Sie berichten von Grausamkeiten und blutigen Kriegen zwischen den Menschen. Davon wissen wir wenig. In der Tundra gibt es nur einen Kampf, den Kampf ums nackte Existieren. Er ist nicht leicht. Alles rundum ist notwendig für uns. Unsere Pferde, Kühe, Rentiere und Hunde sind unsere Freunde und Wohltäter. Wir könnten nicht ohne sie leben. Und ich möchte geradezu sagen, daß mein Leben erst mit dem Kommen dieses Hundes wirklich begann, denn bis dahin kannte ich nur Unglück. Im Moment habe ich keine Zeit zum Erzählen. Heute findet ein großer Verkauf statt, mit viel Trinken, aber morgen will ich dir meine Geschichte erzählen und die des Hundes.«

Hocherfreut ergriff ich seine Hand. »Bitte vergiß es nicht!«

»Keine Sorge, Freund, ich werde es nicht vergessen«, versicherte er mir. »Nun ruh aus. Meine Tochter wird dir ein Lager bereiten.«

Das Mädchen schüttelte einige weiche Rentierfelle auf und breitete sie auf dem Boden aus, ans Kopfende legte sie ein Lederkissen und gab mir eine Decke aus Wolle, die mit Kaninchenfellen gefüttert war. Sie arbeitete schnell und geschickt. Als sie fertig war, sagte sie: »So, du wirst es bequem und warm finden. Toyon wird darauf achten, daß niemand deinen Schlaf stört.«

Ehe ich ihr danken konnte, trat der junge Mann mit einem Armvoll Holz herein. Zusammen räumten sie das Zelt auf und schürten das Feuer, dann blieb ich mit dem Hund allein. Die lauten, betrunkenen Stimmen von draußen ließen mich jedoch nicht schlafen. Gelegentlich fing ich Sätze in falschem Russisch auf: »Du kaufen, ich verkaufen.« – »Dein Wodka gut, mein Eichhörnchen viele.«

Jetzt wurde offenbar ernsthaft gehandelt. Ich war neugierig, aus erster Hand zu erfahren, wie die Geschäfte wohl abliefen. Zudem bereitete es mir Unbehagen, mit dem Hund allein zu sein, den solche Geheimnisse umgaben, doch konnte ich mich nicht entschließen aufzustehen. Schlaftrunken beobachtete ich meinen seltsamen Gefährten jenseits des Feuers. Obgleich er ruhte, öffneten sich seine Augen von Zeit zu Zeit, um mich daran zu erinnern, daß ich unter Aufsicht stand, und eine nervöse Unruhe, geboren aus dem Wodka und den Ereignissen des Tages, bemächtigte sich meiner. Ich entsann mich einer Kindheitserzählung über einen Mann, der durch Magie in einen Hund verwandelt worden war, und schalt mich dann selbst wegen des Unsinns, dem ich nachhing.

Einem Impuls folgend, wollte ich gerade doch aufstehen und zu ihm hinübergehen, als sich im selben Augenblick Toyon mit der qualvollen Mühe des Alters hochzog und dastand, massig und gelassen, die Augen fest auf mich gerichtet. Einen Moment lang fühlte ich mich beunruhigt, doch lag nichts Erschreckendes in seinem Blick, eher eine Einladung. Langsam näherte er sich mir, schweifwedelnd, und legte seinen Kopf auf meine Knie. So saßen wir in freundschaftlichem Schweigen da, bis trunkene Schreie hinter dem Zelt uns aufschreckten.

Toyon hob den Kopf, richtete sich auf und trottete zum Zelteingang, wo er wartend stehenblieb.

»Nun gut«, beantwortete ich seine unausgesprochene Frage, »gehen wir also und sehen nach, was der Radau bedeutet.«

Es dämmerte, und die scharfe klare Luft wirkte belebend nach dem Zelt. Ich hätte sie gern einen Augenblick still genossen, doch der Hund lief bereits entschlossen in Richtung auf den Lärm davon. Er lahmte ein wenig und verlagerte sein Gewicht im Laufen auf die Hinterhand. Er brachte mich zu einer kleinen Lichtung in einem Kiefernwäldchen, wo eine betrunkene fröhliche Gesellschaft zwei ringenden Männern zusah. Näher kommend, entdeckte ich in den Kämpfern Guran und einen seiner jakutischen Gäste. Beide waren bis zum Gürtel nackt. Guran, die enganliegenden Hosen in die hohen Stiefel gesteckt, schien neben seinem massigen Gegner schmal und beinahe schwächlich, wohingegen jener nicht nur den Vorteil größeren Umfanges genoß, sondern auch durch seine zottigen Hosen aus Rentierfell und die fellbesetzten Stiefel wie ein Gebirge wirkte. Toyon und ich waren augenscheinlich in einem Moment der Krisis eingetroffen, denn die beiden Männer standen – die Körper rot und schweißtriefend, Köpfe gesenkt und Arme weggespreizt – voreinander, sich zu einem neuen Gang reizend. Aufgeregt schilderte der junge Kosak den nun schon eine Viertelstunde währenden Kampf.

»Gurans Gegner ist stark wie ein Bär«, sagte er,

»aber Guran schlüpft ihm aus den Händen wie ein Fisch. Ausdauer und Geschicklichkeit werden diesen Kampf entscheiden, nicht Stärke. Ich glaube, ich habe fünf Rubel verloren, als ich auf den großen Burschen setzte, aber da, seht doch – seht!«

Der riesige Jakut hatte den Vorteil eines Augenblicks genutzt, einen dröhnenden Brusthieb auszuteilen, und schon wanden sich auch, mit hartem Ruck, die gewaltigen Arme um Gurans Mitte. Den Zuschauern entrang sich ein Stöhnen. »Oh, Guran hat's schlimm erwischt, schlimm, sehr schlimm!«

Eine Sekunde später war die Situation genau umgekehrt. Mit einer Taktik, die ihm der beste Berufsringer hätte neiden können, grub Guran den Kopf in die Brust des Gegners und spannte die Armmuskeln an, den Todesgriff zu sprengen. Einen Herzschlag lang standen die beiden Männer wie erstarrt da, ehe der Griff des Riesen brach und Guran entwich.

Die Menge raste vor Entzücken. Auf dem Gesicht des Jakuten malte sich äußerste Bestürzung, während er dastand und die leeren Arme dehnte. Dann, noch ehe die Aufregung verebbte, machte Guran eine rasche Bewegung auf ihn zu, wandte sich, packte ihn beim Schädel und warf ihn mit einem solchen Schwung durch die Luft, daß er flach auf dem Boden landete und ihn mit beiden Schulterblättern berührte. Es war ein vollkommener Sieg.

Auf Einladung des älteren Kosaken kehrte nun jedermann zu einem neuen Umtrunk in das große Zelt zurück, indes ich mich Toyon anschloß, um mein Quartier wieder aufzusuchen. Nach wenigen Schritten bot sich uns ein merkwürdiges Schauspiel dar. Auf der Lichtung nämlich wälzten sich der ehrwürdige Schamane und mein Führer, der Jakute, im Schnee. Beide waren halb nackt, ganz betrunken und stießen wilde, unartikulierte Freudenschreie aus.

Im Zelt streckte sich der Hund vor mir nieder.

»Belästigt er dich nicht?« fragte mich das Mädchen, das beim Eintritt verwundert auf uns sah.

»Ganz und gar nicht«, entgegnete ich. »Er ist mein Freund und drückt das auf seine Weise aus. Laß ihn heute nacht bei mir schlafen.«

Es war mir Ernst damit. In jenem Augenblick im rauhen, fremden Land hungerte ich geradezu nach Freundschaft.

Am Morgen erwachte ich mit Toyons feuchter Nase an meiner Wange. Leute saßen Tee trinkend um das Feuer herum, und von der nächtlichen Schwelgerei war keine Spur zurückgeblieben. Als er sah, daß ich mich regte, trat der ältere Kosak an mein Bett.

»Ich hoffe, es macht dir nichts aus, wenn wir dich geschäftehalber ein paar Tage verlassen«, sagte er höflich.

Er sprach, als habe ich das Recht, ihm den Ausflug zu verbieten. Tatsächlich war es mir ganz gleich, nur fürchtete ich, daß auch Guran fortgehen und ich Toyons Geschichte nicht hören würde. Guran selbst beruhigte mich.

»Ich bleibe hier, und wir werden viel Zeit zum Reden haben. Ich vergesse mein Versprechen nicht. Du bist bereits gut Freund mit Toyon, wie ich sehe.«

2

Es gibt eine Tungusenlegende, die die Menschen der Arktis einander erzählen, wenn der Winter naht:

»Der Winter ist ein großer, trunkener Riese, der über die Tundra tobt. Frech schaufelt er den weißen Staub hoch, stapelt ihn auf die Straßen und Jurten und kümmert sich keinen Pfifferling um Mensch und Tier. Er ist ein Ungeheuer. Er braucht nur zu atmen, und schon wird das Eis der Flüsse dicker. Die Tiere der Steppe und des Himmels und alle menschlichen Wesen versuchen sich zu verstecken, denn er ist erbarmungslos. Nur einen Schutz gibt es vor ihm, und das ist die Jurte mit ihrem hellflackernden Feuer, denn die Macht des Feuergottes ist größer als die jedes Schneesturms. Flammen bringen den eisgrauen Bart des Riesen zum Schmelzen und berauben ihn seiner Stärke. Kein Wunder also, daß er jedesmal vor ihm davonläuft und sich versteckt. Doch während den Menschen das Feuer nötig ist, brauchen sie auch die Nahrung, die sie darauf kochen – wie könnten sie sich sonst seiner Wärme erfreuen! Feuer und Nahrung. Wenn die Menschen der Tundra beides haben, können sie warten, bis der Riese sich ausgetobt hat und zur Ruhe geht. Dann werden bei klarem Himmel und wiederhergestelltem Frieden die Tiere aus ihren Schlupfwinkeln auftauchen, Schnepfen und Rebhühner streichen ab, und die Menschen werden sich aus den Schneeverwehungen ausgraben, die Hunde zur Jagd zusammenrufen und das Angelzeug zum Fischen richten. Kurz, die Tundra wird wieder zum Leben erwachen, und ungezählte Stimmen werden Gott danken für seine Gnade und seinen Überfluß.«

Guran trug die Legende seiner Frau Anna vor, während er die Jurte gegen einen wütenden Sturm abdichtete, und er fand Trost darin. Die uralte Legende erinnerte sie daran, daß selbst der schlimmste Schneesturm nur eine vorübergehende Prüfung war und – wiewohl er sie eine Zeitlang gefangenhielt – nicht ewig dauern konnte. Sowohl Guran als auch seine Frau waren zu erfahren, einen Schneesturm nicht zu fürchten – denn sie kannten seine Macht; aber als sie am Feuer dem Heulen des Windes lauschten, galt ihre Sorge mehr ihren beiden Kindern als sich selbst. Nata, die Tochter, war fünf, Roda, der Sohn, zwei Jahre.

Einmal ging Guran zur Tür, um nach Zeichen auszuschauen, die auf ein Nachlassen des Sturmes deuteten, doch die Außenwelt glich einer rabenschwarzen Furie. Er wäre gern bis zum Vorratshaus gegangen, wo er seinen Hund hielt, wagte es aber nicht. So rief er nur:

»He, Faulpelz, schläfst du?«

Er mußte ein paarmal rufen, ehe der Hund unwillig knurrte, als ob er sagen wollte: »Weshalb störst du mich bei diesem teuflischen Wetter? Geh weg und laß mich in Ruh!«

Faulpelz trug seinen Namen zu Recht. Er war ein fetter, dummer Bursche, taugte weder zur Arbeit noch zur Jagd und spielte nicht einmal mit den Kindern – ein absolut unnützer Hund. Dennoch war Guran das Bewußtsein lieb, daß seine Habe nicht unbewacht blieb, wenn er selber fort war.

Noch einmal schaute er um sich. Der Wind peitschte den Schnee zu kreisenden Wirbeln, und mit jeder weiteren Sekunde schien sich die Jurte tiefer in die Erde zu verkriechen, gleich einem verängstigten Tier. Mit einem Gesicht, das von den gefrorenen Flocken wie von Nadeln zerstochen war, kehrte Guran zum Feuer zurück.

»Ein schlimmer Sturm«, berichtete er seiner Frau.

Sie gingen nicht zu Bett. Selbst wenn es noch möglich gewesen wäre, Nacht von Tag zu unterscheiden, hätten ihre unruhigen Gedanken sie nicht schlafen lassen. Gestern erst hatten sie ihre Vorräte gezählt und entdeckt, daß sie nicht mehr lange reichen würden: ein kleiner Beutel Gerstenmehl, ein Dutzend gefrorene Fische, zwei Dutzend geräucherte Rogen, zwei Rebhühner und ein noch eben vor Ausbruch des Sturmes in der Schlinge gefangenes Kaninchen – das war alles. Von nirgendwo war Hilfe zu erwarten. Glücklicherweise hatten sie eine Kuh und Heu, sie zu füttern, so daß den Kindern die Milch nicht fehlen würde. Das Geräusch gelassenen Kauens im Anbau gleich neben der Jurte klang angenehm beruhigend.

Während Guran seiner Frau beim Ausbessern eines alten Kuklianka zusah, wußte er, daß sich hinter ihren ruhigen, hübschen Zügen Angst verbarg.

»Fünf Tage, seit der Sturm begann«, sagte er, »und niemand weiß, wie lange er noch dauert. Wir brauchen neue Vorräte, doch kann ich weder fischen noch jagen. Was sollen wir tun? Sowie der Sturm nachläßt, könnte ich zu Tartu hinüberfahren und fragen, ob er etwas zu essen übrig hat, aber das glaube ich kaum. Er ist alt und nicht mehr recht gesund und muß außer seinem Enkel auch noch den Hund ernähren. Es ist übrigens lange her, daß wir von ihnen gehört haben. Ich hoffe nur, es ist dort alles in Ordnung.«

Anna nickte. Aber wiewohl Tartu ihr guter Freund und nächster Nachbar war, lebte er dreißig Meilen weit entfernt, und sie hatte näherliegende Probleme. Guran verstand das. Auch ihn drückten die eigenen Sorgen. Schweigend erwog er abermals die Lage, indes Anna ihm verstohlen zusah und ihm den Kummer von der gefurchten Stirn ablas. Ihr Glaube an ihn kannte keine

Grenzen, und das nicht nur, weil sie sich, wie alle Frauen des Nordens, von Natur aus ganz auf ihren Mann verließ. Nach Jahren der Ehe schien es ihr noch immer wie ein Wunder, daß dieser weise Tunguse von fern her gerade zu ihr gekommen war. Wenn die Götter ein solches Wunder tun konnten, mußte man sie zu allem fähig halten.

»Woran denkst du?« fragte sie nach einer Weile.

»Woran ich denke?« wiederholte er. »An dich und mich und unsere Kinder – an sonst nichts. Ich bin zu einem Entschluß gekommen. Es ist unmöglich, hierzubleiben und nichts zu tun. Ich werde in Werchojansk um Hilfe bitten, da unsere Nachbarn kaum besser dran sein können als wir. Die Beamten der russischen Regierung, denen wir Steuern zahlen, haben in ihren Lagerhäusern Vorräte aller Art. Sie werden uns nicht verhungern lassen. Der Weg ist weit, fast fünfhundert Meilen hin und zurück, und es wird acht bis zehn Tage dauern, vielleicht mehr, je nach dem Wetter. Was meinst du dazu? Du fürchtest dich nicht, mit den Kindern allein zu bleiben?«

Allein? – Annas Herz sank, aber sie antwortete gehorsam: »Du weißt es am besten. Geh mit Gottes Segen. Nur darfst du nicht bei diesem Sturm aufbrechen. Wenn du umkommst, kommen wir alle um.«

Guran protestierte: »Wer sagt denn, daß ich mitten im Schneesturm gehen will? Wir warten, bis sich der Wind beruhigt. Inzwischen müssen wir erwägen, wie wir die Vorräte bis zu meiner Rückkehr strecken können.«

Ein fester Entschluß ist das beste Mittel gegen Niedergeschlagenheit. Nun, da er wußte, was zu tun war, ließ sich Guran seine Pfeife schmecken. »Keine Angst, Anna, alles wird gut, glaub mir nur«, sagte er. »Es ist jetzt keine leichte Zeit, aber ich habe viel schwerere gekannt. Du weißt ja, wie es war, ehe ich dich traf.«

»Ich weiß; aber erzähl es mir wieder«, drängte Anna sanft.

Die Vergangenheit lag weit zurück. Sie enthielt Glück und Qualen, und sie beschwören hieß, die grimmige Gegenwart vorübergehend vergessen. Gurans Geschichte war ein Märchen, dessen Anna niemals müde wurde.

Er war für sie ein ganz besonderer Mensch: ungleich schöner als andere Männer, weit berühmt als Jäger und so gelehrt, daß er sich in vielen Sprachen unterhalten konnte. Nicht an ihm lag es, daß die Erde die beiden letzten Jahre unfruchtbar gewesen war. Waren Acker oder Saat zu tadeln? Oder bestraften die Götter sie gar für Sünden, die eine unwissende Frau nicht begreifen konnte?

»Als ich ein Kind war«, begann Guran, »war ich sehr glücklich. Wir waren eine große Familie, und nichts ging uns ab. Viele Rentiere und Hunde hatten wir. Unsere große Jurte stand am Ufer des Flusses Omoloi, der ins Eismeer fließt. Sein Wasser war ganz klar, und alle möglichen Fische lebten darin. Mein Vater, bei jedermann als tüchtiger und erfolgreicher Jäger bekannt, unterhielt einen lebhaften Pelzhandel mit den Kaufleuten von Ustjansk, wo er sehr angesehen war. Hin und wieder besuchten sie uns und blieben tagelang da, denn Vater liebte Gäste. Der russische Priester kam einmal im Jahr, und wir beteten, wie er uns lehrte. Vater beschenkte ihn ebenso wie unsere eigenen Schamanen, was diese natürlich nicht gern sahen. Doch Vater war ein kluger Mann, der es für richtig hielt, mit jedermann auf gutem Fuß zu stehen – mit Göttern und Menschen gleichermaßen.«

Die Stimme tönte fort und fort, machten den Wind vergessen und trug Anna in eine versunkene Welt, in der ein Junge namens Guran mit zwei Brüdern und einer Schwester lebte, die er herzlich liebte. Als er zwölf Jahre alt war, nahm ihn der Priester, der ihn hatte singen hören, zu sich in die Stadt, wo er Russisch lernte und im Kinderchor mitsang. Außerdem lernte er den Gott der Christen kennen. Doch als er sich vor Heimweh fast verzehrte, brachte der Priester ihn alarmiert zurück.

Zwei Dinge hatten ihn bei den Russen höchst erstaunt: Sie aßen Brot und legten große Lebensmittelvorräte für den Winter an. Daheim waren Seen und Wälder voller Fisch und Fleisch, das man nur zu holen brauchte. – »Weshalb es aufspeichern?« fragte sein Vater. »Wir leben in einem gesegneten Land.«

»Ich glaubte ihm«, fuhr Guran fort. »Es war ein

wunderbares Leben. Im Winter, nach einem Tag im Freien, liebten wir es, in der warmen Jurte zusammengekuschelt den Alten zuzuhören, wenn sie die Geschichten der Vergangenheit erzählten. Im Sommer schweiften wir über die Tundra oder am Ufer des Flusses entlang, der Strömung folgend, ahmten Tier- und Vogelstimmen nach und lachten immer. Weshalb? Wir wußten es selber nicht. Hin und wieder, an Festtagen, versammelten sich alle Nachbarn, und es gab Wettrennen und Preiskämpfe. Auf Wochen hinaus sprachen wir von nichts anderem.«

Anna legte den Kuklianka beiseite und drängte sich dichter an ihren Mann. An diesem Punkt der Geschichte, das wußte sie, endeten die glücklichen Erinnerungen.

»Alles wurde anders, als eine mysteriöse Krankheit uns befiel, schnellen Tod mit sich bringend. Sie kam wie ein Schneesturm im Frühling, nur fürchterlicher. Bei uns hieß sie der ›Schwarze Tod‹, aber russische Doktoren habe ich sie ›die Pest‹ nennen hören. Zuerst verbreiteten sich nur Gerüchte über sie. Dann rückte sie näher. Die Schamanen tanzten bis zur völligen Erschöpfung, aber die Krankheit tötete sogar sie. Schließlich suchte das Übel unsere Jurte heim. Meine Schwester und meine beiden Brüder wurden krank und starben einen grauenhaften Tod. Bald darauf ging auch unsere Mutter, nicht wie die anderen, sondern still – ich glaube, weil ihr Herz vor Kummer schon gebrochen war. Sie war müde und legte sich, um auszuruhen. Dann wachte sie nicht wieder auf. – Als nächster wurde Vater krank. Ich versuchte alles, ihn zu retten, doch obwohl es mir gelang, einen alten Schamanen herzuholen, der sich in Krämpfe und Zuckungen hineinarbeitete – es half nichts. Nicht einmal Gebete.«

Tränen standen in Annas Augen, als sie den Ratschlag wieder hörte, den der Sterbende seinem Sohn erteilte:

»Renn fort von hier, mein Junge«, hatte der Vater gesagt. »Renne, haste, ehe der ›Schwarze Tod‹ auch dich ergreift. Renn, so weit du kannst, zu den Jakuten und den Russen. Lerne von ihnen, Korn zu pflanzen, so daß du nicht nur auf Fischen und Jagen angewiesen bist. Dieser Ort hier ist verflucht. Verbrenne die Jurte und alles, was wir haben. Schone nichts.«

»Es war ein guter Rat«, stimmte Anna zu.

Guran nickte. »Nur war ich damals jung und dumm. Solange Vater lebte, kannte ich keine Furcht, mit seinem Tod aber verließen mich Stärke und Willenskraft. Ich wußte nicht, was ich tun sollte, und lebte irgendwie allein weiter, ohne Ren und Hund und Nachbarn – denn die wenigen Menschen, die die Krankheit überlebten, waren mit ihren Herden fortgezogen. Dann suchte mich eines Tages im Traum meine Mutter auf. – ›Mein Sohn‹, sagte sie, ›warum folgst du nicht dem Willen deines Vaters? Verbrenne alles und geh weg von hier!‹ Nun wußte ich, daß ich nicht verlassen war, und ich dankte Gott. Es kostete mich lange Zeit, zwei von der Herde übriggebliebene Rentiere zu finden, die mich und meine wenigen Vorräte tragen konnten, doch schließlich gelang es mir. Und als alles fertig war, legte ich Feuer an die Jurte und sah sie brennen. – So verließ ich jenen teuren Ort und fuhr davon, so schnell und weit ich konnte, denn trotz allem wünschte ich zu leben. Es war eine schwere und aufreibende Flucht vor dem grausamen Schweigen, in dem nichts mehr lebte. Aber das Geschick war gnädig und ließ mich endlich nach Werchojansk gelangen, wo ich dich fand. So begann ein neues Leben.«

Guran und Anna wechselten einen Blick voll warmer Zuneigung.

»Ich erinnere mich noch gut an jenen Morgen«, sagte Anna. »In der Nacht vorher hatte ich einen seltsamen Traum gehabt. Ich sah ein Waldhuhn in unserer Jurte fliegen und fing es ein. Das Huhn versuchte nicht zu fliehen; dennoch rief mir eine Stimme unaufhörlich zu: ›Laß es nicht aus den Händen, Anna! Es ist dein Glück.‹ Den ganzen Morgen über konnte ich beim Nähen an nichts anderes denken als an diesen wunderbaren Traum. Plötzlich hörte ich Hundegebell. Ich stürzte auf die Straße und sah einen Fremden mit geschultertem Gewehr. Die Hunde schreckten seine Tiere, und er versuchte sie fortzujagen. Mitleidig sagte ich: ›Komm in die Jurte, wärm dich und ruh aus.‹ Das tat er. Darauf gab ich ihm zu essen und zu trinken. An seiner Kleidung und Sprechweise erkannte ich, daß er ein Tunguse war, von weit her; und noch etwas erkannte ich – mein Herz sprach und gemahnte mich an meinen Traum.«

Anna hielt inne. »Wenn man es bedenkt«, sagte sie staunend, »in zwei Tagen war alles entschieden. Du wurdest mein Mann und brachtest mich in diese Jurte hier, die meine Eltern mir zurückgelassen hatten. Ja, und du hast mir viel Glück gegeben. Was aber steht uns nun bevor – uns und unseren Kindern? Arbeit und Hunger!«

»Klag nicht, Anna«, unterbrach Guran sie, »wir sind gesund und haben noch immer zu essen. Viele sind schlimmer daran als wir. Ich werde nach Werchojansk gehen und alles mitbringen, was wir brauchen.«

Gurans Stimme war fest und zuversichtlich, und Anna sagte nichts mehr. Es war Zeit, zu Bett zu gehen. Zuerst bekreuzigten sie sich vor den schwärzlichen Ikonen der Gottesmutter, Christi und des heiligen Nikolaus, die in einer Ecke hingen, dann berührten sie andächtig die Amulette – einen Kaninchenfuß und ein kleines Rentierhorn –, die sie nahe dem Feuer aufbewahrten. Obgleich sie zum Gott der Christen beteten, wollten sie auf keinen Fall die Eifersucht der Geister wecken, die so lange Zeit im Land wohnten.

3

Am nächsten Morgen hatte der Sturm bedeutend nachgelassen. Es gab noch gelegentlich Böen, aber seine Wildheit war gebrochen.

Guran beschloß beim Aufwachen, die Fahrt sogleich anzutreten. Er schätzte, daß Anna und die Kinder mit den vorhandenen Vorräten neun bis zwölf Tage auskommen konnten, und in der Zeit würde er zurück sein. Die Vorbereitungen dauerten nicht lange, da alles bereitstand.

Etwas Trockenfisch, ein paar kalte Gerstenmehlbiskuits und ein gefrorener Fisch würden ihn unterwegs ernähren. Anna fügte einige Krüge gefrorener Milch hinzu für ihren Freund Tartu und dessen Enkel, die weder Kuh noch Rentier hatten. Obwohl ein erfahrener Fischer und Jäger, gab sich der Alte nicht damit ab, Vorräte für schlechte Zeiten aufzuspeichern, sondern lebte von einem Fang zum andern. Ein halsstarriger Bursche außerdem. Anna und Guran boten ihm mehrfach an, zu ihnen zu ziehen, doch ließ er sich nicht bewegen, aus der Jurte auszuziehen, in der schon seine Vorfahren geboren und gestorben waren.

Nicht aus Mitleid allein bot Guran dem alten Mann sein Heim an. Tartu besaß eine außergewöhnliche Jagdhündin namens Herrin, die seiner Meinung nach so klug war, daß nichts als die menschliche Sprache ihr noch fehlte. Zweimal hatte Guran Welpen aus ihren Würfen bekommen, doch waren sie nach wenigen Wochen eingegangen, und Tartu weigerte sich aus Aberglauben, ihm noch mehr zu geben. Die Geister in Gurans Jurte, behauptete er, seien den Hündchen feindlich gesinnt. Da Guran selbst halb daran glaubte, drängte er nicht, freilich ohne die Hoffnung je ganz aufzugeben. Ein guter Hund ist wichtig für den Jäger des Nordens, und Herrin gehörte zu den besten. Ihr Vater war ein mächtiger Polizeihund, der, wie es hieß, das Blut deutscher Schäferhunde führte. Von ihm erbte Herrin viele äußere Merkmale eines Wolfes, doch ihre Augen waren sanft. Für Tartu kam sie gleich nach dem Jungen; er vergötterte sie, und wenn es irgend jemand wagte, die abenteuerlichen Geschichten, die er über ihre Heldentaten erzählte, zu bezweifeln, pflegte er ihn scharf anzufahren: »Mein Hund hat mehr Verstand als ein Dutzend von euch zusammen! Vergeßt nicht, daß ihre Mutter eine richtige Jägerin war und ihr Vater ein berühmter Ausländer – ein berühmter Ausländer«, und wiederholte es mit solchem Nachdruck, daß die Worte wie durchtränkt schienen von übersinnlichen, geheimnisvollen Eigenschaften.

Nachdem er sich bekreuzigt und das Rentierhorn berührt hatte, das sein persönliches Amulett war, umarmte Guran Anna und die Kinder. In der Tür der Jurte traf er Faulpelz.

»Es ist kaum zu befürchten, daß du mir nachrennst«, lachte er, dem Hund einen kurzen Klaps gebend, »aber das macht nichts. Bleib du nur daheim und paß aufs Haus auf.«

Faulpelz antwortete mit gutmütigem Gebell. Wie Guran vorausgesagt hatte, machte er keine Anstalten, ihm zu folgen, sondern schaute dem Davonfahrenden nach, bis er verschwunden war. Darauf kehrte er in seine Hütte zurück. Seinem Herrn unter solchen Mühen extra Lebewohl gesagt zu haben, schien ihm das befriedigende Bewußtsein erfüllter Pflicht zu schenken.

Guran, auf Schier neben den Rentieren laufend, fand das Vorwärtskommen trotz der nur leicht beladenen Narta beschwerlich. Oft sanken die Tiere bis zum Bauch in den Schnee, so daß er stehenblieb und kurz rasten mußte. Wäre die Narta nicht unbedingt erforderlich gewesen zum Transport der Vorräte auf der Heimfahrt, hätte er sich versucht gefühlt, allein zu gehen. Glücklicherweise war es nicht weit zum Wald, wo der Schnee hart gefroren war und es weniger Verwehungen gab. Guran trug einen leichten Kuklianka über der Kaninchenfelljacke und hohe Stiefel aus Rentierfellen; sie hielten warm, ohne seine Bewegungen einzuschränken. Was die Gefahren einer Reise bei stürmischem Wetter betraf, so waren sie ihm zu vertraut, als daß er viele Gedanken daran verschwendet hätte.

Nach vielen Stunden mühseligen Marsches sah Guran gegen Abend endlich den Hügel, hinter dem Tartus Jurte lag. Er malte sie sich aus, wie sie im letzten Sommer gewesen war, dicht neben einem freundlichen Fluß gelegen und rings von Bäumen umgeben. Wie mochte es den Freunden jetzt wohl gehen, fragte Guran sich gespannt, dem alten Mann, dem Jungen und Herrin? Ein feiner Hund, und so klug. Tartu hatte gesagt, daß sie November oder Anfang Dezember einen Wurf junger Hunde haben würde. Jetzt war Dezember. Wer weiß?

Fröhlich feuerte er die Rene an: »Los, los! Wir sind gleich da!«

Die Tiere stürzten vorwärts, die anmutigen Köpfe hoch erhoben, als verspürten sie Leben dicht in der Nähe. Bald erblickte Guran in der Ferne auch die

Jurte. Aus dem Schornstein stieg Rauch empor, doch ohne die Kaskade sprühender Funken, die den winterlichen Wanderer meist begrüßte.

»Ein böses Zeichen«, sagte sich Guran und beschleunigte den Schritt.

Mühsam bahnte er sich einen Weg zur Tür der Jurte, vor der sich der Schnee seit Tagen türmte. Als er pochte, fiel ihm ein seltsames Schweigen auf. Was war mit Herrin? Jeder Hund würde das Nahen Fremder lauthals verkünden.

»Tartu, Tartu! Dahn!« rief er. »Ich bin es, Guran! Wie geht es euch?«

Eine Kinderstimme antwortete: »Großvater, Großvater, steh auf, es ist Onkel Guran. – Nein, Großvater ist krank und kann nicht aufstehen, und ich kann die Tür nicht öffnen.«

Guran hörte, wie sich der Junge vergeblich mühte, sein Gewicht gegen das Hindernis zu werfen.

»Spar deine Kräfte, Dahn. Ich schaufele den Schnee erst weg!« rief er. »Bloß womit?«

»Im Vorratsraum ist eine Schaufel«, wies der Junge ihn an.

Dank der dichten Bäume rundum war das Lagerhaus nicht so tief in Schnee gebettet wie die Jurte. Drinnen war es dunkel, und durch die Ritzen in den Wänden war Schnee hereingeweht. Mit ein wenig glimmendem Zunder als Licht tastete Guran umher, bis er die Schaufel fand. Dann, als er gerade gehen wollte, fing sein Ohr einen Ton zwischen Seufzen und Winzeln auf. Beunruhigt tastete er mit den Händen in alle Winkel des Raumes, und in der fernsten, bestgeschützten Ecke berührte er etwas Warmes, Pelziges. Ein Hund wimmerte, ihm mit der feuchten Zunge das Gesicht leckend, als er sich niederbeugte. Das Tier versuchte nicht, sich zu bewegen, und sein Atem ging beschwerlich. Gurans Hände, suchend, prüfend, sagten ihm, daß das Hinterteil des Tieres steif war; in der Nähe der Brust jedoch fühlte er einen Welpen sich bewegen. Es konnte nur Herrin sein, die während des Schneesturms ihre Jungen geworfen hatte.

Vier erfrorene Hundekörperchen fand Guran noch, mit Händen, die vor Aufregung und Mitleid zitterten.

Als er die Schaufel aufnahm und begann, den Pfad zur Jurte freizulegen, vergaß er die noch immer vor die Narta geschirrten Rene völlig. Nach einer Viertelstunde hastiger Arbeit war es geschafft, und er betrat die Jurte. Sie war kalt und dunkel; im Komelek schwelten ein paar Holzscheite, ohne zu brennen.

Der Junge stürzte auf ihn zu. »Oh, wie freue ich mich, dich zu sehen! Großvater ist sehr krank. Ich weiß nicht, wo Herrin ist. Einmal habe ich sie winseln hören, aber die Tür ging ja nicht auf. Sieh, wie schlecht es Großvater geht! Seit Tagen hat er kein Wort gesagt.«

Guran fand ein Brett, zerbrach es und warf die Stücke ins Feuer. Beim aufflackernden Lichtschein konnte er den alten Mann erkennen, der, in Felldecken gehüllt, bewegungslos dalag. Sein Gesicht war erdfahl, die scharfgewordenen Züge schienen bereits vom Tode gezeichnet. Nur die fieberheiße Haut und das krampfhafte Atmen zeugten noch von Leben. Anscheinend war er vor dem Schneesturm erkrankt, und der Junge hatte damit fertig werden müssen, so gut es ging.

Guran brachte Holz aus dem Vorratshaus und hängte einen Kessel Wasser zum Kochen auf. Dann nahm er mit unendlicher Behutsamkeit die beiden Hunde hoch und trug sie in die Jurte. Wie er befürchtete, war Herrin gelähmt und dem Tod so nahe, daß sie das warme Wasser, das er ihr anbot, nicht mehr schlucken konnte. Als der Welpe dicht vor ihre Schnauze gelegt wurde, beleckte sie ihn einmal schwach und schloß die Augen. Der Kleine hingegen war allem Anschein nach gesund und winselte nur vor Hunger. Da er noch zu jung war, um Milch und warmes Wasser aus der Tasse aufzuschlabbern, stellte Guran behelfsmäßig einen Sauger her, indem er den Finger eines Lederhandschuhs an einem Jagdhorn befestigte und das Ende mit einer Nadel durchstach. Der Welpe saugte gleich gierig daran und trank zu Dahns Entzücken das Horn hastig leer.

»Kümmere du dich um ihn«, wies Guran den Jungen an, »während ich fürs Essen sorge. Paß bloß auf, daß er sich nicht überfrißt.«

Als der Tee fertig war, flößte Guran dem alten Mann etwas ein, und es ermutigte ihn zu sehen, daß er, wenn auch mit geschlossenen Augen, mehrfach schluckte. Dahn trank durstig. Guran bewunderte die Standhaftigkeit dieses achtjährigen Kindes in einer Lage, die jeden Erwachsenen hart auf die Probe gestellt hätte. Was mußte er in diesen Tagen durchgemacht haben!

Als der größte Hunger gestillt war, holte Guran Holz und sorgte für die Rentiere. Im Lagerhaus fand er einen Vorrat an gefrorenem Fisch und Wildgeflügel. Es dauerte nicht lange, eine Suppe zu bereiten, und wieder nippte Tartu davon. So war zu hoffen, daß sich der alte Mann erholte. Für Herrin aber, das sah selbst Dahn, war wenig mehr zu tun. Ihr Körper wurde so von Krämpfen geschüttelt, daß es jammervoll anzuschauen war.

»Ist sie sehr krank, Onkel«, wollte Dahn wissen, »so krank wie Großvater? Was wird aus dem Hündchen, wenn sie stirbt?«

»Ich fürchte für Herrin«, gab Guran zu. »Der Welpe wird leben, wenn wir uns Mühe geben; und wir verlieren Herrin dann nicht ganz. So ist das Leben. Wir kommen auf die Welt und gehen wieder, doch geht keiner, ohne eine Spur zurückzulassen. Leben hört nie auf. Sieh deinen Großvater, wenn er uns verlassen sollte, wirst du bleiben. Warum? Ich denke, so will Gott es. Überleg nur – ich beschloß, nach Werchojansk zu gehen, um für die Meinen Vorräte zu holen, und kam knapp zur rechten Zeit hier an, um euch zu helfen. War das etwa nicht Gottes Wille?«

Der Junge sah ihn aus großen Augen an.

»Du bist ein feiner, tapferer Bursche«, fuhr Guran lebhaft fort. »Ich muß dich wieder vier, fünf Tage lang allein lassen, aber sei unbesorgt. Ich richte reichlich zu essen her. Achte auf den Großvater und das Hündchen. Verschließ die Tür der Jurte immer gut. Wenn du zum Vorratshaus gehst, horche erst und halte das Gewehr griffbereit, um die Wölfe abzuschrecken. Jetzt, da kein Hund mehr hier ist, wagen sie sich vielleicht näher heran, wenn sie den Fisch riechen. Ich bringe dir bei, wie man mit dem Gewehr umgeht.«

»Das brauchst du nicht«, unterbrach der Junge ihn, »Großvater hat mir im letzten Sommer gezeigt, wie man lädt und schießt.«

»Gut. Dann bin ich beruhigt. Und nach meiner Rückkehr kommt ihr alle mit und lebt bei mir. Gefällt dir das?«

Dahns Augen füllten sich mit Tränen. »O ja – sehr!« erwiderte er.

»Dann ist's abgemacht«, bekräftigte Guran. »Geh jetzt schlafen. Du kannst das Hündchen zu dir nehmen. Es ist satt und warm, aber es braucht ein bißchen Liebe.«

Mit offenkundigem Stolz hob der Junge den Welpen auf und legte ihn auf eine alte Kaninchendecke nahe seinem eigenen Lager. »Weißt du, Onkel«, sagte er bewundernd, »er ist ganz grau, genau wie seine Mutter, und auf der Stirn hat er einen kleinen weißen Fleck wie ein Stern. Glaubst du, seine Augen werden offen sein, wenn du zurückkommst?«

Guran schüttelte den Kopf. »Nein. Hunde beginnen gewöhnlich erst sieben bis zehn Tage nach ihrer Geburt zu sehen. Freilich wissen wir nicht genau, wann dieser geboren wurde.«

Die Stille nutzend, machte sich Guran ans Werk: Er reinigte die Jurte, vergewisserte sich, daß das Befinden seiner Patienten unverändert war, überschlug die Vorräte ein letztes Mal – reichlich Tabak, Salz und Gerstenmehl, doch sehr wenig Pulver und Schrot – und fiel endlich auch in tiefen Schlaf. Später schien es ihm, als betrete jemand die Jurte und berührte seine Schultern mit den Worten: »Wie kannst du die Kranken nur vergessen! – Freilich, Hilfe gibt es für sie nicht.«

Er fuhr hoch. Es war niemand da, doch als er sah, daß Tartu mit offenen Augen vor sich hin murmelte, ging er zu ihm.

»Wie fühlst du dich, Tartu? Erkennst du mich? Ich bin es – Guran.«

Der alte Mann nickte. »Ich erkenne dich«, flüsterte er. »Danke. Schläft Dahn? Und was fehlt Herrin?«

»Sie ist krank, sehr krank«, erwiderte Guran.

Der alte Mann wollte sich aufrichten, aber es gelang ihm nicht. Mühsam flüsterte er: »Sieh nach, hilf ihr.«

Über den Hund gebeugt, war es Guran, als bäten ihre Augen ihn um etwas. Instinktiv griff er nach dem Welpen und legte ihn neben sie. »Wenn dir dein Kind nicht helfen kann, kann's niemand«, sagte er.

Er war sicher, daß ihre Augen aufleuchteten. Sie beleckte das winselnde kleine Geschöpf, fiel dann, Guran abermals anblickend, erschöpft zurück. Wieder schüttelten die Krämpfe sie, und sie seufzte tief, ehe sie die Augen öffnete und still war.

Guran drehte sich zu Tartu um, doch brauchte er ihm nichts zu sagen. Dicke Tränen rollten über das Gesicht des alten Mannes.

»Mein guter Freund, du bist von mir gegangen«, flüsterte er. »Ich wußte es, als ich dich da liegen sah; denn hättest du noch Kraft gehabt, wärst du zu mir gekommen. – Hat sie Junge?«

Guran brachte ihm den Welpen und erklärte: »Vier andere starben, und es ist ein Wunder, daß dieser überlebte.«

Der alte Mann nickte. »Ein prächtiger Bursche, wie seine Mutter. Wo ist Dahn?«

Guran weckte den Jungen, der sofort zu der Hündin lief, den stillen Kopf an seine Knie hob und leise zu weinen begann.

Später führte er Guran an ein Loch nahe bei der Jurte, wo Tartu überschüssigen Fisch aufbewahrte; dorthinein betteten sie die Hündin und ihren Wurf. Im Frühling, erklärte Guran, würden sie wiederkommen und ein Steinmal errichten. »Ich selber werde mich darum kümmern«, versprach er. »Sorgt euch nur nicht.«

Den ganzen Tag beschäftigte sich Guran auf dem Anwesen und sorgte für seine Abwesenheit vor, indes der Junge ihn ernsthaft und aufmerksam beobachtete und nachzuahmen suchte.

»Es ist nicht mehr viel Milch da für den Kleinen«, sagte Guran. »Füg in zwei Tagen dem Gemisch aus Milch und warmem Wasser eine Prise Gerstenmehl bei, aber vergiß nicht, gut zu rühren, damit es nicht klumpt. Ein junger Hund kann so etwas nicht verdauen. Vor allem aber überfüttere ihn nicht. Besser zuwenig als zuviel.«

Der Junge nahm die neue Verantwortung mit heimlicher Freude auf sich.

Guran wollte früh am nächsten Morgen aufbrechen. In der Nacht, als er schlaflos im Bett lag, hörte er Tartus gequälten Atem und ging zu ihm. Der alte

Mann war bei Bewußtsein und wollte etwas sagen, aber seine Stimme war so schwach, daß Guran sich dicht zu ihm beugen mußte, um ihn zu verstehen.

»Gott hat dich hergeschickt, mein Freund. Wohin willst du? Weshalb läßt du die Deinen um diese Jahreszeit allein?«

»Es mußte sein«, erwiderte Guran. »Ich bin unterwegs nach Werchojansk, um Nahrung, Munition und Saatkorn zu erbitten. Freuen wir uns, daß ich gerade jetzt gekommen bin. – Es ist ein Jammer um Herrin. Sie war ein großartiger Hund. Ich erinnerte mich, daß du erzählt hast, sie pflege manchmal ganz allein zu jagen.«

»Ah!« fiel Tartu ihm ins Wort. »Gott ist mein Zeuge – der Hund war ein echter Jäger! Geh an die Truhe drüben in der Ecke; drinnen wirst du drei weiße, zwei rote und einen schwarzbraunen Fuchspelz finden. Sie sind ein großer Schatz. Herrin fing sie, und die Felle sind vollkommen. Nimm sie mit. Wenn die Beamten sie dir nicht eintauschen, werden es die Kaufleute tun. Nimm alles, was ich habe, ich bitte dich. Und achte mir auf Dahn – um Gottes willen!«

Guran nahm die alte, dünne Hand. »Du brauchst mich nicht zu bitten, Tartu. Meine Jurte ist für dich und den Jungen immer offen. Die Deinen und die Meinen sind eine Familie. Du wirst warten bis zu meiner Rückkehr?«

Der alte Mann nickte. »Wir sind in Gottes Hand. Wenn dies meine Stunde ist, kann ich in Frieden sterben, nun ich weiß, daß du für den Jungen und den Welpen sorgen wirst. Ein Rüde, sagst du? Grau mit großen Pfoten und einem weißen sternförmigen Fleck auf der Stirn? O mein Freund, du hast mich sehr glücklich gemacht!«

Erschöpft vom anstrengenden Sprechen fiel Tartu in einen tiefen Schlaf. Doch Guran war zu aufgewühlt zum Schlafen. Er trat vor die Jurte, um frische Luft zu schöpfen. Der Wind hatte sich gelegt, die Nacht war weiß und still. Schwere Wolken jagten am Himmel dahin. Von Zeit zu Zeit teilten sie sich und ließen den Polarstern sichtbar werden, den die Eingeborenen der Arktis alle verehrten. Guran war es jedesmal, als ruhe Gottes Auge auf ihm und durchschaue seinen Kummer. In jäher Dankbarkeit sank er in die Knie und betete.

Als er sich erhob, hörte er die Tür gehen und sah den Jungen auf sich zukommen.

»Weshalb schläfst du nicht, Dahn?« fragte er. »Ich wäre nicht gegangen, ohne dich zu wecken.«

»Ich weiß, Onkel Guran, aber ich hab' geträumt. Herrin kam und fragte mich: ›Wie werdet ihr meinen Sohn nennen?‹ Ich konnte nicht antworten, und davon wachte ich auf. Sag, wie sollen wir ihn nennen? Er muß einen Namen haben.«

»Du hast recht«, pflichtete Guran ihm bei. »Jedermann braucht einen Namen. Der Sohn von Herrin! – Was hältst du von Toyon (Gebieter)?«

Der Junge sprach es erwägend nach: »Toyon – es ist ein guter Name. Ja, so wollen wir ihn nennen.«

4

Während Guran eilig reiste, waren seine Gedanken alles andere als fröhlich. Von ihm, und von ihm allein, hing das Wohlergehen einer Familie ab, die plötzlich um drei weitere Mitglieder gewachsen war, wobei in seiner Vorstellung der Junghund die gleiche Position einnahm wie jeder andere. Die Fahrt, aus Notwendigkeit begonnen, hatte die Form einer Sendung angenommen, und die Verantwortung lieh seinen Füßen Flügel. Anstatt die Hügel zu überqueren, wie es möglich gewesen wäre, zog Guran es vor, den Bächen und Schneisen zu folgen – bei günstigem Wetter der schnellere und leichtere Weg. Der Wind hatte sich gelegt, und es freute Guran, wie die Tundra zum Leben erwachte.

Halbwegs Werchojansk hielt er bei der Jurte eines fremden Jakuten an, um ein paar Stunden zu schlafen und die Rentiere zu füttern, denen stets seine erste Sorge galt. Ein andermal rastete er neben der Straße. Er sammelte Schnee, um über einem offenen Feuer Tee zu machen, und aß köstlichen gefrorenen Fisch, den er in dünne Streifen schnitt. Unterwegs riß er als Leckerbissen gern hin und wieder kleine Stücke von den geräucherten Ukola ab, die Anna zubereitete, indem sie die Rogen der schönsten, dicksten Fische auf eine Schnur zog und sie auf dem Dach der Jurte in die Sommersonne hängte. Er war mäßig im Essen und Trinken, wohl wissend, daß ein übervoller Magen der Feind des tatkräftigen Mannes ist.

Als er sich Werchojansk näherte, schob er alle Gedanken an die Beschwerlichkeiten, die seiner bei der Rückkehr harrten, weit von sich, in der vernünftigen Überlegung, daß Übles früh genug eintritt, auch ohne daß man es erwartet. Am Stadteingang suchte er Annas Verwandte auf, die ihn herzlich willkommen hießen und begierig seinen Neuigkeiten lauschten. Dann nahm er, da es noch früh am Abend war, Tartus Fuchspelze und suchte den Händler Berezkin auf.

Infolge seines sorgfältigen Planes wußte Guran ganz genau, was er wollte. Berezkin, der redlich und sein Freund war, würde die Pelze gerecht abschätzen und sie ihm gegen Ware eintauschen. Am nächsten Morgen würde er zum russischen Bezirksbeamten gehen und ihn um ein Darlehen in Form von Mehl und Saatgut aus den Lagerhäusern der Regierung bitten. Guran erwartete nicht, daß die Unterredung mit dem Hauptmann leicht sein würde. Es hieß jedoch, er sei hier im Bezirk ansässig und kümmere sich um das Wohlergehen der Leute, und vielleicht würde er zuhören, wenn Guran sich tief genug verbeugte.

Zu seiner Verblüffung bekam er, was er wünschte, ohne sich zu demütigen – ja, ohne den Hauptmann überhaupt zu sehen. Als Berezkin hörte, daß sein alter Kunde Tartu krank war und in Not, nahm er die Angelegenheit augenblicklich selber in die Hand. Mit peinlichster Sorgfalt prüfte er die Felle, bestimmte ihren Wert und tauschte Guran Lebensmittel dafür ein. Dann, nach abgeschlossenem Handel, sagte er:

»Geh du jetzt in die Küche und iß etwas, während ich mit dem Hauptmann spreche. Er ist mein Freund und wird mir nichts verweigern, wenn er von eurer Not erfährt. Außerdem kennt er Tartu persönlich. Der alte Mann hat ihm manch einen guten Platz für die Jagd gezeigt.«

In der Küche des Händlers aß Guran herzhaft, rülpste höflich, um seine Anerkennung auszudrücken, und gesellte sich einigen von Berezkins Gehilfen bei einem Glas Tee zu. Als sein Vorrat an Neuigkeiten erschöpft war, kam Berezkin auch schon mit einem Schriftstück zurück, das den Verwalter der Regierungsvorräte ermächtigte, an Guran hundert Pfund Mehl auszuliefern nebst drei Pfund Schießpulver, zehn Pfund Schrot, fünfzehn Pfund Salz und – als wichtigstes – fünfundsiebzig Pfund Gerste für die Saat.

Guran traute seinen Ohren nicht. Er wollte sich tief verneigen, doch der Kaufmann hinderte ihn daran.

»Danke mir nicht. Ich tue es für Tartu. Er ist ein vortrefflicher alter Mann, und ich möchte ihm gern helfen. Was fehlt ihm nur? – Aber wie solltest du das wissen? Fragen wir den Doktor. Er ist nicht wirklich ein Doktor, aber jedermann nennt ihn so. Er ist ein Pole und ein politisch Verbannter – ein Mann mit einer großen Seele.«

Der Doktor wohnte nicht weit von der Jurte des Händlers entfernt, in Räumen, die makellos sauber und voller Bücher waren. Kamerad Stanislaus, wie ihn Berezkin nannte, begrüßte die Besucher wärmstens. Mit ehrlicher Anteilnahme fragte er Guran über Tartu aus und holte nach kurzer Überlegung ein paar kleine weiße, in Papier gewickelte Tabletten hervor, wobei er sagte: »Es ist schwierig, mit Sicherheit festzustellen, was deinem Freund fehlt, aber ich denke, diese Pillen werden ihm helfen. Gib sie ihm zweimal täglich.«

Guran verließ den Doktor zuversichtlicher, als er gekommen war, und beeilte sich, seine Einkäufe zu vervollständigen. Neben dem dringend Notwendigen durfte er den Kattun für Anna und die Süßigkeiten für die Kinder nicht vergessen. Dank Tartus gutem Namen und seiner Füchse war die Narta mit fast vierhundert Pfund an Vorräten beladen, genug, die Kraft der Rene auf eine harte Probe zu stellen und ihre Schritte zu verlangsamen. Dazu hatte ihm der Händler ein Pferd und einen Pflug aus der Stadt Jakutsk versprochen, sobald er sie besorgen konnte.

Kurzum, Guran war höchst erfreut über das Gelingen seiner Pläne, als er unter einem Schwall von guten Wünschen von Annas Verwandten Abschied nahm. Dahn erwartete ihn in vier bis fünf Tagen zurück; doch würde es nun, trotz des günstigen Wetters, kaum weniger als sechs Tage dauern. Um Zeit zu sparen, hielt er unterwegs bei keiner Jurte an, grub sich eine Höhle in den Schnee und schlief, wo immer er auf erreichbare Flechten für die Rene stieß. Auf diese Weise umging er auch die Unannehmlichkeit, den an irdischen Gütern armen Nachbarn all die Schätze zeigen zu müssen, die er erworben hatte.

Am sechsten Tag nach der Abfahrt sichtete er Tartus Jurte wieder und sah aus dem Kamin Myriaden von Funken stieben. Ein Stein fiel ihm vom Herzen. – Braver Dahn, dachte er, du hast das Feuer angehalten; dann ist sicher alles gut.

Die Rentiere ermunternd, eilte er den letzten Hang hinauf und wurde von Dahn empfangen, der, das Gewehr seines Großvaters unbeholfen in der Hand, vor die Jurte trat. Die Worte purzelten nur so von seinen Lippen, als er Guran erleichtert und froh umarmte.

»Oh, wie ich mich freue! Gestern habe ich Tag und Nacht auf dich gewartet. Die Nacht davor sind Wölfe fast bis an die Tür gekommen, aber ich schoß, und da sind sie fortgelaufen. Der kleine Hund tut nichts als essen und schlafen. Er ist so drollig, immer noch blind und ganz tapsig. Großvater hat schon über einen Tag nichts mehr gegessen. Er liegt da, die Augen zu, und antwortet nicht, wenn ich mit ihm spreche. Gestern nacht hatte ich Angst zu schlafen, aber zum Glück war Toyon ja da!«

Seine lebhaften Augen entdeckten die bepackte Narta. »Oh, so viel von allem! Was ist das – und das? Die Rene sehen ganz erledigt aus, die armen Kerle.« Er begann sie liebevoll zu streicheln.

Guran pflichtete ihm bei und rieb als guter Fahrer die schwitzenden Tiere trocken, ehe er sie aus dem Wind in den Schuppen brachte, wo sie die Futterzeit abwarten konnten. »Überhitzte Tiere soll man nicht gleich füttern«, erklärte er, »das ist schädlich.«

Die Jurte war sauber und warm. Über dem Feuer

hing ein kupferner Teekessel mit dampfendem Wasser; seitlich stand ein großer Topf, der nach Fischsuppe roch. Toyon schlief zum Knäuel zusammengerollt auf einer sauberen Decke neben dem Bett des Jungen.

Ohne erst seinen Kuklianka abzulegen, ging Guran hinüber zu Tartu, der aschgrau und still dalag. Er mußte sich tief niederbeugen, um schwache Atemzüge wahrzunehmen. – Wenn er nur auf eine Minute zu sich käme, dachte Guran, so könnte ich ihm eine Pille geben.

Nach dem Essen entlud Guran die Narta. Dahn schien es, als habe er unermeßliche Reichtümer mitgebracht: Mehl und Pulver, Schrot und Salz, Kleidungsstücke und Kandiszucker. Und, als wichtigstes, zwei Krüge mit gefrorener Milch für Toyon. Seit zwei Tagen hatte der Junge selber keine Milch getrunken, um nur ja genügend Nahrung für den kleinen Hund zu haben.

»Er ist so gierig«, sagte er ernsthaft. »Wenn er wach wird, jault er nach seiner Milch, und kaum ist er fertig, bettelt er um mehr. Aber ich habe nicht vergessen, was du vom Überfüttern gesagt hast. Was mir Angst macht, ist bloß, daß er dauernd naß ist. Ich hab' knapp Zeit, eine Decke zu trocknen, ehe die andere wieder schmutzig ist. Ich hoffe nur, er ist nicht krank.«

Gurans Herz schlug zärtlich, als er den blinden Welpen auf seinem Lager umherrutschen sah und ihn nach etwas winseln hörte, das er nie gekannt hatte. Geriet er purzelnd und sich windend einmal an den Rand der Decke und berührte mit der Pfote den kalten Lehmboden, so zog er sie schnell weg und kehrte in die weiche Wärme zurück, die sein Zuhause war. Vorsichtig griff Guran ihn beim Nacken und hob ihn in die Luft. Der kleine Hund verstummte augenblicklich.

»Was fehlt ihm?« fragte Dahn.

»Überhaupt nichts«, sagte Guran zufrieden. »Auf diese Art erkennt man einen guten Hund. Du siehst, daß er das Mäulchen fest geschlossen hat und keinen Laut von sich gibt. Das bedeutet, daß er einmal ein Hund sein wird, auf den man sich verlassen kann. Jedenfalls heißt es so. Manche Welpen schreien, wenn man sie auf diese Weise hochhebt. Du sagst, er macht sich häufig naß. Das hat nichts zu bedeuten. Kleine Hunde sind wie Babys. Du verstehst schon: Er nimmt nur flüssige Nahrung zu sich, und so regnet es natürlich hin und wieder. Hast du auf seinen Kot geachtet? Ist er dünn und gelblich?«

»Ja, dünn und gelblich«, bestätigte Dahn.

»Nun gut. Er ißt, trinkt und verrichtet sein Geschäftchen regelmäßig. Was willst du noch mehr?«

Guran legte den Welpen auf den Rücken, tastete seinen Magen ab und erklärte ihn für gesund, wenngleich ein wenig unterernährt. »Er braucht mehr Milch und weniger Wasser. Wir werden sein Futter jede Woche ändern müssen. Wenn er eine Mutter hätte, so würde sie am besten wissen, wie er aufzuziehen ist, aber das eine oder andere wissen wir auch. Eine Zeitlang werden wir ihn jetzt vier- bis sechsmal täglich füttern. Kannst du das schaffen und außerdem sein Lager trocken halten?«

»O ja«, antwortete Dahn bestimmt, »sieh dir das Bett an, das ich ihm drüben in der Ecke fertiggemacht habe.«

Guran lächelte. »Aha! Und was wird der Großvater sagen, wenn er entdeckt, daß du eine gute Decke zerschnitten hast?«

»Wir haben einen Haufen Decken, aber nur einen Hund«, war Dahns Antwort. »Großvater gibt nichts drum. Aber sag mir bitte – wird er wieder gesund? Als du fortgefahren warst, trank er ein bißchen Suppe und sprach sogar mit mir. Und nun hat er seit zwei Tagen weder gesprochen noch gegessen. Wie können wir ihn überhaupt fortbringen?«

Guran wußte darauf nichts zu sagen. Auch er sorgte sich um Tartu, der durch nichts aus seiner totenähnlichen Starre zu erwecken war. Es war ebenso unmöglich, ihn in diesem Zustand mitzunehmen, wie ihn länger hier liegenzulassen. Was also tun? Wenn er doch wenigstens eine Pille schlucken würde!

Guran war jetzt über eine Woche von seiner Familie fort und war zu Hause dringend nötig, doch konnte er nicht daran denken, Tartu zu verlassen. Nachdem er sich um die Rene gekümmert und die Jurte für die Nacht fertiggemacht hatte, bereitete er das warme Milchgemisch für Toyon zu und goß es in das Horn.

Der kleine Körper zitterte vor Ungeduld und Wonne, als der Welpe so heftig saugte, als gelte es, den ganzen Horninhalt mit einem Schluck zu leeren. Sein Übereifer verursachte einen Erstickungsanfall, und Dahn nahm die improvisierte Flasche fort, damit er wieder zu Atem kommen konnte, aber das paßte ihm durchaus nicht. Er knurrte, und sein komisches Schwänzchen zuckte böse.

Stolz und Freude standen dem Jungen im Gesicht geschrieben. »Schau, wie gierig er ist! Ich wollte, seine Augen wären auf«, sagte er. »Ich wollte, er würde ganz schnell groß und so tüchtig werden wie seine Mutter.«

»Weshalb nicht?« meinte Guran. »Er stammt aus einer guten Zucht. Zwei Tage weiter, und er kann sehen. Ein Jahr weiter, und wir können uns vor seinen Streichen kaum noch retten.«

Nach der Mahlzeit stieß das Hündchen auf, drehte sich ein paarmal im Kreis, um sein Bett zu prüfen, rollte sich zusammen und war schnell eingeschlafen. Dahn ging ebenfalls zu Bett. Guran blieb neben dem flackernden Komelek zurück, allein mit dem Schweigen und seinen Gedanken. Nach einer Weile begab er sich in Tartus Ecke, um festzustellen, ob im Befinden des alten Mannes ein Wechsel eingetreten war. Nichts hatte sich geändert. Er legte sich nieder und fiel sofort in einen so lebendigen Traum, daß er glaubte, wach zu sein.

In diesem Traum erhob sich Tartu und trat mit den Worten zu ihm: »Du bist ein guter Mann, Guran, und ein zuverlässiger Freund. Gib mir deine Pfeife, ich habe nicht mehr geraucht, seitdem ich krank geworden bin.« Schweigend tat Guran es. Er wollte sprechen, seiner Freude Ausdruck geben, daß Tartu wieder wohlauf war, ihm die mitgebrachte Medizin verabreichen, doch die Worte kamen nicht. Staunend sah er, mit welcher Freude der Alte seine Pfeife rauchte, ehe er sie aus dem Mund nahm und zusammen mit dem Tabaksbeutel neben Gurans Bett legte. Dann zog Tartu seinen Kuklianka an und trat zu seinem Enkel: »Gib auf Dahn und auf den Hund acht«, fuhr er fort, »er wird vorzüglich werden und hat einen guten Namen, Toyon. – Nein, steh nicht auf. Es tut mir leid, doch für mich ist es Zeit zu gehen. Hörst du nicht, wie Herrin nach mir ruft? Leb wohl.« Unter diesen Worten verließ Tartu die Jurte, zum Abschied winkend.

Guran erwachte, da er ganz deutlich das Knarren einer Tür und Hundebellen zu hören glaubte. Er sprang auf und lief an das Bett, in dem Tartu lag – die Augen offen, und auf dem Gesicht den Stempel ewigen Friedens.

Guran war erschüttert und machte sich bittere Selbstvorwürfe, weil er Tartus Hinscheiden verschlafen hatte. Niederkniend, sagte er weich: »Ich bin schuldig vor dir, mein Freund, und werde es all mein Leben nicht vergessen. Ich werde tun, was du mir aufgetragen hast. Ich werde für deinen Enkel sorgen, als wäre er mein eigener Sohn. Wir werden uns alle um Toyon kümmern und für dich beten.«

Als am Horizont die Dämmerung heraufzog, weckte er den Jungen. »Steh auf, Dahn, wir haben heute viel zu tun.« Und erst als er angezogen war, erklärte er: »Dein Großvater ist nicht mehr aufgewacht, mein Sohn. Er ist von uns gegangen, um bei Herrin zu sein.« Dann, als sich die Augen des Jungen weiteten in Schmerz und Angst, sagte er streng: »Dein Großvater war ein guter Mann, und wir müssen beten, nicht weinen. Du und Toyon, ihr werdet in meiner Familie leben. Ehe dein Großvater ging, nahm er Abschied von dir und rauchte meine Pfeife – aber vielleicht sah ich das im Traum, ich weiß es nicht.«

Eine Zeitlang standen sie schweigend vor Tartu; dann sprach Guran von praktischen Dingen.

»Du mußt mir helfen, den Großvater mit Anstand zu beerdigen. Der Boden ist hartgefroren. Was hältst du davon, ihn zu Herrin und ihren Jungen in die Grube zu legen? Sie haben miteinander gelebt, warum sollen sie nicht auch im Tode beieinander bleiben? Nun brauchen wir noch Bretter für den Sarg. Weißt du welche?«

Der Junge überlegte ernsthaft. »Im Vorratshaus steht eine Truhe, Onkel Guran, die wie ein Boot mit einem Deckel aussieht. Großvater wählte letzten Frühling selbst das Holz aus und zimmerte sie. Ich weiß noch, wie er lachte, als er fertig war, und meinte, wenn nun sein Engel käme, wäre er bereit. Der Tod, sagte er, sei wie der Schlaf nach einem harten Arbeitstag, und ich solle mich nicht fürchten. Er wolle nur nicht gern sterben, solange ich noch klein sei.«

»Du bist nicht mehr klein«, erklärte Guran, »Männer werden nicht nach ihrem Alter, sondern nach ihrer Vernunft beurteilt.«

Die beiden machten sich eifrig an die Arbeit. Während sich Dahn um den Welpen kümmerte, suchte Guran den Sarg. Es war ein ausgehöhlter und behauener Baumstamm, und er glich tatsächlich einem zugedeckten Boot.

Guran trug ihn in die Jurte und legte ihn mit weichen Fellen aus. Dann wusch er Tartu und zog ihm saubere Kleider an, einen Kuklianka und sogar einen Hut. Als er so im Sarg lag, sah der alte Mann aus wie jemand, der eine weite Reise antritt. Nach diesen Vorbereitungen schaute Guran in der Grube nach, ob neben Herrin und ihrem Wurf noch Platz genug für Tartu sei.

Bei der Arbeit wies er Dahn an, welche Dinge er in einer Ecke zum Mitnehmen stapeln sollte. »Wir können nicht alles nehmen«, erklärte er, »und wir wollen nicht mehr als drei, vier Fahrten machen. Oh, es wird dir bei uns gefallen! Die Jurte deines Großvaters liegt an einem herrlichen Ort, aber meine ist auch nicht weit vom Fluß weg. Eine Meile weiter ist ein See voller Fische. Im nahen Wald leben die gleichen Tiere wie hier. Du wirst mit meinen Kindern aufwachsen, Toyon wird größer werden, und dann gehen wir zusammen auf die Jagd.«

Dahn schluckte die Tränen hinunter, als sich das Bild dieses neuen und interessanten Lebens vor ihm entrollte. Nach und nach trug er einen hohen Stapel von Fellen, Kleidungsstücken aller Art, Geräten und Angelzeug zusammen. Am Abend war alles bereit.

»Nun«, sagte Guran, »nimm Toyon auf den Arm. Ein Priester oder Schamane ist nicht da, aber du und ich können Gottes Barmherzigkeit für den Großvater erflehen und für ihn beten.«

Zusammen knieten sie nieder. »Allmächtiger Gott«, begann Guran, »der alte Tartu hat uns und dieses sein Haus verlassen, um zu Dir zu gehen. Sei gnädig gegen ihn. Er war ein guter Mensch und gut zu anderen. Du, o Gott, nimm Dich seiner an. Wenn er gesündigt hat, verzeihe ihm, so wie auch ich hoffe, daß er mir verzeihen wird, was ich ihm je Unrechtes tat. Du weißt, wie schwer es ist, zu leben, ohne zu sündigen. Möge seine Seele in Frieden ruhen. Ich nehme seinen Enkel und den kleinen Toyon zu mir, um für sie zu sorgen. Wir danken Dir, allmächtiger Gott, für all die Gnade, die Du meinem Freund schenken wirst. Und nun, Tartu, leb wohl!«

Er verschloß den Sarg, setzte ihn auf einen kleinen Schlitten und zog ihn zur Grube, wo er ihn mit Hilfe einiger Lederriemen langsam hinabgleiten ließ. Er bedeckte ihn mit Brettern, die er mit Holzklötzen beschwerte, und häufte schließlich Schnee darüber.

»Im Frühling«, sagte er, »werden wir beide wiederkommen und Blumen pflanzen und ein Grabmal aus Stein errichten. Dann kann kein Tier das Grab zerstören. Mit der Zeit können wir hier Rentiere aufziehen. Es gibt ja Futter im Überfluß. Wer weiß? Vielleicht werden wir sogar reich, dann bauen wir hier ein richtiges russisches Haus. Was meinst du dazu?«

Dahn nickte heftig. Zu sprechen getraute er sich noch nicht. Guran fuhr fort:

»Und jetzt gehen wir hinein und nehmen eine kräftige Mahlzeit ein im Gedanken an den Großvater und Herrin und ihre Kinder. Es ist wichtig, sich nicht um das Verlorene zu grämen, sondern sich um das zu kümmern, was wir noch haben. Betrachte es einmal so – Gott hat dir mich geschickt an Stelle des Großvaters, und Toyon an Stelle von Herrin.«

Unter solchen Worten bereitete Guran gefrorenen Fisch zu und briet Rebhühner am Spieß, bis sie saftig waren und köstlich schmeckten. Die beiden saßen lange Zeit beim Essen, tranken Tee mit Kandis und sahen dem possierlichen Treiben des Welpen zu. In seiner Gegenwart konnte man unmöglich traurigen Gedanken nachhängen, und als der Abend fortschritt, wurde Dahn ganz ruhig und aufgeräumt.

»Sag, Onkel Guran«, fragte er, als der Hund nach dem Füttern endlich einschlief, »wer wird Toyon das Jagen beibringen? Großvater hat gesagt, junge Hunde lernen es von ihrer Mutter und anderen Hunden, aber Toyon hat keine Mutter, und dein Hund ist kein Jäger. Außerdem ist er faul. Was tun wir da?«

Bereitwillig ging Guran darauf ein. »Natürlich lernen kleine Hunde genau wie Kinder von den Eltern, doch werden nicht alle Kinder so tüchtig wie ihre Eltern. Es kann genau umgekehrt kommen. Viel hängt davon ab, was sie von Gott und der Natur mitbekommen haben. Lernen ist weitgehend eine Sache der Nachahmung. Ein junger Mensch – oder Hund – tut, was er andere tun sieht, was er gesagt bekommt. Sicher wäre Herrin der beste Lehrer für Toyon gewesen, weil sie in ihrer eigenen Sprache miteinander hätten reden können. Ohne sie müssen wir ihm die Dinge, die er wissen soll, beibringen.«

»Glaubst du denn, daß Hunde sprechen können?«

»Gewiß! Alle Lebewesen haben ihre eigene Sprache, und die Hundesprache ist uns sogar ziemlich verständlich. Erinnerst du dich, wie Herrin bellte, wenn sie dich oder den Großvater erblickte? Das war ein Willkommensbellen; doch wenn ein Hund auf der Jagd eine Fährte wittert, wird er leise bellen oder auch nur winseln, um seinen Herrn aufmerksam zu machen, ohne die Beute zu verjagen. Und so gibt es viele Arten. Man muß sie nur verstehen.«

»Glaubst du, ich kann's lernen?«

»Warum denn nicht? Du bist ein Sohn der Tundra. Hunde sind unsere Freunde. Die Alten sagen, daß sich niemand einer Zeit erinnern kann, in der Menschen ohne Hunde lebten; daß Gott, sowie er den Menschen schuf, ihm einen Hund gab zur Gesellschaft. Ein Hund jagt für ihn, arbeitet für ihn, beschützt ihn und sein Vieh. Ja, mein Junge, einen Hund soll man preisen, selbst wenn er so nutzlos wie mein Faulpelz ist. Ohne Hund ist ein Haus leer. Dein Großvater liebte Hunde, kannte sie. Ich kenne sie auch, und was ich weiß, will ich an dich und meine Kinder weitergeben. So ist das – aber nun flink ins Bett. Morgen brechen wir auf. Du fährst mit Toyon auf der Narta. Hm, die armen Rentiere werden allerhand zu tun haben mit dem ganzen Gewicht.«

»Nein, nein«, protestierte Dahn, »ich will nicht auf der Narta sitzen. Ich habe Schier, und du wirst sehen, wie gut ich laufen kann. Nur, wie binden wir Toyon so fest, daß er nicht in der ersten Kurve wegrutscht?«

Guran überlegte kurz. »Sorg dich nicht. Ich weiß genau den richtigen Platz für ihn: in meiner Jacke, dicht an der Brust. Da sitzt er warm und sicher. Und wenn er mich naß macht, schadet's auch nichts.«

Allein am Feuer in der stillen Jurte, erwog Guran später, wie Tartus Tod mit einem Schlag so viele Leben geändert hatte. Tartu war kein armer Mann gewesen. Werkzeuge, Jagd- und Fischgeräte, die Einrichtung und die Pelze, alles zeugte von der Regsamkeit und Umsicht des alten Mannes. Wenngleich nicht gerade reich, war er doch wohlversorgt gewesen.

Wer weiß, ob ein Leben gut oder schlecht gewesen ist? sann Guran. Als junger Mann hatte Tartu Reisen und Abenteuer kennengelernt. Seine Ehe hatte ihm ein kurzes Glück beschert, dem eine Kette von Unglücken folgte. Leicht war sein Leben sicher nicht gewesen. Guran kannte ihn als einen strengen, rauhen Mann, der im Kern jedoch freundlich, aufrecht und ehrlich war. Darüber hinaus schätzte er ihn als erfahrenen Jäger und Fischer. Ach, welch herrliche Zeiten hatten sie miteinander verlebt! Wie hatten Tartu Annas Biskuits aus Gerstenmehl geschmeckt, obgleich er nie begriff, warum sich Guran mühte, der eisigen Tundra Gerste abzugewinnen! Gurans Gedanken wanderten zurück zu seiner ersten Begegnung mit Tartu, dessen Hündin Herrin damals ein Jahr alt gewesen war. Jeder, der Mann und Hund beobachtete, hätte schwören mögen, daß sie miteinander sprachen, so vertraut war ihr Verhältnis.

»Und nun sind sie beide nicht mehr«, sann Guran, »die Alten sprechen wahr, wenn sie sagen, daß sich beim Scheiden eines guten Freundes die Welt verdüstert.«

Das Winseln des Hündchens brachte seine Gedanken vom Tod wieder zum Leben zurück. Er fand den kleinen Burschen, verloren auf dem kalten Boden neben seinem Bett herumtapsend, und nahm ihn hoch. Gleich hörte das Schniefen auf. »Aha«, sagte Guran befriedigt, »du bist nicht dumm, sondern verstehst, daß du in wohlwollenden Händen bist.« Dann prüfte er das winzige Wesen auf seinen Knien eingehend. Das dunkle graue Fell war weich und fühlte sich seidig an. Der Körper war noch nicht genügend ausgefüllt, um zum großen, gutentwickelten Kopf zu passen, aber die Kiefer waren breit und die Beine stark. Ja, Toyon gefiel ihm sehr, und er fühlte seine Stimmung steigen. Da war die Vergangenheit, gewiß, aber da war auch die Zukunft, der der Welpe angehörte. Beide hatten gleichen Teil an ihm.

»O Gott«, sagte Guran von jäher Dankbarkeit ergriffen, »ich nehme diesen Jungen und den Hund zu eigen an!«

Er zweifelte nicht, daß seine simplen Worte bis zum Himmel drangen.

5

Es ist möglich, lange Zeit im Glück zu leben, ohne es zu merken. Wie Wärme und Sonnenschein hält man es für selbstverständlich – ein Geschenk der Natur.

Seit dem Tag, da Guran mit Dahn und dem Welpen heimkehrte, war alles anders. Die Jurte hallte vom frühen Morgen bis zum späten Abend von fröhlichen Stimmen wider. Nicht etwa, weil der Januar wärmer war als der Dezember oder weil Guran plötzlich reich geworden war. Sicher, er hatte jetzt Korn, aber das wurde für die Aussaat weggelegt. Sicher vermehrten auch ein paar Fahrten zu Tartus Jurte seine Vorräte an Fisch und Fleisch und Kleidung, doch konnte dieser Zuschuß, so willkommen er war, nicht lange vorhalten. Wie früher mußte Guran jagen und Fallen stellen und angeln, um seine wachsende Familie zu ernähren.

Was also war dies Glück, das einem Vogel gleich in seiner Jurte nistete? Nichts, das man berühren konnte, und doch war es da. Fisch und Wild waren unerwartet reichlich. Innerhalb von zwei Monaten erlegte Guran nicht weniger als fünfzig Eichhörnchen und zwei rote Füchse. Kaninchen und Rebhühner, sonst so listig, fing er nun leicht und ohne Munitionsverschwendung in Schlingen, die er am Fluß oder am See auslegte. Und wie bei der Nahrung, ging es auch beim Brennholz. Es schien gar kein Kunststück mehr zu sein, im Wald mit flinken Hieben Holz genug zu hauen, um die Kälte ihrer Schrecken zu berauben.

Der ganze Januar war bitterkalt, doch trotz Kälte und häufiger Stürme brannte das Feuer im Komelek hell, und jedermann fühlte sich wohl. Zuerst sorgte sich Anna, weil Dahn so dünn und blaß und traurig war. »Er muß mehr essen«, drängte sie, »und reichlich Milch trinken.« Lag es nun am Essen oder an der herzlichen Zuneigung, die man ihm entgegenbrachte – bald wurden seine Wangen voller und nahmen Farbe an, und er lachte ebenso vergnügt wie die fünfjährige Nata. An den langen Winterabenden in der warmen Jurte zählten Guran und Anna sich wieder und wieder jede kleinste Einzelheit des Geschehens auf, das ihr Leben so verwandelt hatte. Zufriedenheit und Behagen herrschten, wo früher Not und Kummer waren. Sie konnten nur eine Erklärung finden: Sicher war der gute Geist aus Tartus Jurte mitgekommen, um hier zu wohnen und ihre bösen Geister zu vertreiben. Daraus folgte, daß Dahn und der Welpe lebendige Beweise dieses Geistes waren, ein Geschenk des toten Freundes.

So empfing Dahn die gleiche Liebe und Fürsorge wie ihre eigenen Kinder. Besonders Guran fand in ihm einen vortrefflichen Gefährten. Obgleich erst acht Jahre, war Dahn im Freien schon erfahren und geschickt, und sein lebhafter Verstand machte ihn erwachsener als seine Jahre. Bei günstigem Wetter nahm Guran ihn stets zum Jagen und Fischen mit. Die Tundra war weniger einsam, die Arbeit leichter, Entfernungen waren kürzer, wenn jemand da war, mit dem man sprechen konnte. Unter keinen Umständen erwartete der Junge jemals Rücksichtnahme. Diese so mannhafte Eigenschaft hatte ihn Guran vom ersten Augenblick an teuer gemacht.

Dahn hingegen war Guran tief ergeben und betrachtete ihn als Freund und Quelle aller Weisheit. Toyon aber gehörte sein Herz. Er bewachte und versorgte ihn und verfolgte seine Entwicklung mit Staunen und Entzücken.

Große Aufregung gab es, als die Babyaugen sich klärten.

»Schaut, schaut«, rief der Junge, »er kann uns sehen!«

Von diesem Augenblick an weitete sich die Welt des Welpen magisch, indes sein Körper wuchs und stärker wurde.

Eine Schwierigkeit war unvermeidlich. Seit Dahns Eintritt in die Familie hatte Nata ihn als ihr Eigentum betrachtet und war tief eifersüchtig auf den Hund. Überdies wollte sie bestätigt haben, daß Toyon ihr sowohl wie Dahn gehörte. Um ihre Macht zu beweisen, griff sie eines Abends den schlafenden Welpen und nahm ihn von seinem Platz neben Dahn mit in ihr eigenes Bett. Guran beobachtete, daß der Junge verletzt war, doch ehe er noch eingreifen konnte, wand sich Toyon los und trottete zu seinem Platz zurück. Nata lief ihm böse nach und versuchte, ihn mit Gewalt zu halten, obgleich er sich angstvoll wand und drehte. Wortlos nahm Guran das Bürschchen auf und setzte es auf die Decke, die sein Bett war. Es beruhigte sich augenblicklich, rollte sich zum Ball zusammen und schloß wieder die Augen.

Heftig wandte sich Nata ihrem Vater zu und schrie: »Toyon soll bei mir schlafen! Ich will nicht, daß er fortläuft! Er ist genausogut mein Hund!«

Guran nahm die Hand des Kindes. »Nata, hör mir zu«, sagte er. »Toyon gehört uns allen – aber er hat sein Bett, genau wie du deins hast, und er kennt es. Dahn betrachtet er als seinen Herrn, weil Dahn ihn füttert und sein Lager sauberhält. Das ist so richtig. Es ist wichtig, ihn ordentlich zu erziehen, doch wenn du so selbstsüchtig handelst, verdirbst du alles.«

Das kleine Mädchen war nicht mit Vernunft zu trösten. »Ich liebe ihn auch! Ich möchte mit ihm spielen!«

»Spiel mit ihm, soviel du Lust hast«, sagte Guran. »Nur verlang nicht, daß er schläft, wo er nicht schlafen möchte. – Einverstanden, Dahn?«

Der Junge, der schweigend Augen und Ohren offenhielt, nickte. »O ja! Du kannst gern morgen schon ganz früh mit Toyon spielen, Nata. Ich bring' ihn dir, sobald er aufwacht. Willst du das?«

Nata war zufrieden. »Ja«, sagte sie.

So war der Friede wiederhergestellt und ein Beschluß gefaßt – noch unwichtig zu der Zeit – bezüglich Toyons Platz im Haushalt. Am gleichen Abend hörten die Eltern zufällig ein Gespräch der Kinder.

»Du bist mir nicht böse, Dahn?« sagte Nata mit versöhnlicher Stimme und nach Frauenart, die jede Situation mit Worten festnageln muß.

»Natürlich nicht«, antwortete Dahn. »Laß Toyon schlafen, wo er will. Zwing ihn zu nichts. Wir sind alle eine Familie, und er ist unser Hund.«

»Ich will ihn ja nicht zwingen, bei mir zu bleiben«, stimmte Nata zu, »aber warum lief er zu dir zurück? Warum denkt er, du bist sein Herr?«

Der Junge überlegte einen Augenblick. »Ich weiß auch nicht, Nata. Vielleicht, weil seine Mutter Großvaters Hund war und wir beide Großvater gehören würden, wenn er lebte. Wenigstens glaube ich, daß es so ist.«

»Wenn dein Großvater nicht gestorben wäre«, wollte Nata wissen, »würde er dann auch bei uns wohnen?«

»Ich denke schon«, sagte der Junge unschlüssig. »Aber eins weiß ich bestimmt: Sein Segen wird in Toyon weiterleben. Darum müssen wir gut für ihn sorgen. Onkel Guran sagt, er sei ein Geschenk von Gott. Zudem haben wir's Großvater versprochen.«

»Ah ja, und deshalb wohnt jetzt der gute Geist bei uns und hat den bösen weggejagt«, fiel Nata ein. »Mutter hat es mir erzählt.«

Anna und Guran nickten beifällig. Was die Kinder glaubten, glaubten auch sie.

Dahn war für alle bis hinab zum kleinen Roda, der eben den Gebrauch seiner beiden dicken Beinchen lernte, ein ganz besonderer Mensch, und er erwiderte ihre Liebe herzlich. Nur Nata war oft kapriziös und eigensinnig. In der einen Minute war er ihr »liebster Bruder« und in der anderen bekam sie einen Wutanfall, weil er keine Zeit zum Spielen hatte. Infolgedessen behandelte er sie nur mit milder Nachsicht – was konnte ein Mädchen, und dazu noch so ein kleines, schon von Mannespflichten wissen!

»Nata, das darfst du nicht«, mahnte er, wenn sie ihn herauszufordern suchte. »Ich muß von Onkel Guran lernen, wie man ein Jäger und Fischer wird. Und ich muß Toyon unterrichten. Ich bin erwachsen – Onkel Guran hat's gesagt.«

Nata schüttelte hartnäckig den Kopf. »Nein, du bist

noch ein Junge, und Toyon ist nur ein kleiner Hund. Du mußt mit mir spielen.«

Noch weniger befriedigte es sie, wenn ihre Eltern Dahn recht gaben: »Weshalb spielst du nicht mit deinem kleinen Bruder?«

»Roda!« rief Nata verächtlich. »Er wird immer kleiner sein als ich, und ich will nicht mit einem Baby spielen.«

Was die anderen vergebens anstreben mochten, gelang dem Welpen leicht: Er bildete den Mittelpunkt aller Aufmerksamkeit. Jedermann war gespannt auf seine immer neuen und ergötzlichen Versuche. Kein Tag verging, an dem ihm seine beste Lehrmeisterin, die Nase, nicht etwas beibrachte. Zuerst, als er sich wackelig kaum auf den unbeholfenen Beinen hielt, forschte er mit Vorsicht und wagte sich nie weit vom sicheren Lager fort. Dann, als ein Tag dem anderen folgte, lockten ihn Mut und Neugier weiter. Er begann unschlüssig, schnüffelte hier und da, blieb stehen, um ein fremdes Ding zu untersuchen, zögerte, schwankte und änderte die Richtung, weil ihn ein Geruch entweder anzog oder abstieß. Nur auf dem Weg zurück zu seinem Bett fehlte es ihm nie an Sicherheit, und er wußte immer ganz genau, wo es war. Und als seine Beine stärker und seine Abenteuer kühner wurden, lernte er jeden Zentimeter der großen Jurte kennen.

Von Zeit zu Zeit warf Guran ihm ein Eichhörnchen- oder Kaninchenfell in den Weg. Zur Wonne der Betrachter blieb Toyon immer sofort stehen, schnüffelte, umrundete den Pelz vorsichtig wieder und wieder und zerrte ihn sodann zufrieden knurrend auf sein Lager.

Zu fressen bekam er anscheinend nie genug. Seine Mahlzeiten wurden allmählich auf vier am Tag zusammengelegt. Im zweiten Monat konnte er Fischsuppe essen oder einen Brei aus knochenlosem Wildfleisch. Nach dieser halbfesten Kost näßte er seltener, und Guran riet Dahn, mit dem Unterricht zu beginnen. Ein Stapel trockenes Gras und Moos wurde neben die Jurtentür gelegt. Toyon beachtete ihn nicht, begriff den Sinn jedoch sehr schnell, als Dahn ihn bei jedem Zeichen der Unruhe aufnahm und dort absetzte – ihm unter Tätscheln gut zuredend. Nach wenigen Tagen hoppelte er schon aus eigenem Antrieb hin. Mehrmals am Tag nahm man ihn mit nach draußen, was er zunächst von ganzem Herzen haßte, da ihm der Schnee an den Pfoten klebte und das feuchte Schmelzen ihn elend machte. Bald freilich stürzte er sich mit Wonne in das weiße Zeug, schnaufend und sich überschlagend vor Vergnügen.

Toyon und Faulpelz begegneten sich bald. Es hinterließ bei keinem von beiden großen Eindruck. Der Welpe blieb gleichgültig stehen, als der Ältere ihn beroch, drehte sich dann grob um und rannte hinter Dahn her.

Voller Stolz erklärten Dahn und Guran, daß Toyon sie schon im zweiten Monat seines Daseins alle am Geruch erkannte. Und er wußte genau, wann es zu fressen gab und wann es zum Spiel hinausging. Durch Kratzen an der Tür belehrte er jene, die mit weniger akkuratem Zeitsinn gesegnet waren. Ebenfalls im zweiten Monat lernte er Laute unterscheiden. Gehört hatte er sie zwar vorher auch, doch nur verschwommen und ohne daß sie ihn etwas angingen. Jetzt richtete er, wenn jemand rief: »Toyon, komm her!«, erst das eine Ohr auf, dann das andere, spitzte sie beide, wandte die Augen in Richtung auf die Stimme hin und trottete zum Rufer. – Verstand er, daß »Toyon« sein Name war? – Nun, selbst wenn er's nicht verstand – die Antwort war stets richtig.

Sein eigener Wortschatz war simpel. Zuerst winselte er nur. Eines Morgens, als Nata beinahe auf ihn trat, knurrte er warnend: »Au-au-au!« Im Gebrauch wandelte der Laut sich mählich in hartes Wau-wau-wau! Das war unmißverständlich ein Bellen, und Dahn fragte Guran: »Was bedeutet es, Onkel? Fängt er an zu sprechen?«

Guran überlegte.

»Ja«, sagte er bestimmt, »das kann man sagen. Nordische Hunde bellen erst spät, und manche bellen gar nicht, sondern heulen nur wie die Wölfe, ihre Brüder. Bellen zeugt von vorgeschrittener Intelligenz. Jagdhunde zum Beispiel bellen, Arbeitshunde tun es selten. Toyon ist ein Jagdhund. Sieh, wie er alles beschnüffelt! Blick, Geruch und Gehör werden sich mit der Zeit verschärfen, und durch das Bellen wird er uns verständlich machen, was er denkt.«

»Denkt? Kann ein Hund denken? Großvater hat gesagt, Hunde haben bloß Instinkt.«

Guran erwog eine Antwort, die Tartus Ansehen nicht in Frage stellte.

»Großvater hatte recht«, sagte er. »Der Instinkt des Hundes ist dem des Menschen weit überlegen. Er ist schärfer, exakter. Nur heißt das nicht, daß Hunde ohne Verstand sind. Ich selbst habe deinen Großvater sagen hören: ›Meine Herrin hat mehr Verstand als ihr alle zusammen.‹ Er glaubte es also auch. Ja, ein Hund hat auch Verstand – wenn auch nicht unseren menschlichen. Die Natur schafft jegliche Lebensform nach ihrem Bedürfnis. Sicherlich kann Toyon keine Axt nehmen und eine Narta bauen, keinen Handschuh nähen und kein Gras schneiden. Für solches Tun ist er nicht geschaffen. Aber sieh, wie er uns schon kennt und mag. Nenn es Instinkt – es ist auch Intelligenz. Und eines Tages wird er jagen müssen wie seine Mutter – und die Beute bringen, ohne dem Fell zu schaden. Das bedarf der Klugheit. Du wirst dich erinnern, wie Herrin nie holterdipolter davonlief, um die Beute auf irgendeine Art zu fangen. O nein! Sie hatte immer einen Plan im Kopf – wo zu fangen und wie. Manch ein Jäger hat mir erzählt, wie sein Leben von einem Hund gerettet wurde. Wieder Intelligenz. Weißt du, was ein Mann tut, wenn er sich im Schneesturm verirrt? Er bleibt, wo er ist, und schickt den Hund um Hilfe los.«

Dahns Augen leuchteten. »Ja, das kann ein Hund!« rief er.

»Das und mehr. Über manchen Tundrahund erzählt man ungewöhnliche Geschichten. Und irgendwie glaube ich, daß auch unser Toyon ungewöhnlich ist. Wir müssen ihn nur richtig erziehen. Er soll fühlen, daß er unser Freund ist, ein Mitglied der Familie – nicht, daß wir nur seine Herren sind, die ihn füttern und dafür Gehorsam fordern. Verstehst du das?«

»Ich verstehe«, nickte Dahn feierlich, »und Toyon wird wie mein Bruder sein.«

»Meiner auch«, verkündete Nata, die aufmerksam zugehört hatte.

Anna freilich murrte, halb ernsthaft und halb im Scherz. »Nun hast du ihre Köpfe mit Unsinn angefüllt, daß sie glauben, Toyon werde sich eines Tages an den Tisch setzen und mit uns essen.« Gleichwohl liebte Anna

Toyon von Herzen und stimmte Guran bei, daß Toyons Zukunft mit der ihrer Familie unlöslich verbunden war.

Insgeheim erklärte Dahn Nata: »Es war so: Gott schuf zuerst den Menschen, und als Er sah, wie schwer es war, in der Tundra zu leben, gab Er ihm einen Freund und Helfer – den Hund. Großvater hat es mir erzählt. Er sagte, daß ein Hund nur anders aussieht als ein Mensch – Herz und Sinn sind gleich.«

Nata war alles Reden leid. »Ich wünschte nur, Toyon würde schnell groß«, forderte sie ungeduldig.

Selbst ein nordischer Winter muß den Gesetzen der Natur gehorchen. Anfang März fühlten Mensch und Tier die Sonne näher kommen. Und mit ihr kam die Zeit, in der man den ganzen Tag draußen verbringen konnte.

Nata, Dahn und der Hund machten augenblicklich Gebrauch davon, und Guran gesellte sich nach der Arbeit oder Jagd oft zu ihnen. Nur Anna und das Baby Roda bewohnten tagsüber die Jurte. Toyon ging in seinen vierten Monat, er wuchs zu einem lebhaften, schönen und klugen Tier heran.

Sowie Guran morgens die Tür öffnete, sauste er auf den Hof, warf sich in den Schnee und wälzte sich sauber. Guran stellte ihn Nata, die sich nicht gern wusch, als Beispiel hin: »Wenn du so auf dich hältst wie Toyon, wirst du wunderschön werden.« Zur Verblüffung aller hörte Nata zu und folgte.

Nach dem Wühlen im Schnee mußte Toyon den Hof durchforschen, um sich über nächtliche Veränderungen zu unterrichten. Der Hof war groß, Toyon war neugierig, und es gab so viel zu inspizieren: Umzäunungen und Vorratshaus und Faulpelz' Hütte. Doch während er ungestüm hierhin und dorthin stürzte, horchte er auf jeden Laut aus der Jurte. Die Weiten um sein Heim schreckten ihn noch trotz ihres Reizes. Sein Instinkt sagte ihm, daß er nichts zu befürchten hatte, solange Menschen in der Nähe waren. Von Zeit zu Zeit blieb er, wenn in der Ferne etwas seine Aufmerksamkeit erregte, stehen, lauschte, überlegte – und rannte, kurz in die Leere bellend, auf das nächste Mitglied der Familie zu. Welche Botschaften er so sandte und empfing, wußte niemand.

Toyon wandelte sich vom sanften, stillen, vertrauensvollen Welpen zum ungestümen, lärmenden, ja sogar dreisten Burschen. Unmöglich, auch nur einen Augenblick lang still zu sitzen, still zu liegen. Entweder mußte er umhertoben wie ein Wilder oder irgendeinen Unfug anstellen. Sein Lieblingssport bestand darin, einen Lappen oder Tierbalg, den er sich erobert hatte, kreuz und quer über den Hof zu schleppen – die Kinder in wüster Jagd hinterdrein. Meist war er eine Spur flinker als sie, aber es paßte ihm durchaus nicht, wenn sie das Spiel ermüdet aufgaben und ihm den Preis überließen. Prompt warf er ihn hin und bellte protestierend, die Augen flammend vor Erregung, das Maul mit der hechelnden roten Zunge aufgerissen.

Keine Grenzen schienen seiner Energie gesetzt, und ob er sie verschwendete oder auf einen guten Zweck anwandte, war ihm ganz egal. Er bellte Eichhörnchen an, nur um sie springen zu sehen. Er bohrte seine Zähne in Dahns Stiefel und schnappte im Laufen nach dem Saum von Natas Jacke, nur um die Babyzähne und seine jungen Kräfte zu erproben. Ha, und wie freute es ihn, wenn sich die Kinder umdrehten und ihn jagten, bis sie alle miteinander in den Schnee purzelten! Die gellenden Schreie waren Musik für seine Ohren. Dann pflegte sogar Faulpelz sich aufzurichten und Ermunterung zu bellen. Der alte Bursche ließ durchblicken, daß es zwar unter seiner Würde war, etwas so Albernes wie Spielen mitzumachen, er aber andererseits weitaus zu hochherzig war, den Beifall zu unterdrücken.

Nach jenem ersten Treffen mit Faulpelz machte Toyon einen Bogen um ihn, bis er ihn eines Tages in unerforschlicher Mission quer über den Hof pilgern sah. Irgendwie reizte der Anblick den Welpen zur Aktion. Ohne Warnung stürzte er Faulpelz nach und biß sich energisch in dessen baumelnden Schwanz fest. Faulpelz erstarrte vor so viel Unverschämtheit auf der Stelle, ehe er sich aufraffte, seinen Peiniger abzuschütteln. Doch Toyon hielt fest. Da zeigte Faulpelz die Zähne und knurrte drohend.

Guran, der eben die Szene betrat, warnte ihn scharf: »Tu ihm was, und ich prügele dich, daß du lange daran denkst!«

War es der Verweis, seine übliche Faulheit und Gutmütigkeit oder gar die Tatsache, daß er nicht so dumm war, wie man glaubte – Faulpelz schickte sich in seine Lage. Nachgiebig legte er sich in den Schnee und forderte Toyon auf, zu tun, was ihm beliebte. Der freilich stellte sich die Sache anders vor. Er wollte Bewegung, Aufregung. Den Schwanz seines Opfers fahrenlassend, schleuderte er sich ein paarmal auf und über den schlaff dahingestreckten Körper, umkreiste ihn und versuchte kläffend, den gerissenen alten Burschen aufzumöbeln. Faulpelz ließ sich nicht verlocken. Er lag einfach abwartend still und wurde bald belohnt, als der Welpe verdrossen von ihm abließ und anderen, verheißungsvolleren Abenteuern entgegenlief.

Guran entschied, daß die Zeit gekommen sei, dem übermütigen Jüngling ein paar Lektionen über gesellschaftliches Verhalten zu erteilen.

»Toyon wächst heran«, sagte er. »In ein paar Monaten ist er kein Welpe mehr. Eine gelegentliche Portion Kaninchenfleisch wird Kraft in seine Knochen bringen. Und Manieren muß er lernen. Was meinst du?«

»Mit Manieren weiß ich nicht so Bescheid«, sagte Dahn, »aber auf Fleisch ist Toyon versessen. Manchmal denke ich, die Zähne brechen ihm, so wild bearbeitet er einen alten Knochen.«

»Babyzähne«, erklärte Guran. »Die verliert er ohnehin bis zum sechsten Monat. Dann kriegt er Lust, allein auf Jagd zu gehen. Auf den Sommer zu wirst du ihn hinter Ratten und Hamstern herlaufen sehen. Wenn er sie nur abschreckt, bin ich schon zufrieden. Das Ungeziefer kann mir die Gerstenernte ruinieren. Faulpelz rührt sie auf den Tod nicht an. Er fürchtet sich. Toyon wird besser, nur ist er noch jung und dumm. Ratten und Hamster sind klein, aber verschlagen und tückisch, und ihre Zähne sind sehr scharf.«

Dahn dachte darüber nach. »Vielleicht hört Toyon auf, unsere Sachen zu zerreißen, wenn er jagen lernt. Tante Anna war böse, als er kürzlich ein Kissen aufriß und die Federn in die Gegend fliegen ließ.«

Guran nickte. »Ich hab' davon gehört.«

»Es war sehr komisch«, lachte Dahn, der wieder den Hund inmitten des Federnsturmes vor sich sah. »Tante Anna freilich fand, Toyon müsse bestraft werden.«

»Nein. Einen Hund schlagen, lehrt ihn nichts. Gleichwohl ist es nicht lange komisch, all den Unfug zu ertragen, den ein junger Hund erfindet. Wir werden Toyon ein paar Streiche abgewöhnen müssen.«

»Wie denn, Onkel?«

»Wart's ab«, riet Guran und rief mit erhobener Stimme: »Toyon, komm her!«

Toyon, der seinen Namen hörte und entweder Essen oder ein neues Spiel erwartete, fegte quer über den Hof herbei. Guran zog seinen Fäustling aus und hielt ihn zum Riechen hin. Toyon mißverstand ihn. Zupackend, wollte er sich damit aus dem Staub machen. Doch Guran hielt fest. »Nein, das nicht«, sagte er und streichelte beim Sprechen Toyons Kopf. »Ich werfe das Ding hier und möchte, daß du es mir zurückbringst. Verstehst du?«

Mehr wegen des Streichelns als der Worte ließ der Welpe den Fäustling los, trat zurück und sah aufmerksam zu, wie Guran ihn über seinen Kopf hob und mehrmals wiederholte: »Ich werde ihn jetzt fortwerfen, und du bringst ihn zurück.«

Toyon jaulte vor Ungeduld und setzte zum Sprung an. Anna kam aus Neugier zur Tür, um dem Unterricht zuzusehen.

»Jetzt!« rief Guran. »Eins, zwei – drei!« Und schleuderte den Fäustling ein Stück weit weg.

Toyon raste hinterher, doch sowie er ihn im Maul hatte, dachte er nicht daran, ihn loszulassen. Wütend schüttelte er ihn, bis er nahezu zerfetzt war, und als Guran und Dahn ihm nachliefen, wich er geschickt aus, ohne seine Beute aufzugeben.

Als Spiel war es ein Riesenerfolg; als Lektion – ein Fehlschlag. Anna lachte schallend. »Ein paar Klapse täten dem Gauner besser als Überredungsversuche. Allmählich verliere ich die Geduld.«

Aber Guran war nicht in der Laune, sich belehren zu lassen.

»Einfach genug, ein Tier zu ängstigen – und ganz was anderes, ihm etwas beizubringen«, erklärte er ärgerlich. »Dahn, hör zu: Du paßt mir auf, daß niemand den Hund schlägt. Es wird Geduld und Schläue kosten – aber er lernt's.«

Trotz seiner Enttäuschung glaubte Dahn ihm.

Am gleichen Tag noch machte Guran einen starken Ball aus Leder, den Toyon sich sofort zum Lieblingsspielzeug erkor. Er zauste ihn, wenn er allein war, und versuchte jeden Trick, die anderen zu veranlassen, ihm den Ball zuzuwerfen. Er war schlau genug, zu begreifen, daß ein Spiel kein Spiel ist ohne Partner, wenngleich er lange nicht begriff, weshalb der Partner nicht mehr weiterspielte, wenn er mit dem Ball verschwand.

Es war ungefähr eine Woche nach der Episode mit dem Fäustling, als Guran eines Tages den Ball warf und Toyon ihn prompt zurückbrachte. Wieder schleuderte Guran, dann Dahn den Ball, und jedesmal brachte der Welpe ihn zurück, um ihn mit dem Gebaren stolzer Genugtuung vor ihre Füße zu legen. An seinem hellen Bläffen hörten sie, daß es absichtlich und wohlüberlegt geschah; sein eigener Witz hatte ihn die Kunst der Zusammenarbeit gelehrt. Jetzt hatte er den Kniff heraus, diese zweibeinigen Wesen in sein faszinierendes Spiel zu ziehen. Schwer zu sagen, wer damit zufriedener war – Toyon, Dahn oder Guran.

Allmählich wuchs sich das Spiel zu mehr aus. Toyon brachte begeistert alles zurück, was man warf, und entwickelte zugleich ein neues Verantwortungsgefühl. Er war nicht länger zerstörungswütig. »Du siehst«, sagte Guran, »wie er uns folgt und beobachtet, was wir tun. Bald ist er vier Monate alt – eine gute Zeit, spielend zu lernen. Nur müssen die Spiele simpel sein und ihn nicht ermüden. Solange noch Schnee liegt und wir nicht viel zu tun haben, können wir ihm die Tiere zeigen, denen er begegnen wird, wenn er erwachsen ist.«

»Aber wir haben keine Eichhörnchen, Kaninchen, Füchse, Wölfe«, wandte Dahn ein.

Guran blinzelte listig.

Anderntags führte er der Familie ein ausgestopftes Eichhörnchen vor, und selbst Anna erklärte, daß es fast lebend aussehe. Klein Nata wollte es für sich behalten. »Es ist so wunderschön«, sagte sie, es zärtlich streichelnd.

Beim ersten Anblick des Eichhörnchens brach Toyon in wütendes Gekläff aus und sprang hoch, um es Guran vom Knie zu reißen. Doch Guran erlaubte ihm bloß, daran zu riechen, was den Hund indes nur zu wilderem Verlangen anstachelte.

»Schön«, sagte Guran schließlich zu Dahn, »gehen wir hinaus. Ich binde das Eichhörnchen an eine Schnur, du kletterst auf die Jurte und läßt es so weit hinunterbaumeln, daß Toyon, wenn er springt, es eben nicht erreichen kann.«

Alle gingen mit, den Spaß zu genießen, selbst Anna und Roda. Toyon fühlte sich als Mittelpunkt, rannte schnüffelnd von einem zum anderen, blaffte und bettelte um ein Spiel. Plötzlich erspähte er das von der Jurtenwand baumelnde Eichhörnchen. Er stoppte, wie jäh angewachsen, sah Guran Aufklärung heischend an und prüfte das Wunder einen Augenblick lang mit gespitzten Ohren. Dann warf er sich mit einem mächtigen Satz gegen die Mauer und hätte den Schwanz des Tieres erwischt, wenn Dahn die Schnur nicht rechtzeitig angezogen hätte. Es war für alle ein herrliches Spiel.

Dem ausgestopften Eichhörnchen folgten andere Tiere: Kaninchen, Marder und Fuchs, alle von Guran sorgfältigst präpariert. Tag für Tag ereiferte sich der Welpe beim Anblick irgendeines Scheintieres, das von der Jurte oder einem Baum herunterbaumelte. Er hörte nicht eher auf zu springen und es anzukläffen, bis Guran dem Spiel gewaltsam ein Ende machte. Nach ein, zwei Stunden dieses Sportes war Toyon zu erregt, sich zu beruhigen; schnüffelnd und belfernd, die Rückenhaare knisternd gesträubt, mit gespitzten Ohren auf Gefahren horchend, das Maul mit der feuchten roten Zunge hechelnd geöffnet, trottete er hinter Dahn und Guran her. Erst wenn man ihn in die Jurte einschloß, gab er die Rolle des Verteidigers auf.

Inzwischen erklärte Guran die Regeln des Spiels.

»Habt ihr gemerkt, daß Toyon sich nicht mehr um den Ball kümmert? Der Grund ist einfach. Er hat gelernt, daß es bloß ein Stück totes, ausgestopftes Leder ist. Die Scheintiere sind was anderes. Jedes hat seinen ganz persönlichen Geruch, so daß nun das Spiel ein Studium wird. Sag, Dahn, hast du gemerkt, wie er die Tiere voneinander unterschiedet?«

Dahn hatte gut aufgepaßt. »Kaninchen, Eichhörnchen und Marder springt er gleich an und versucht sie am

Rückgrat zu fassen. Beim Fuchs bellt er erst und zieht einen weiten Kreis, ehe er sich ihm vorsichtig nähert.«

»Richtig«, sagte Guran anerkennend. »Sein Instinkt sagt ihm, daß ein Fuchs listig ist und man ihm nicht trauen kann. Nun paß auf, was er macht, wenn wir ihm einen Wolf vorstellen.«

Eine Woche lang bastelte Guran an diesem Wolf herum und stellte ihn schließlich zwischen kleine Bäume auf den Hof, wo er so echt wirkte, daß selbst Faulpelz sich narren ließ und bei seinem Anblick aufheulend in seine Hütte floh. Nicht so Toyon. Der Welpe umfaßte mit einem Blick das gewaltige Tier, das sprungbereit schien, und blieb todstill stehen. Die Lefzen rollten sich hoch, die Zähne entblößend, das Haar auf dem Rückgrat sträubte sich, und aus seiner Kehle kam ein tiefes, zorniges Knurren. Die Augen brennend auf das Monstrum gerichtet, näherte er sich ihm langsam. Von Zeit zu Zeit warf er einen schnellen Blick zurück, um sich zu versichern, daß seine Freunde in der Nähe waren. Diesen schien der kleine graue Hundeball – keine fünf Monate alt – ein rührend unangemessener Gegner für den Wolf, den er attackieren wollte, und doch zeugte jeder Schritt von Unerschrockenheit und künftiger Kraft.

Guran und Dahn beobachteten ihn wie hypnotisiert. Sie sahen, wie vorsichtig er den Wolf anging, und bemerkten, daß er ihn nicht einmal anbellte wie die anderen Tiere. Ein paarmal drückte er sich flach auf den Boden und rutschte auf dem Bauch weiter, richtete sich wieder auf und bog den Körper wie zum Sprung, stoppte, starrte seine Beute mordlustig an, kroch langsam vorwärts, dichter und dichter heran. Plötzlich machte er, völlig unerwartet für die verblüfften Zuschauer, einen Riesensatz – und noch einen – und bohrte die Zähne in den Nacken der Bestie. Guran und Dahn mußten ihn gewaltsam wegziehen, denn nun, nach errungenem Sieg, war er entschlossen, die Puppe in Fetzen zu reißen. Es dauerte lange, bis er sich beruhigte und seinen Zorn vergaß.

Nach dieser Lektion gab sogar die skeptische Anna zu, daß Toyon nicht nur ein begabter Schüler war, sondern im Kern ein tapferer und geschickter Jäger.

6

Anfang April schmolz der Schnee unter den Sonnenstrahlen dahin, und die Luft wurde merklich milder. Die Wälder erwachten zum Leben. Eichhörnchen liefen die Stämme entlang, Scharen von Spatzen füllten die Luft mit ihrem Zwitschern, Kaninchen rannten sorglos querfeldein und fielen Gurans Fallen zum Opfer; Rebhühner kamen in Ketten und ruhten sich auf dem Dach der Jurte aus.

Eines Morgens hatte Guran das unverhoffte Glück, ein wildes Schaf zu schießen. Das war eine Seltenheit, da Schafe vorsichtige Tiere sind, die sich für gewöhnlich in unzugänglichen Felsengebirgen aufhalten. Nach dem langen Winter war es nicht sehr fett, gab aber reichlich Fleisch und Knochen. Gebratene Schafskeule und Suppe von den Knochen bildeten ein vergnügliches Mahl, das durch allgemeines Rülpsen beschlossen wurde. Toyon stand hinter den anderen nicht zurück. Zuerst nagte er beglückt die Sehnen von einem rohen Knochen ab, doch als Dahn ihm lauwarme Suppe mit einem gekochten, fleischbedeckten Knochen vorsetzte, überließ er die geringere Kost schleunigst Faulpelz.

»Bald ist Toyon sechs Monate alt«, bemerkte Guran, »ein gutes Alter zum Lernen. Diesen Frühling und Sommer wollen wir ihm beibringen, mit uns zu jagen, unseren Stimmen zu gehorchen und nicht zu bellen.«

»Wie das?« wollte der Junge wissen. »Kleine Hunde bellen doch gern.«

»Wie? Oh, gut, wenn man's weiß, mein Sohn! Spiel ist Spiel, und Arbeit ist Arbeit. Wir werden ihm ein Halsband umlegen und ihn an die Leine nehmen. Zuerst wird er's nicht mögen, aber wenn er merkt, daß wir stehenbleiben, uns bücken oder uns lautlos auf die Erde legen, wird er anfangen, es nachzuahmen. Hunde ahmen wie kleine Kinder zuerst nach, verstehen tun sie's später. Im Herbst, wenn er knapp ein Jahr alt ist, geben wir ihm schwierigere Probleme zu lösen auf. Erst dann werden wir wissen, ob er die jagdlichen Qualitäten seiner Mutter geerbt hat.«

»Oh, das hat er! Ich weiß es bestimmt!« rief Dahn.

»Sieh nur, wie er uns beobachtet! Er versteht bestimmt, was wir über ihn sagen.«

Anna lächelte. »Dein Onkel hat eine sehr lebhafte Phantasie, sobald es um Hunde und Rene geht. Vermutlich sieht er sich schon als reichen Mann, nur weil wir Toyon haben, der ihm gelegentlich eine Goldmine entdecken wird.«

Guran lachte nicht über den Spott seiner Frau, sondern entgegnete ernst:

»Gold? Wozu brauchen wir Gold? Nein, Toyon wird uns mehr als das bringen, wenn er der Jäger wird, der seine Mutter war. Sicherheit – Sicherheit gegen Hungersnöte im Winter. Das ist der größte Segen, den wir Menschen des Nordens uns wünschen können.«

Er blickte Anna gelassen an.

»Das ist mein Glaube«, sagte er bestimmt, »und ich will, daß unsere Kinder es glauben. Unser Reichtum liegt im Besitz guter Hunde und Rentiere.«

Anna, durch den Ton ihres Mannes etwas verblüfft, meinte friedfertig: »Toyon ist ein guter Hund, und ich bin sicher, er wird uns eine große Hilfe sein.«

Damit war Guran zufrieden.

»He!« lachte er. »Wie kommen wir überhaupt dazu, uns nur um Toyon zu kümmern? Im Moment ist die Renkuh wichtiger. Wenn sie tagsüber kalbt, schön und gut, tut sie's aber nachts, so müssen wir Wache halten, denn die Nächte sind immer noch kalt. Und ich überlege, wo ich die Gerste pflanzen soll. Unsere eigene Gerste ziehen – mehr brauchen wir nicht. Vielleicht hält Berezkin sein Versprechen und schickt uns ein Gespann Pferde. Ich nehme die Rene nicht gern für schwere Arbeit. Wir brauchen sie zur Zucht. Könnten wir die Herde bloß um zwanzig Tiere vergrößern, dann hätten wir keine Sorgen mehr um Fleisch, Milch, Stiefel, Kleidung; dann versorgten wir uns mit alledem selbst.«

Das Renkalb kam am Morgen zur Welt. Guran hatte in seiner Unruhe nicht geschlafen, und die anderen sahen ihn am Komelek hocken und ein anmutiges kleines Geschöpf mit riesigen, bangen Augen trockenreiben. Als er fertig war, zogen sie allesamt mit zur Hürde, um das Tierchen seiner Mutter zurückzugeben, die sich aus Angst ganz aufgeregt gebärdete.

An der Freude über die Geburt des Renkälbchens nahm nicht nur Toyon, sondern sogar Faulpelz teil. Er kam aus der Hütte, bellte und zog sich nach dieser Anstrengung beruhigten Gewissens zurück, um nurmehr zuzusehen; weitere Aufregungen hielt er für überflüssig. Toyon aber war hier und dort und überall, zog laut- und rastlos seine Kreise und ließ sich nichts entgehen. Bis jetzt hatte er keinen Gedanken auf die Renfamilie verschwendet, aber einmal entdeckt, konnte sie seiner vollen Aufmerksamkeit sicher sein. Sooft sich die Jurtentür öffnete, raste er zur Hürde, um bei seinen neugefundenen Freunden zu sein. Bald gewöhnten sich die Tiere an seine Besuche, und es geschah sogar, daß der stolze Rentiervater den Kopf mit dem weitausladenden Geweih niederbog und ihn beifällig beschnupperte.

Dahn sah es mit einer Mischung aus Stolz und Unruhe. Zu Guran sagte er: »Du hast mir erzählt, daß Rentiere Hunde fürchten und sie attackieren und bis auf den Tod mit ihnen kämpfen. Was passiert, wenn der Bulle Toyon angreift?«

Guran beruhigte ihn. »Unsere Rene sind nicht wie die wilden, die in Herden leben. Sie sind an uns und Faulpelz gewöhnt. Sie fürchten nur noch fremde Hunde. Weil Toyon zu uns gehört, haben sie ihn bei sich aufgenommen. Das ist gut.«

»Warum ist es gut?«

»Warum? Weil er sie notfalls vor ihren Feinden schützen wird – den Wölfen.«

Wie die Sommerschwalbe bringt auch das Glück Gesellschaft mit. Kurz nach der Geburt des Rentierkalbes bog eine Anzahl Karren in Gurans Hof ein, hochbeladen mit Ware aus Jakutsk für den Händler Berezkin. Für Guran waren ein Gespann Pferde dabei und eine Reihe seltsamer Maschinen, die sich als Egge, Pflug und zweirädriger Wagen mit einer Deichsel in der Mitte entpuppten. Der Führer der kleinen Karawane erklärte Guran, Berezkin sei sehr interessiert am Experiment des Gerstenanbaus, halte das Umgraben mit der Hand jedoch für eine sinnlose Mehrarbeit.

Zufällig war dieser Mann selbst mit landwirtschaftlichen Praktiken vertraut und wies Guran ausführlich an, wie die Pferde einzuschirren und die Geräte zu gebrauchen waren. Die Pferde, sagte er, seien seine eigenen; nicht jung, aber gelassen und im Pflügen erfahren.

Pferde, Egge und Pflug waren Himmelsgaben. In seiner Dankbarkeit gegen Berezkin konnte Guran sich nicht genugtun an Gastlichkeit gegenüber den jakutischen Kutschern. Anna bereitete ein Mahl vom Besten, das sie anzubieten hatte, und die Jakuten brachten Alkohol, aus dem sie Wodka machen konnten. Es wurde ein genußreicher Abend, durch viele gute Geschichten belebt, denn der ältere Jakut war weit gereist und erzählte gut. Er war häufig in Jakutsk gewesen und hatte einmal dicht beim Gouverneur gestanden. In Irkutsk hatte er sogar den Generalgouverneur gesehen und den Segen des Bischofs empfangen. Seine Abenteuer schildernd, eröffnete der Jakut ihnen eine ganz neue Welt jenseits vom Rand der Tundra. Anna und die Kinder und selbst Guran lauschten hingerissen. Dahn versuchte, Toyon erregt umschlingend, sich Gebäude vorzustellen, die so hoch waren, daß man den Kopf weit in den Nacken legen mußte, um ihre Spitze zu sehen, und Drähte, durch die die Menschen über weite Entfernungen weg miteinander sprechen konnten.

»Wunder! Wunder!« murmelte er.

Die Fuhrleute und ihre märchenhaften Berichte bildeten auf lange Zeit hinaus Gesprächsstoffe, ehe sie allmählich zum Traum verblichen und nur Pferde, Egge, Pflug und Wagen in handfester Wirklichkeit dablieben.

Dahn hatte neue Pflichten. Er putzte, fütterte und tränkte die Pferde, da Gurans Zeit völlig mit Fischen, Jagen und der Pflege der Rentiere ausgefüllt war. Nata folgte Dahn wie ein Schatten. Die Pferde schreckten sie, und sie wollte Dahn vor ihnen schützen. Bald freilich gewannen sie ihr Vertrauen. Es waren sanfte Tiere mit weichem weißem Fell und zotteligen Beinen, und sie arbeiteten willig. Guran fuhr mit ihnen in zwei Tagen so viel Holz aus dem Wald, wie er mit den Rentieren nur in zwei Wochen hätte holen können.

Mit vorrückendem Frühling vervielfachte sich die Arbeit draußen. Toyon hatte selbstverständlich an allem teil. Er mußte die Rentierhürde inspizieren, Dahn zur

Pferdetränke am Fluß begleiten, Guran in Wald oder Feld aufspüren, mit Nata tollen, Roda besuchen und sich von Zeit zu Zeit bei Anna in der Jurte einen Kaninchenknochen holen. Er kannte keine Muße. Mochten seine Freunde getrost lachen über seine zahllosen Beschäftigungen – er selber fühlte sich offensichtlich äußerst wichtig. Jetzt, gegen Ende seines fünften Monats, streckte er sich beträchtlich, wenngleich er neben dem fetten Faulpelz noch immer wie ein Welpe aussah. Das glatte Fell und die funkelnden Augen zeugten von Gesundheit und beneidenswerter Lebenskraft.

»Ah«, sagte Guran befriedigt, »der Bursche ist in Ordnung! Stark, gesund, energisch und anhänglich. Und schon eine Schönheit, mit dem weißen Stern auf der Stirn.«

Dahns Augen strahlten bei diesem Lob. Selbst Anna war dem Kleinen mittlerweile so zugetan, daß sie es duldete, wenn sich die Unterhaltung allabendlich um ihn drehte.

»Ja«, pflichtete sie ihrem Mann bei und wandte sich an Toyon, der die Schmeichelei mit Behagen aufnahm, »du bist ein feiner, kluger Hund. Und ich denke, du bist glücklich bei uns und würdest unsere Jurte mit keiner anderen vertauschen. Was sollten wir auch ohne dich wohl anfangen?«

Wiewohl Toyon seine Nächte noch immer in der Jurte zubrachte, war er aus eigenem Antrieb von Dahns Bett fort auf einen Platz neben Guran und Anna gerückt, wo die Hitze aus dem Komelek nicht so stark war. Er schlief fest – wenn er nicht gerade zuckend und stöhnend im Traum ein Ereignis des vergangenen Tages noch mal durchlebte –, war aber gleich munter bei jedem nur leisen ungewöhnlichen Geräusch. Bellte Faulpelz oder ließ sich ein Eichhörnchen vom Baum aufs Dach fallen, stand er leise auf, ohne die Familie zu wecken, und ging zur Tür, um in die Nachtluft zu wittern. Beruhigt, daß sich kein fürchterlicher Feind umhertrieb, kehrte er auf seine Decke zurück, bis es an der Zeit war, in der Morgendämmerung mit Guran die Jurte zu verlassen.

Ehe er sich abends schlafen legte, machte Guran mit Laterne und Gewehr eine letzte Runde um das Haus.

Selbstverständlich begleitete Toyon ihn. Das Gewehr und seine gelegentlichen lauten Ausbrüche schreckten ihn nicht, da Guran ihm längst klargemacht hatte, daß dieser brüllende Stock in der Hand eines Freundes gut war.

Als Ende April selbst die Nächte warm waren und der Schnee immer mehr versickerte, machte Guran seine Runden häufiger, und als Dahn ihn fragte: »Was fürchtest du denn?« antwortete er:

»Siehst du, mein Junge, im Winter jagen die Wölfe in der Koppel, alles und jedes attackierend, das über ihren Weg läuft. Eine schreckliche Armee! Zum Frühjahr hin teilen sie sich in kleine Gruppen auf. Einige, stärker und wilder als der Rest, jagen allein oder zu Paaren, und oft treibt sie der Hunger zur Verzweiflung. Sie werden zur Bedrohung für die Haustiere. Freilich zögern sie, ein Pferd oder einen Renbullen anzufallen, aber junge und schwache Tiere sind eine leichte Beute. Ich möchte das Renkalb nachts gern mit in die Jurte nehmen, aber seine Eltern würden sich vor Angst umbringen. Zu dumm, daß Faulpelz kein Wachhund ist!«

»Wir könnten ja Toyon wachen lassen«, schlug Dahn vor.

»Gott bewahre!« rief Guran. »Toyon ist viel zu jung und impulsiv. Aus reiner Tollkühnheit wäre er fähig, anzugreifen, und wir würden nur noch Fetzen von ihm finden. Ein Wolf ist ein grausiger Feind. Sollte einer auftauchen – und ich bete, daß es nicht geschieht –, wird uns Faulpelz, wenn schon nicht aus Pflichtgefühl, so doch aus Furcht, sicher warnen.«

Aber es war Toyon und nicht Faulpelz, der eines Nachts durch wütendes Bellen und wilde Versuche, durch die Tür zu kommen, alle aus tiefem Schlaf aufweckte. Im Hof heulte Faulpelz zum Steinerweichen. Es dauerte nur eine Minute, bis Guran die Stiefel angezogen, einen Kuklianka über den bloßen Körper geworfen und sein Gewehr ergriffen hatte. Anna und Dahn rief er zu: »Haltet den Hund zurück! Laßt ihn nicht aus der Jurte!«

Nur mit Mühe konnten die beiden Toyon festhalten, der mittlerweile vor Wut heiser war. Er faßte es nicht, daß Guran dem Feind im Hof allein entgegentrat. Erst als ein Schuß scharf durch die Nacht schnitt, hörte er auf zu zerren und spitzte die Ohren, gespannt und still. Als Guran Minuten später die Jurte betrat, sprang er ihn gleich an und beschnupperte ihn jaulend.

»Nun – nun«, beruhigte Guran ihn, »reg dich nicht so auf. Deine Zeit kommt, wenn du gelernt hast zu gehorchen.«

Er berichtete, wie er den Schatten eines verstohlen schleichenden Wolfes nahe der Rentierhürde gesehen und auf ihn geschossen, jedoch vermutlich nicht getroffen habe. Der Aufgeregtheit von Renen und Pferden und Faulpelzens Heulen nach war die Bestie sehr nah herangekommen.

Sobald es hell wurde, nahm Guran Anna und Dahn mit, um der Spur des Plünderers zu folgen. Toyon war mit einem starken Riemen angeleint, und Guran gab strenge Anweisung, ihn kurz zu halten, damit er nicht die Führung übernahm. Sie fuhren auf Schiern. Ein paar Meilen weit war die Spur ganz deutlich zu sehen, dann endete sie plötzlich in einem Gewirr von Holz und Zweigen, die ein Sturm zusammengefegt hatte. Rechts war Gebüsch, links eine kleine offene Lichtung und daneben wiederum Gebüsch. Guran rechnete fest damit, daß der Wolf in Deckung bleiben und die Lichtung nicht überqueren würde. So wandte er sich nach rechts, wurde aber gleich eines Besseren belehrt, als Toyon unter wütendem Gebell nach links zerrte. Und tatsächlich – da bewegte sich ein Zweig im Dickicht. Der Geruchssinn des Welpen hatte sich als zuverlässiger erwiesen als menschliche Berechnung.

Nun mußte Toyon nur davon abgehalten werden, den Wolf so zu erschrecken, daß er die Richtung änderte. Guran hob das Gewehr. »Stopp!« befahl er.

Beim Anblick des erhobenen Gewehres wurde Toyon augenblicklich still. Kein Laut entfuhr ihm, während sie alle gespannt auf die nächste Bewegung des Wolfes warteten. Mehrere Minuten vergingen, bis das gehetzte Tier, getäuscht durch das Schweigen, auf die Lichtung sprang. Gurans Büchse krachte, der Wolf stürzte nieder, zuckte noch ein paarmal krampfhaft und war still.

Zu jedermanns Erstaunen zeigte Toyon keinerlei Erregung, als er sich dem toten Wolf näherte. Er umkreiste ihn neugierig, um seinen Geruch von allen Seiten zu prüfen. Hin und wieder knurrte er oder entblößte kurz die Zähne. Das war alles. Mit dem Sieg hatte ihn die Wut verlassen.

Dahn wollte wissen, warum er den gefallenen Wolf nicht attackierte wie daheim die Puppe.

»Weil er die Bedeutung des Schusses kennt. Er weiß, daß seine Arbeit beendet ist. Ich habe ihm öfter tote Eichhörnchen zu tragen gegeben, und er hat darauf geachtet, kein Mal zu hinterlassen. Vielleicht zufällig, aber ich nehme es nicht an. Am bedeutsamsten ist, daß er den Wolf richtig gewittert hat. Wir hätten ihn sonst bestimmt verloren, denn das Gestrüpp ist auf Schiern unpassierbar. Diese Jagd war Toyons erste echte Prüfung, und er hat sie bestanden. Er wird bestimmt ein guter Gefährte auf der Jagd sein.«

Toyon, der nur eine Welt aus Schnee und Eis und schwermütiger Stille kannte, erlebte im Frühling einen wundervollen Wandel. Allenthalben sprang das Grün und Braun der Felder auf, Bäume trieben Blätter, die im Wind raschelten und tanzten; ein Flüßchen und zahlreiche Bäche zogen glitzernde Bahnen, wo zuvor kein Wasser war; ein See tauchte plötzlich unweit der Jurte auf, Tag und Nacht leise plätschernd. Was war geschehen? Welche Macht wirkte diese Wunder? Ungläubig stupste Toyon die Nase auf den Boden, hob sie, lauschte. Die Luft, früher kalt und tot, war nun erfüllt von etwas, das ihn zittern machte. Große und kleine Flügelwesen unterhielten sich in einer Sprache, die ihm unbekannt war; scheue Tiere, denen er nie zuvor begegnet war, schlüpften flink und fiepend durchs Gebüsch. Toyon verstand nichts, hatte aber teil an allem, und sein ganzer junger Körper drückte diese Freude aus.

»Du bist ja so lustig!« bemerkte Dahn, als der Hund sich in einem Anfall von Übermut kaum zu lassen wußte. »Dir ist der Frühling wohl ins Blut gefahren, wie?«

»Weshalb auch nicht«, sagte Guran. »Unsere Frühlinge und Sommer sind Gottes Segen. Wir müssen uns ihrer freuen, solange es möglich ist, denn sie sind kurz.

Toyon fühlt, wie wir, rundum Leben aufsprießen – er ist jung und ein wenig trunken von alledem. Wir müssen ihn oft mit in den Wald nehmen und ihm beibringen, sowohl unseren Bewegungen wie auch unseren Stimmen zu gehorchen. Faulpelz wird uns helfen müssen.«

»Faulpelz?« Dahns Stimme klang ungläubig.

»Gewiß, Faulpelz. Er ist bei weitem nicht so dumm, wie er aussieht. Er kann Toyon viel besser als wir beibringen, Fallen zu umgehen und Gras zu fressen gegen Krankheiten und solche Dinge mehr.«

Obwohl Dahn seinen Onkel als Quell allen Wissens betrachtete, bezweifelte er diese Auskunft.

»Heilende Kräuter? Nein, so was! Verstehen Hunde denn was von Medizin?«

Guran lächelte. »Nur indirekt. Nimm einmal an, ein Hund sei von einer Schlange gebissen worden. Was können wir für ihn tun? Absolut nichts. Der Hund jedoch wird unverzüglich in den Wald laufen und dort ein bestimmtes Gras finden. Manchmal bleibt er ein, zwei oder sogar drei Tage lang weg – und kehrt mager, aber wieder gesund zurück. Hunde werden andauernd von Insekten gestochen, von denen manche giftig sind. Ein Mensch stirbt wahrscheinlich an solchen Stichen; ein Hund findet ein Gegenmittel. Woher sie es kennen? Keiner kann es sagen. Offenbar gibt eine Generation die Erfahrung an die andere weiter.«

»Es klingt wie ein Wunder«, meinte Dahn, »ich verstehe es nicht.«

»Ich auch nicht«, sagte Guran, »aber ich sehe es so: Wir in der Tundra haben kaum Doktoren. Wenn wir krank werden, behandeln uns unsere Schamanen und Zauberer. Und womit behandeln sie uns? Mit Gebet und Kräutern. Von ihren Gebeten halte ich nicht allzuviel, aber von den Kräutern – ja. Meine Eltern gaben ihr Wissen an mich weiter, und sie ihrerseits empfingen es von den ihren. So ist das; bei Mensch und Tier in gleicher Weise. Darum wird der alte Faulpelz für den jungen Toyon gerade richtig sein.«

Die Arbeit des Pflügens und Säens war in diesem Jahr, dank den Pferden und den neuen Wundergeräten, sehr viel leichter. Bis Guran die Felder vorbereitet und besät hatte, blieb wenig Zeit für andere Dinge, denn von der jährlichen Gerstenernte hing das Wohlergehen der Familie während der kommenden Monate ab. Dann aber konnte man sich eine Weile mit Toyons Erziehung beschäftigen, denn die Zeit zwischen Säen und Ernten war frei. Die reichlich vorhandenen Fische gingen leicht in die Netze. Die Jagd mußte aufgeschoben werden, da Felle während des Haarwechsels unansehnlich waren und sich schlecht verkauften. Enten bildeten das einzige Jagdwild. Zwar ließ man sie jetzt während der Brutzeit lieber ungestört, doch waren sie in dieser Gegend so zahlreich, daß Guran nicht zögerte, einige von ihnen einem guten Zweck zu opfern. Toyon mußte um jeden Preis ein brauchbarer Jagdhund werden.

Zuerst übertraf Toyons jugendlicher Eifer bei weitem sein Verständnis. Er war so ungeduldig, daß Guran ihn immer an der Leine halten mußte. Trotzdem beherrschte er in erstaunlich kurzer Zeit die Anfangsgründe. Er stoppte, wenn Guran es tat, bewegte sich behutsam, wenn Guran langsamer wurde und mit den Lippen zur Vorsicht mahnte, legte sich auf den Bauch und kroch, so wie Guran es tat, oder versteckte sich, seinen Herrn nachahmend, hinter einem Baum. Es war weit interessanter als jedes Spiel, denn sein Instinkt sagte ihm, daß diesem Sport ein Zweck zugrunde lag. Zwei Wochen später war die Leine überflüssig.

»Noch weiß er nicht, warum er das alles tut«, sagte Guran zu Dahn, »aber die Jagdleidenschaft ist in ihm geweckt. Gib nur genau acht.«

Und Dahn sah, aufmerkend, wie der Schüler sich Schritt um Schritt entwickelte, bis jede seiner Bewegungen einen Sinn hatte und sich Gurans Absichten anpaßte. Auf einem Gang durch den Wald brauchte Guran nur stehenzubleiben und nach dem Gewehr zu greifen, und schon war Toyon auf der Hut. Schlenderte Guran weiter, flötend oder redend, so fühlte Toyon sich frei, nach Herzenslust zu tollen.

Eines Tages gingen sie zu dritt am Ufer entlang, und Toyon war wie üblich in eigener Angelegenheit davongejagt. Nach kurzer Zeit kehrte er zurück und sauste geradewegs auf Guran zu, an ihm hochspringend und blaffend vor schierem Übermut.

»Er scheint dich etwas zu fragen«, sagte Dahn, »aber was?«

»Er möchte wissen, wann wir endlich zur Sache kommen und jagen«, antwortete Guran.

Dahn erwog es einen Augenblick. »Glaubst du wirklich, er weiß, was Jagen bedeutet?«

»Natürlich. Paß auf!« Guran blieb stehen, hob das Gewehr. Unvermittelt erstarrte Toyon zu Stein, eine Vorderpfote erhoben. Dann krachte der Schuß, und Toyon sprang ins Gebüsch, um mit einer toten Ente, die er behutsam im Fang hielt, wieder zu erscheinen. »Siehst du? Er weiß Bescheid. Er ist ein geborener Jäger. Freilich versteht er nur, was er bis jetzt gelernt hat. Ob er es jemals dazu bringt, allein zu jagen, wie seine Mutter, ist schwer zu sagen.«

Nun, da Toyon mehr und mehr Zeit mit Guran verbrachte, erkannte er diesen als seinen Herrn an. Dahn bemerkte es und war ein wenig gekränkt, wenngleich nicht wirklich eifersüchtig, da er ja, wie Toyon, Gurans Schüler war. Auch er zog die Jagd der Gesellschaft der Frauen vor.

Toyons größtes Vergnügen war es, mit Guran in einem kleinen Boot aus Birkenrinde, das bei den Eingeborenen Killer hieß, auf den See hinauszufahren. Es war ein überaus leichtes Fahrzeug, das nur mit sehr geschickter Hand im Gleichgewicht gehalten werden konnte, doch Toyon benahm sich tadellos. Unbeweglich hockte er vorn im Boot, während Guran ruderte. Als dieser es einmal wagte, ohne ihn loszufahren, sprang Toyon einfach ins Wasser und schwamm eigensinnig hinterdrein, bis Guran nachgab und ihn halb ärgerlich, halb bewundernd zu sich ins Boot zog.

»Ah«, sagte er, »du hast einen eigenen Willen und fürchtest dich nicht vor dem Wasser wie Faulpelz. Der Dummkopf haßt es.«

Der arme Faulpelz mit seiner angeborenen Abneigung gegen jegliche Anstrengung mußte noch immer Kindermädchen spielen, wenn der Junghund allein in den Wald gerannt war. Stellte er sich gegen seine Pflichten blind, rief Guran ihn wieder auf die Beine: »He, Faulpelz, rühr dich! Paß auf, daß Toyon sich nicht ins Unglück stürzt!«

Beleidigt erhob er sich dann und wackelte davon, indes sein fetter Körper bei jedem Schritt zu sagen schien: »Womit habe ich es nur verdient, auf so einen verrückten Schlingel aufzupassen!«

Und doch war Faulpelz gutmütig, sogar gehorsam und höflich – ein anständiger Hund, wenngleich ihm die farbigeren Tugenden fehlten. Einmal aufgerüttelt, konnte er minutenlang verwundert auf der Stelle hocken und Toyon aus einiger Entfernung bei seinem wilden Treiben zusehen. Zweifellos kritisierte er solch ruhelose Energieverschwendung; vielleicht bekümmerte sie ihn gar. Doch konnte es ihm ebensowenig wie Guran und den anderen entgehen, daß es der verrückte kleine Hund war, der die Gegend von Ratten und Mardern säuberte. Zurück blieb nur eine Familie von Murmeltieren, mit der Toyon einen langen, zähen Streit begann.

Murmeltiere bauen unterirdisch dauerhafte Höhlen, in denen sie schlafend überwintern, und die erwähnte Familie machte keine Anstalten, ihr behagliches Quartier bei Einbruch des warmen Wetters zu verlassen. Toyon machte sich darüber seine eigenen Gedanken, und obgleich er das nicht wissen konnte, hing der Erfolg der Gerstensaat größtenteils vom Erfolg seiner Pläne ab.

Toyons erster Gang mit einem männlichen Murmeltier endete keineswegs triumphal. Als er zupacken wollte, fiel das Murmeltier ihn blitzschnell und bösartig an und war in seiner Höhle verschwunden, indes der Angreifer sich das zerkratzte Maul und die blutende Pfote leckte. Aber Toyon gab nicht klein bei. Eine kurze Erholungspause von dem Schock, und schon umkreiste er die Höhle vorsichtig wieder und schnüffelte den Boden nach allen Richtungen ab. Sowie er sich vom ungefähren Weg des Murmels überzeugt hatte, ließ er sich beim Ausgang nieder mit dem sichtbaren Entschluß, eine lange Belagerung auszuhalten.

Da der Streit wohl auf einem toten Punkt angekommen war, ging die Familie – bis dahin interessierte Zuschauer – fort, und nur Faulpelz saß die Angelegenheit mit Toyon durch.

Eine Zeitlang war alles still; Toyon lag auf der Lauer, und Faulpelz döste neben einem nahen Baumstumpf. Nichts hätte friedlicher sein können, bis mit einem lauten Heulen, das Guran aus der Jurte rennen ließ, Faulpelz in die Luft sprang, mit dem Murmeltier am Hinterbein. Der unselige Hund hatte sich ausgerechnet auf einen der Höhlenausgänge gelegt und büßte nun dafür. Guran übersah die Lage kaum, als Toyon schon mit einem einzigen schnellen Satz dem Murmeltier im Nacken saß. Im nächsten Augenblick war es tot, von den kraftvollen Kiefern des Hundes zermalmt.

Während Faulpelz seine Wunden leckte und vor Mitleid mit sich selbst steinerweichend jaulte, suchte Toyon bereits nach neuen Feinden. Er konnte keine finden. Ob er den letzten gerade getötet hatte oder ob die Restfamilie ihr Heim nun doch im Stich ließ, erfuhr man nie. Jedenfalls war kein Murmeltier mehr da.

Guran staunte über die Größe des toten Tieres. »Sieh dir den Burschen an«, sagte er zu Dahn, »und Toyon hat ihn so leicht erledigt wie einen Maulwurf. Was für Zähne er im Fang hat!«

Jedermann bewunderte Toyon, der die Gerstenernte rettete, und lachte über Faulpelzens Mißgeschick.

7

Im Laufe des Sommers entwickelte sich eine enge Freundschaft zwischen Faulpelz und Toyon. Dahn nahm an, Faulpelz sei Toyon dankbar für die Befreiung vom Murmeltier, wohingegen Guran glaubte, daß Faulpelz trotz seines Hangs zur Muße schließlich durch die schier unerschöpfliche Energie des Welpen doch aufgerüttelt worden war.

»Faulpelz ist gar nicht so alt, gerade acht«, sagte Guran, »aber aus Gewohnheit ein gräßlicher Faulenzer. Und da zeigt ihm Toyon nun, daß die wahre Lebensfreude im Handeln liegt, in Bewegung, Arbeit, nicht im Schlaf. Das ist für beide eine feine Sache.«

Zu Dahn gewendet, fuhr er fort: »Hast du bemerkt, wie sorgfältig Toyon Fußeisen und Fallen umgeht, wenn er Faulpelz in den Wald folgt? Die Fähigkeit, Gefahren zu erkennen, ist für den Jäger ebenso wichtig wie die Fähigkeit zum Angriff. Natürlich ist Faulpelz ein Feigling – und doch habe ich ihn bei gelegentlichen Hochzeitskämpfen ganz ordentlich seinen Mann stehen sehen. Er soll dem Kleinen nur beibringen, gefährlichen Tieren, wie Wölfen und Bären, aus dem Weg zu gehen.«

»Aber wenn Toyon ein Jäger werden soll«, warf Dahn ein, »muß er sich früher oder später mit ihnen herumschlagen. Warum soll er dann lernen, ihnen aus dem Weg zu gehen?«

Warum? Warum? Warum? Guran fragte sich, ob der Wissensdurst des Jungen wohl jemals ein Ende fände. Aber er antwortete geduldig: »Wir halten die Hunde zu unserem Schutz. Dabei sollen sie nicht nur kämpfen, sondern uns zunächst vor Gefahren warnen oder uns zu unserer Beute führen. Tollkühne Hunde kommen nutzlos um. Vorsicht ist ebenso wichtig wie Mut – und das kann Faulpelz Toyon beibringen.«

Manchmal schien es, als trage Toyon die alleinige Verantwortung für das Anwesen – für Mensch und Tier gleichermaßen. Die Kuh, die Pferde und die Rene waren seine besonderen Schützlinge, und entfernte sich eins von ihnen auf Suche nach Gras und Moos außer Rufweite, so war es Toyon, der es fand und vor der Nacht zurückbrachte. Offenbar hatte er die Gabe, alle ihre Sprachen zu sprechen, womit Dahn nicht ganz einverstanden war, da er befürchtete, der Hund werde einmal nicht recht unterscheiden können zwischen Tieren, die gejagt, und Tieren, die beschützt werden mußten.

Ganz unerwartet beantwortete Toyon eines Tages diese Frage selbst und gewann einen neuen Schützling.

Im Wald stießen Guran und Dahn auf ein totes Kaninchen, das augenscheinlich von einem Fuchs getötet worden war. »Ach, das ist zu schlimm!« sagte Guran. »Es war ein Muttertier und ist vor ungefähr zwei Tagen passiert. Der Wurf wird ohne sie sterben.«

Dahns Gesicht verzog sich mitleidig. Er dachte an Toyon, der seine Mutter verloren hatte, an sich selbst. Schweigend wanderten sie der Jurte zu, wo Anna das Abendbrot bereithielt. Ein feuchter Wind wehte vom Wasser herüber, und die Sonne – ein großer flammender Ball – sank gerade hinter den Horizont.

»Da!« Guran wies zum Himmel. »Dunkle Wolken sammeln sich im Osten. Heute nacht wird es regnen. Gut, daß die Gerste eingebracht und das Heu aufgesteckt ist. Und da kommt die Herde angelaufen. Eine sichere Sturmwarnung. – Wo ist Toyon nur?«

Sie versuchten sich zu erinnern, wo sie den Hund zuletzt gesehen hatten. »Er war bei uns, als wir das Kaninchen fanden«, sagte Dahn. »Er beschnüffelte es. Dann lief er in den Wald.«

Augenblicke später stieß der Junge einen Schrei aus. »Da ist er – und er trägt etwas in der Schnauze!«

Guran sah Toyon geschwind herbeieilen. »Er hat ein junges Kaninchen. Er fand den Bau. Ein Jammer, wenn er es getötet hat!«

Da hatte Toyon sie schon erreicht. Schwer atmend, legte er die Bürde vorsichtig nieder und wartete in gespannter Haltung. Das Kaninchen war vor Furcht ganz zusammengeschrumpft, fühlte sich aber warm an, als Guran es aufhob.

»Wahrhaftig – es lebt!« stieß er hervor. »Keine Wunde! Fein gemacht, Toyon.«

Toyons Schwanz zeigte seine Empfänglichkeit für das Lob seines Herrn, und als die Kaninchenohren sich bewegten, blaffte er vergnügt. Plötzlich stoppte er, drehte sich um und rannte in den Wald zurück. Auf Dahns Ruf sah er sich nicht einmal um.

»Keine Angst, er ist vor dem Sturm wieder da«, sagte Guran. So traten sie in die Jurte und berichteten die Ereignisse des Nachmittags. Während des Erzählens vergewisserte sich Guran noch einmal, daß das Kaninchen gesund und heil war.

»Außer dem Schreck fehlt ihm nichts, das man mit Futter heilen könnte«, erklärte er.

Sie versuchten es mit Wasser verdünnter Milch. Doch als Guran das winzige Schnäuzchen in die Tasse steckte, konnte das Kaninchen nur prusten und spritzen und sein Gesicht bekleckern.

»Macht nichts. Es lernt«, sagte Guran.

Obgleich zu unerfahren, die Milch zu schlabbern, war es bereits eifrig beschäftigt, sich mit der Zunge und einem Pfötchen zu säubern.

»Faß es nur ja nicht an«, warnte Guran.

Das galt Nata, die verkündete, das Kaninchen gehöre ausschließlich ihr, und es nun vor Zärtlichkeit zu erdrücken drohte.

Auf ein Kratzen an der Tür hin öffnete Guran und sah Toyon mit einem weiteren Kaninchen im Maul. Es war, wie auch das erste, etwa drei Wochen alt, aber sehr schwach.

Guran schüttelte den Kopf: »Ich glaube nicht, daß es durchkommt. Ein Jammer! Das andere ist ein Rammler, dies ein Weibchen. Wir hätten mit ihnen züchten können.«

Wie vorhergesagt, war das zweite Kaninchen am Morgen tot. Das erste aber wagte seine Ohren schon neugierig auf und ab zu bewegen und an den Blättern und Gräsern zu knabbern, die vor ihm lagen. Am nächsten Tag steckte es von selbst das Näschen in eine Schale mit Milchwasser, setzte sich auf die Hinterbeine und rieb mit beiden Pfoten geschäftig seinen Schnurrbart trocken. Es war ein ergötzlicher Familienzuwachs; nicht lange, und es fühlte sich so heimisch in der Jurte, daß es umherhoppelte und sich streicheln ließ.

Der Sommer ging zu Ende. Die Kinder wurden vom ständigen Draußenleben groß und stark und braun wie gute, schwere Erde. Anna und Guran sahen sie wachsen und sahen, wie Dahn und Nata immer beieinander waren. Dahn hatte nach der Arbeit unzählige Ideen, die Stunden auszufüllen, und Nata schloß sich ihm mit kritikloser Ergebenheit an. Sie schwammen im See und rannten den Fluß entlang, warfen Steine ins Wasser oder lagen am Ufer und suchten sich Wolken aus, die am Himmel um die Wette segelten. Manchmal gesellte sich Toyon, von ihrem fröhlichen Geschwätz angelockt, zu ihnen, und sie spielten mit ihm Stöckewerfen; und manchmal saßen sie auch schweigend beieinander, indes Dahn zu Natas Freude hölzerne Figürchen schnitzte.

Unlängst hatte Dahn ein neues Spiel erfunden, das er »Eichhörnchenhüpfen« nannte. Einen Baum erkletternd, ergriff er mit den Händen einen Ast und ließ sich mit gefährlichen Schwüngen von Ast zu Ast, von Baum zu Baum fliegen.

Nata sah ebenso entsetzt wie fasziniert zu und bewunderte seine Geschicklichkeit gewaltig. Toyon gab sein

Mißfallen durch besorgtes Blaffen kund. Gleichwohl war das Spiel ganz nützlich, denn Dahn entwickelte außer Kraft, Behendigkeit und Mut nun auch einen untrüglichen Instinkt für das Abschätzen von Entfernungen. Guran war öfter Zeuge seiner gewagten Kunststücke und riet zur Vorsicht, aber Dahn war schlau genug, die gefährlichsten Tricks seinen jüngeren Bewunderern vorzuenthalten. Wenn er bis in die höchste Spitze eines biegsamen Vogelbeerbaumes oder einer Eberesche kletterte und dort hin und her schwang, bis der Baum krachend zu brechen schien, war er absichtlich waghalsig, um Nata zu erschrecken und selbst neue Schauer der Erregung auszukosten.

Natürlich wollte Nata es ihm gleichtun, aber ihr Versuch mißglückte kläglich. Dahn riet männlich überlegen: »Versuch es lieber gar nicht. Das ist kein Spiel für Mädchen.«

Seine Geringschätzung hatte eine unbeabsichtigte Wirkung. Nata sagte nichts, war aber fest entschlossen, ihm zu beweisen, daß Mädchen ebensogut springen können wie Jungen. Sie übte insgeheim – oder hielt es für geheim.

Eines Tages bemerkte Dahn wie nebenbei: »Es geht zwar schon besser mit dem Klettern; aber so gut wie ich wirst du's doch nie können.«

Nata errötete. »Woher weißt du das?«

»Ganz einfach. Ich hörte Toyon bellen und sah nach, was er im Schilde führte, und dann hab' ich mich nicht gezeigt, weil ich dich nicht erschrecken wollte.«

»Toyon hat mich also verraten!«

»Ja, und er hatte recht. Warum willst du überhaupt so angeben? Überlaß das mir nur. Komm mit. Ich zeig dir einen Trick, bei dem dir die Haare zu Berge stehen. Erzähl es nur nicht weiter.«

An einer bestimmten Stelle wurde der Fluß durch einen vorspringenden Felsen jäh gezwungen, die Richtung zu ändern. Im Laufe der Zeit hatte sich ein tiefes Becken gebildet, aus dem sich die stürzenden Wassermassen schäumend und wirbelnd einen Ausgang suchten. An diesen Ort, den der Reiz des Gefährlichen und Verbotenen umgab, führte Dahn Nata. Doch als sie ihn einen der gewaltigen Vogelbeerbäume erklettern sah, die mit ineinander verflochtenen Zweigen wie Schildwachen über dem Strudel standen, packte sie die Angst.

»Was hast du vor?«

»Wart's ab«, antwortete Dahn, »glaubst du, daß ich über den Strudel fliegen kann?«

»O nein, nein! Tu's nicht!«

In diesem Moment erschien Toyon und fiel in den Protest des Mädchens ein. Der schmeichelhafte Aufruhr freilich spornte Dahn nur an. Schon hing er an einem der dicken, biegsamen Äste, und ehe Nata den verblüfft und furchtsam aufgerissenen Mund geschlossen hatte, kam er mühelos über die Wirbel geflogen, um nach einem Ast des anderen Baumes zu greifen. Ganz offensichtlich hatte er diese Tollheit häufiger geübt.

Nata brach in Tränen aus, was Dahn verlegen machte und ein wenig beschämte. »Dummes Mädchen«, tröstete er. »Weshalb weinst du denn? Es ist ganz leicht. Onkel Guran hat mir erzählt, daß Jäger diesen Trick oft anwenden, um brückenlose Flüsse zu überqueren. Freilich«, prahlte er, »ist das nichts für kleine Mädchen.«

Auf dem Heimweg riet Dahn: »Wisch dein Gesicht ab, damit man nicht sieht, daß du geweint hast. Ich möchte nicht befragt werden.«

Nata benutzte einen Zipfel ihres Kleides. »Sei nicht böse, Dahn«, bat sie.

»Bin ich auch nicht«, erklärte er. »Du mußt nur nicht bange sein. Als Jäger muß ich eine ganze Menge können. Und ich bin sowieso noch lange kein so guter Schütze wie Onkel Guran.«

Nata war fast wieder fröhlich. »Wirst du mir beibringen, wie man schießt?«

»Ja, das mach' ich. Auch Frauen sollten mit einem Gewehr umgehen können.«

Hand in Hand betraten sie die Jurte.

Ihr Pakt wäre wahrscheinlich geheim geblieben, hätte Nata nicht hartnäckig an ihrem Entschluß festgehalten, zu beweisen, daß ein Mädchen einem Jungen ebenbürtig in allem ist. Sie war sowohl geschickt als auch mutig, bis auf gelegentliche jähe Furchtanfälle. So badete sie nicht gern im See, weil sie das harte Ried des Ufers haßte, und war deshalb nur eine mittelmäßige Schwimmerin. Und sie fürchtete den Strudel. Gleichwohl begann sie nach Dahns Heldentat verstohlen jenen Sprung zu üben, der ihr die ersehnte Anerkennung bringen sollte.

Tage waren vergangen, als Guran und Dahn eines Nachmittags von einer Inspektion der Fischnetze heimkehrten. Die Luft war still und sonnig, die Wälder rochen herbstlich. Toyon lief voraus, wißbegierig wie immer, die Nase überall hineinsteckend, minutenlang verschwindend zu irgendeinem geheimnisvollen Unternehmen, um dann plötzlich wiederaufzutauchen.

Sie näherten sich dem Fluß, als ein Gellen unbeschreiblichen Entsetzens an ihre Ohren drang. Es war Natas Stimme, doch war die Richtung nicht festzustellen, aus der sie kam. Geschockt und hilflos warteten sie auf eine Wiederholung des Schreis, als Toyon schon an ihnen vorüberfegte und den Weg einschlug, der zum Strudel führte. Ohne den Instinkt des Hundes zu bezweifeln, folgte Guran. Doch ehe er Felsen und gestürzte Bäume umgangen und den Teich erreicht hatte, war Toyon schon im Wasser, und Nata hing an seinem Hals. Schon hatten die Wirbel beide gepackt. Das Gewicht des Mädchens und ihre würgenden Hände waren zuviel für den jungen Hund. Guran sah ihn versinken, dann mitten im brodelnden Wüten wieder auftauchen. Er sprang hinterdrein. Mit einer Hand Toyon stützend, brachte er es fertig, Kind und Hund mit wenigen schnellen Schwimmzügen in seichtes Wasser zu ziehen.

Was nur wenige Minuten dauerte, schien Dahn eine Ewigkeit. Außer einem bösen Schrecken hatte Nata keinen Schaden erlitten, doch der Junge empfand heftige Gewissensbisse, als er sie in Gurans Armen husten und schluchzen sah. Er ahnte, was geschehen war.

Später in der Jurte erkundigte sich Guran bei seiner Tochter, die es, in trockenen Kleidern, sehr genoß, Mittelpunkt zu sein, nach der Ursache des Unglücks.

Nata sah errötend Dahn an, ohne zu antworten. Dahn tat es für sie.

»Sie will es nicht erzählen, Onkel. Aber es war meine Schuld. Ich habe ihr gezeigt, wie ein Jäger alle möglichen Hindernisse überqueren kann, indem er sich von Baum zu Baum schwingt, aber ich hätte es ihr nicht am Strudel zeigen sollen. Sie hat . . .« Dahns Stimme brach; er legte die Hände vors Gesicht und weinte.

»Nun, nimm es dir nicht zu Herzen«, tröstete Guran ihn. »Es ist richtig, frühzeitig alles zu lernen, nur tu es nicht hintenherum. Erfahrungen können allzu teuer erkauft sein!«

Beim Anblick von Dahns Tränen begann Nata aus Sympathie mitzuweinen. »Ich verspreche, daß ich es nie wieder tun will!« schluchzte sie.

Anna nahm Dahn in die Arme. »Hörst du, Liebling, sie verspricht es. Im Leben passiert alles mögliche. Man muß nur vorsichtig sein.«

8

In der ersten Jagdsaison mit Toyon erfreute sich Guran eines höchst ungewöhnlichen Erfolges. Er konnte seinem Glück kaum trauen, doch da lag der Beweis vor seinen Augen – eine Menge schönster Pelze. Er beschloß, zehn oder fünfzehn Rentiere dafür zu erwerben.

Guran, als Sohn der Tundra, träumte von Rentieren und Hunden. Er vertraute Anna seine Pläne an, und er sprach mit Berezkin, denn der praktische Geschäftsmann mußte helfen, die Träume zu verwirklichen. Die Rene konnten unter Obhut eines verläßlichen Mannes auf Tartus Anwesen gehalten werden, wo das Weideland ausgezeichnet war. Vor sich selbst gab er auch das Verlangen zu, die Einsamkeit von Tartu, Herrin und ihren Jungen zu lindern. »Sie sollen sich nicht verlassen vorkommen«, pflegte er zu sagen.

Berezkin war so hilfsbereit, wie Guran angenommen hatte. Zufällig hörte er von einem Jakuten, der nach Kolymsk zog, und vermittelte den Kauf seiner fünfzehn Rene.

»Wer wird sich bloß um sie kümmern?« fragte Anna unruhig, verwirrt von der Geschwindigkeit, mit der sich die Dinge ereigneten.

»Vielleicht kann Berezkin uns auch da helfen«, erwog Guran hoffnungsvoll. »Vielleicht kennt er jemanden, der ein Heim sucht.«

»Da wäre mein Vetter Makar«, meinte Anna, mit leisem Zweifel in der Stimme. »Er ist ein guter Mensch, aber mit seiner kränklichen Frau bringt er es allein schwerlich zu was. Er würde sich vielleicht freuen. Nur ihren Buben, den Asatu, mag ich nicht leiden. Er ist ein kleiner Teufel.«

»Makar!« rief Guran aus. »Natürlich! Warum habe ich an den nur nicht gedacht! Laß den Jungen nur laufen. Mit vierzehn ist jeder ein kleiner Teufel. Makars Frau geht es eben zu schlecht, als daß sie sich genügend um ihn kümmern könnte.«

»Nein«, sagte Anna hartnäckig, »er ist ein Taugenichts. Wie er mit seinen Eltern umgeht, ist eine Schande.«

»Was will man machen?« fragte Guran. »Fordern, daß sie dir zuliebe ihren Sohn fortjagen? Sollen sie sich um ihre Angelegenheiten selber kümmern, solange sie auf das Anwesen und die Rentiere achten.« Guran war so glücklich über seinen Kauf, daß er alle kleinlichen Einwände mit einer Handbewegung abtat.

So zogen Makar und seine Familie in Tartus Jurte ein, und Guran besaß zwei Wohnstätten statt einer. Sein Glück, einmal im Anstieg, hörte nicht auf. Die Kunde von seinem Unternehmen machte die Runde; der Erfolg brachte Ansehen und Respekt mit sich. Vorher war Guran als fleißiger Mann und guter Jäger bekannt gewesen, doch Fleiß allein sichert einem Mann den Beifall seiner Mitmenschen noch nicht, und in der Tundra ist jeder mit dem Gewehr vertraut. Nun hieß es, wie einst von Tartu, auch von Guran: »Die Tiere laufen ihm freiwillig zu. Und es gibt kein Tier, das sich vor seinem Hund verstecken kann.«

Nicht lange nach dem Kauf der Rentierherde wurde Guran gewählt, als Abgeordneter mit dem Polizeihauptmann von Werchojansk die postalische Zusammenlegung zweier Ortsbezirke zu besprechen. Die Angelegenheit zog sich schon eine Weile hin infolge des Widerstandes im Nachbarbezirk, dessen Oberhaupt Kuralak, ein einflußreicher und wohlhabender Jakute, war. Kuralak war ein Mann von zweifelhaftem Ruf und großer Macht. Es hieß allgemein, er traktiere die Jäger mit Wodka, um sie in seine Schuld zu bekommen, und er besteche die Behörden. Gleichwohl gelang es Guran mit Berezkins Hilfe, den Polizeihauptmann davon zu überzeugen, daß sich beide Bezirke in die Postgebühren teilen sollten. Ohne Kuralak zu befragen, verkündete der Hauptmann den Entscheid – und Kuralak war wütend. Doch ein amtlicher Erlaß war ein amtlicher Erlaß. Da war nichts zu machen. So schluckte Kuralak seinen Stolz hinunter, obgleich er Guran im Herzen grollte.

Welch einen Willkommen bereiteten die Nachbarn Guran, als er erfolgreich heimkehrte! »Ah, es war eine große Ehre«, sagte er noch lange Zeit danach.

Ein Jahr verging. Wieder war es November: Gurans zweite Jagdsaison mit Toyon.

Im November ist die Sonne nur ein gelegentlicher Gast in Nordsibirien. Für kurze Momente liegt dann auf den verschneiten Einöden glitzernder Glanz. Dem flüchtigen Blick mag die Tundra in Schweigen erstorben scheinen. Dabei ist sie voller Leben. Der Zeichen sind viele, doch bedarf es geübter Augen und Ohren, sie alle zu entdecken: das zaghafte Rufen, Piepsen, Quietschen versteckter Wesen, die winzigen Gesichter in den Astlöchern hohler Baumstämme, das große Netzwerk der Spuren, das jedem, der lesen kann, seine faszinierende Geschichte erzählt.

Für Guran und Toyon hatte jeder Laut, jeder Abdruck eine Bedeutung. Sie hatten sich angewöhnt, Jagdausflüge zu machen, die manchmal bis zu einer Woche dauerten. Ein großer Pelzsack ließ sich, auf zwei schmale Kufen genäht, an einer Handschlaufe leicht über den Schnee ziehen und enthielt auf dem Hinweg Nahrung und Munition, zurück die erlegte Beute. Tagsüber wurde er an der Lagerstelle versteckt, damit die beiden Jäger völlige Bewegungsfreiheit hatten.

Waren die Tage kurz und die Jagd gut, verging die Zeit schnell. Kalte Nächte? Toyons feiner dicker Pelz war Schutz genug, und dazu gab's ein Feuer, das nicht nur Wärme spendete, sondern auch die Raubtiere abschreckte. Das Essen war notgedrungen einfach – roher, gefrorener Fisch, fette Ukolas und Tee mit kleinen Kuchen aus Gerstenmehl, die auf glühender Asche gebacken wurden. Zum Schlafen grub Guran einfach eine Höhle in den Schnee und kroch in seinen Sack aus Wolfsfell, indes sich Toyon nahebei ein bequemes Plätzchen suchte. Und wenn der Schlaf im Schnee nicht ganz so gemütlich ist wie in der warmen Jurte, so klagen Jäger nicht über solche Kleinigkeiten.

Dieser bestimmte Abend nun war wie hundert andere. Ein besonders beutereicher Tag war ihm vorausgegangen, und Guran und Toyon waren müde, bester Laune und sehr zufrieden miteinander. Vier Tage lang hatten sie tief in den Wäldern gejagt und kehrten nun zu ihrem Lager im Schutz eines bebuschten Felsvorsprungs zurück.

»Ah, mein Junge, das haben wir fein gemacht!« erklärte Guran, seine Schier abschnallend. »Jetzt etwas zu essen und dann einen guten, langen Schlaf.« Bald hallten die Felsen von den Schlägen seiner Axt lustig wider, und schon flackerte ein Feuer auf. Toyon sah aus einiger Entfernung zu, denn Feuermachen war Männer- und keine Hundearbeit. Mit den Augen freilich folgte er Gurans Bewegungen und leckte sich von Zeit zu Zeit die Schnauze, um zu zeigen, daß er ziemlich hungrig war.

Guran entnahm dem Vorratssack einen großen Fisch, schnitt sich ein paar fette Streifen vom Rücken ab und gab den Rest Toyon, der ihn ohne weitere Umstände in Angriff nahm. Mann und Hund aßen auf der Jagd nur wenig und waren bald bereit zum abendlichen Ritus: Guran plauderte über seiner Pfeife, und Toyon hörte zu, wobei nicht zu sagen war, wer seinen Part mehr genoß.

An diesem Abend beschäftigten Guran viele Dinge. Einige Minuten lang rauchte er schweigend. Dann sprach er, seinen Gedankengang beendend:

»Ja, es ist Zeit, heimzugehen. Morgen abend wärmen wir uns schon am Komelek. Und wir können uns sogar rühmen: im Sack sind zwanzig Eichhörnchen, fünf Hermeline, zwei Rotfüchse und ein Zobel. Zu dumm, daß uns der weiße Fuchs entwischte, aber es war meine Schuld, nicht deine – ich hab' ihn verfehlt. Nun, wir sind nicht habgierig. Keine schlechte Ladung nach nur vier Tagen, meine ich. – Und was sagst du? Möchtest du nach Hause?«

Als Antwort erhob sich Toyon und streckte die Pfote nach einer Liebkosung aus. Guran tat ihm den Gefallen, legte ihm einen Arm um den Nacken und kraulte ihm das eine Ohr. »Ach, Toyon, ich schaue dich an und sehe meinen alten Freund Tartu! Wie habt ihr zwei mein Leben verändert! Du bist noch nicht drei Jahre alt, und schon haben die Meinen und ich sich aus armen in vermögende Leute verwandelt. Es war ein glücklicher Tag, an dem ich dich fand und rettete.«

Guran erinnerte sich der vielen mühseligen Tage, an denen er die Tundra allein durchstreifte, ohne Hund und ohne Glück. Denn wenn ein Jäger keinen guten Hund besitzt, der die Beute aufspürt, ist er auf den Zufall angewiesen.

»Ja, ein glücklicher Tag«, wiederholte er.

Guran kroch in seinen Schlafsack, indes Toyon nach einem Fleckchen suchte, wo er vom Feuer profitieren und noch im Schlaf Wache halten konnte.

Aus irgendeinem Grund – wahrscheinlich vor Aufregung über die Tagesbeute – schlief Guran nicht gleich ein. Hundert Gedanken wirbelten durch seinen Kopf. Er dachte an ein Sprichwort seiner Frau: »Glück ist ein freier Vogel – es läßt sich nieder, wo es ihm gerade paßt.« Wie richtig es war! Das Glück hatte in seiner Jurte ein Nest gebaut. Aber warum jetzt? Warum früher nicht? Tartus Segen über seiner Familie – keine andere Erklärung sah er für zwei aufeinanderfolgende Jahre mit geradezu märchenhaftem Jagdglück. Es war nämlich nicht allein Toyons Verdienst: in seiner ersten Jagdsaison hatte er große Schnitzer gemacht wie jeder andere Hund – die Fährten der verschiedenen Tiere miteinander verwechselt, sich hoffnungslos verirrt und diesen Weg genommen, wenn jener richtig gewesen wäre. Seit kurzem erst meisterte er die Technik des Jagens ganz und war Guran ein vollwertiger Partner geworden.

Rund und rund liefen die Gedanken des Mannes, einer den anderen überholend und alle schließlich zum gleichen Punkt zurückkehrend. – Nein, irgend etwas über ihm selbst und Toyon hatte den Wechsel verursacht. Es blieb noch immer ein Geheimnis zu ergründen. Nicht nur wurde das Wild von seinem Gewehr wie magnetisch angezogen – er, Guran, gewann ganz unerwartet Autorität. Meilenweit kamen die Leute, um seinen Rat in diesem und jenem zu erbitten. Warum? Weil sein Vorrat an Pelzen, zusammen mit den ihm von Tartu hinterlassenen, nach Schätzung des Kaufmanns Berezkin ein beträchtliches Vermögen darstellte?

Es war so merkwürdig, daß drei Jahre seines Lebens ein Wunder wirken konnten. Er dachte an Berezkin, die Rene, die Fahrt nach Werchojansk, Makar – und in der letzten Sekunde vor dem Einschlafen fiel ihm Faulpelz ein und sein Verrat. Denn Faulpelz wohnte bei Makar, angezogen von einer unscheinbaren, struppigen Hündin, die ihn bald darauf mit einer großen Familie beschenkte. Obwohl Faulpelz Guran, Dahn und Toyon bei jedem Besuch willkommen hieß, sah er es gar nicht gern, wenn seine Frau Toyon Beachtung schenkte, und er war unruhig, solange sich sein hübscher junger Freund auf dem Hof befand.

Während Guran und Toyon schliefen, blies der leichte Wind eine Schneedecke über sie. Im Traum zog eine große Rentierherde an Guran vorüber wie zu einer Parade, ein Wald von schönen Köpfen mit weitausladenden Geweihen. »Wessen Rene sind das?« fragte Guran Toyon. Und Toyon entgegnete mit der Stimme des alten Tartu: »Erinnerst du dich nicht? Sie gehören doch alle dir. Du sollst wissen, daß ich dankbar bin für das schöne Denkmal, das du mir gegeben hast.«

Es war ein guter Traum, den die beiden Freunde in der stillen Nacht des Nordens miteinander träumten.

»Ein schlechter Frieden ist besser als ein guter Streit«, sagte Guran eines späten Wintertags zu Anna.

Eben hatte ein Bote ihm Kuralaks Einladung überbracht, an den Familienfeierlichkeiten anläßlich der Geburt eines dritten Enkelsohnes teilzunehmen. Solch eine Ehrung durch den hochfahrenden Nachbarn mußte angenommen werden, und sei es auch nur, um die freundschaftlichen Verbindungen mit den Leuten des Nachbarbezirks nach dem Vorfall mit dem Poststreit wieder herzustellen. So sandte Guran den Boten zurück mit der Zusicherung, daß er erscheinen werde, und nötigte ihm als Gabe für den Neugeborenen ein feines Renkalb auf, das As seiner ganzen Herde.

Anna murrte ein wenig über den Weggang des Kalbes. Gleichwohl trug sie auch ihr Teil bei, indem sie Guran für die Gelegenheit mit seinem feinsten Kukliankа und wundervoll bestickten, leichten Kamasi für die Füße ausstattete – eine Tracht, die ihn ungewöhnlich gut aussehen ließ. Inzwischen inspizierte Guran die kleine Narta und das Geschirr und beschloß, den alten Renbullen zu nehmen. Dies prächtige, temperamentvolle Tier, ganz grau und weiß, war der Stolz der Familie. Er lief schneller als jedes andere Ren der Herde, und wenn er ihn fuhr, benutzte Guran die Zügel nur, um anzuhalten. Dies Rentier war für Guran eine teure Erinnerung an jene anderen Herden vom Flusse Omoloi, deren Vorfahren alle preisgekrönte Renner gewesen waren. Mit ihm über den hartgefrorenen Schnee zu fahren, war ein Wettlauf mit dem Wind, und die Kinder kannten keinen erregenderen Spaß.

»Du nimmst Toyon mit?« fragte Dahn, den Reisevorbereitungen zusehend.

»Ja«, erwiderte Guran, »das alte Ren vertraut ihm und fürchtet sich vor nichts, wenn er in der Nähe ist.«

»Ich weiß«, sagte Dahn. »Nur weiß ich nicht, weshalb er so sicher annimmt, daß Toyon unschlagbar ist. Es gibt größere und stärkere Hunde.«

»Du weißt es nicht?« fragte Guran. »Hast du jemals seinen Fang untersucht? Nein? Dann tu's. Zweiundvierzig schöne, starke Zähne – zwanzig oben und zweiundzwanzig unten – und Fangzähne wie bei einem Wolf. Und mehr noch: Er zeigt niemals die geringste Furcht – hat jederzeit vollkommenes Selbstvertrauen. Jeder Hund, der kein Narr ist, wird einem Kampf mit Toyon geflissentlich aus dem Weg gehen.«

Ungefähr dreißig Meilen trennten Gurans Anwesen von dem seines Nachbarn. Dem Ren die Zügel lassend, legte Guran die Strecke in weniger als zwei Stunden zurück. Er näherte sich Wolf-Padi, der Bergschlucht, in der Kuralak wohnte, und sah von weitem an den im Hof versammelten Schlitten, Narten und Reitpferden, daß viele Gäste schon vor ihm angekommen waren. Die schmückenden Zierate aus hochpoliertem Messing an Geschirr und Fahrzeugen boten einen prächtigen Anblick, und Guran dachte bei sich, daß eine ähnliche Versammlung lange Zeit nicht stattgefunden habe. Aus den zehn Jurten, die Kuralaks Anwesen bildeten, sprühten Funken in den Himmel.

Unwillkürlich lachte Guran und schmatzte laut. Er bezweifelte nicht, daß ihm ein großes Fest bevorstand, und dem Vernehmen nach hatte Kuralak, trotz Regierungsverbots, Zugang zu Wodkalagern. »Gott ist hoch oben im Himmel, der Zar sehr weit weg, und die Beamten müssen leben«, sagen die Jakuten. Ihrer Meinung nach diente das Alkoholverbot nur einem Zweck – es befähigte die Behörde, Bestechungsgelder zu erpressen. Jedermann wußte, daß der Bezirksrichter – halb Jakute und halb Russe – von Kuralak großzügige Geschenke entgegennahm, damit er vor dem Gesetz die Augen zudrückte. Da Guran, genau wie jeder andere, gern ein Gläschen trank, kam es ihm nicht in den Sinn, das zu verurteilen.

Mit der glücklichen Aussicht auf Essen und Trinken vor sich, trieb er das Rentier an. Gerade da erspähten die Hunde Toyon und strömten in einem dichten Rudel aus dem Hof, heulend, wie von Furien besessen. Guran durchzuckte der Gedanke, ob es nicht doch töricht gewesen war, Toyon mitzunehmen! Als er sah, daß auch das Rentier unruhig wurde, machte er sich bereit, dem Hund beizustehen. Mittlerweile freilich begegnete Toyon der Situation auf seine Art. Das Rentier überholend, blieb er ein Stück weiter gelassen stehen und ließ die Horde auf sich zukommen, packte dann den Anführer zwischen die grausigen Fänge und schleuderte ihn im Bogen in den Schnee, wo er aufheulend liegenblieb. Ehe Guran das Geschehen ganz begriff, hatten die restlichen Hunde sich zerstreut und betrachteten Toyon von weitem aus erschrockenen, aber respektvollen Augen. Nur ein ganz junges Hündchen, weiß wie Schnee, den Schwanz buschig gerollt, blieb da.

Ohne dem Besiegten die leiseste Beachtung zu schenken, trat Toyon auf das Hündchen zu und beschnupperte es. Brav legte es sich vor ihm in den Schnee, sanft und unterwürfig. Toyon bellte und wedelte mit dem Schwanz; jede Linie seines Körpers drückte Entzücken aus. Als Guran ihn eine Minute später heranrief, folgte das Hündchen, als sei es die natürlichste Sache der Welt, und ließ sich von Guran furchtlos streicheln. An den spitzen Ohren und dem Fuchsgesicht sah er, daß es zu einer Rasse von Arbeits- und Jagdhunden gehörte, die in der Gegend der Flüsse Jana, Indigirka und Kalima häufig vorkam und für ihre Ausdauer und große Anhänglichkeit bekannt war.

»Eine Hündin«, sagte Guran, »eine prächtige Gefährtin für Toyon. Ob Kuralak sie verkauft?«

Von diesem Gedanken erfüllt, fuhr er weiter bis zur Hauptjurte und band sein Rentier bei den anderen an, als der Gastgeber begrüßend auf ihn zutrat.

Kuralak war von mittlerer Größe, stämmig, mit schmalen, verschlagenen Augen und platter Nase in einem fleischigen Gesicht, das bartlos war wie bei den meisten Jakuten. Obwohl er sich schlicht gab, war jede Bewegung selbstbewußt.

»Willkommen, Nachbar«, sagte er, die Hand ausstreckend, »es ist eine Ehre, dich als Gast zu haben. Und Dank auch für das schöne Kalb. Wenn du in die Jurte kommen willst, so findest du Wodka, um dich zu wärmen.«

Guran verneigte sich tief. »Ich freue mich, den geschätzten Kuralak zu sehen. Mögen er und seine Familie noch zahlreiche Winter erleben und sie in Gesundheit, Wohlstand und Glück genießen.«

Während Guran das schweißnasse Ren abrieb und ihm eine Decke überlegte, betrachtete Kuralak die neuangekommenen Tiere mit Kennermiene. »Ein schönes Rentier hast du da. Vielleicht hast du Lust, es im Rennen morgen früh laufen zu lassen? Der Sieger bekommt zweihundert Rubel. Wie wär's? Und der Hund erst! Riß meinem Jagdhund fast die Schulter weg. Was für ein Fang! Ich habe viel von ihm und seiner Mutter gehört. Läge dir am Verkauf? Ich zahle einen guten Preis.«

Gurans Antwort war höflich, aber bestimmt. »Ich werde gern am Rennen teilnehmen, doch was den Hund betrifft – der ist unverkäuflich.«

»Hm, das ist schade. Aber komm, mein Freund, gehen wir hinein.«

Kuralaks Ton verriet das Mißvergnügen hinter der äußeren Freundlichkeit. Bei den Jakuten gilt es für höflich, eine Absage durch eine übertriebene Forderung zu verschleiern oder Gründe zu finden, die Erörterung hinauszuschieben. Ein festes und direktes »Nein« kommt einer Beleidigung gefährlich nahe. Guran wußte das, doch konnte er in einer so ernsten Angelegenheit nicht heucheln. Toyon verkaufen? – Undenkbar!

Seinem Gastgeber in die Jurte folgend, fand er sich in einem Raum, der von einem fröhlichen Feuer im Komelek erwärmt und von glänzend poliertem Kupfergeschirr längs den Wänden geschmückt wurde. Links saßen Ehrengäste im Halbkreis auf weichen Fellen, während Arbeiter und geringere Leute beim Eingang und an den Wänden standen. Hinten waren die Frauen versammelt. Genau in der Mitte prangte, hervorgehoben durch Größe, Uniform und erhabenen Rang, der Bezirksrichter persönlich und überschaute die Gesellschaft, hin und wieder mit dem Kosaken flüsternd, der ihn überallhin begleitete. In seiner Nähe saß ein alter Mann, ein berühmter Schamane, dessen Anwesenheit bei jedem Familienfest oder gesellschaftlichen Ereignis einfach unumgänglich war.

Den geröteten Gesichtern war anzusehen, daß schon eine hübsche Menge Wodka konsumiert war.

Auf ein Zeichen Kuralaks bot dessen Frau Guran mit tiefer Verneigung ein umfängliches Glas Wodka an. Aus Höflichkeit mußte er es dem Gastgeber zuerst reichen, doch Kuralak wehrte feierlich ab.

»Wir haben schon reichlich genossen. Du kommst spät. Weigere dich nicht, mein Freund.«

Guran brauchte nicht überredet zu werden. Sich zuerst vor dem Gastgeber, dann vor dem Regierungsbeamten verneigend, hob er sein Glas an den Mund und leerte den Inhalt mit festgeschlossenen Augen und in einem Zug. Eine volle Minute danach rang er mit weit offenem Mund nach Luft, indes die Gäste neidvoll zusahen.

Als er wieder sprechen konnte, rief er unter lautem Schmatzen: »Prächtig! Ausgezeichnet! Die Händler aus Werchojansk haben längst keinen so guten Wodka!«

Selbstgefällig lächelnd, winkte Kuralak nun dem Schamanen. Sogleich war der Alte auf den Beinen und hüpfte umher wie ein Jüngling. Plötzlich hielt er inne, schlug laut sein Tamburin und begann sich unter Beschwörungsrufen langsam zu drehen. Von Zeit zu Zeit schüttelte er sich, wobei die kleinen Glöckchen an seinem Saum klingelten, und verneigte sich in alle Ecken des Raumes, die guten Geister um Schutz und Hilfe für das neugeborene Kind anflehend. Die Zeremonie dauerte nicht lange, denn jeder weiß, daß gute Geister willfähiger sind als böse. Möglich auch, daß der Schamane, der den Hunger der Gesellschaft kannte, ihre Geduld nicht gar zu hart erproben wollte. Mit einer letzten Verbeugung nach Norden, Süden, Osten, Westen klopfte er einen leichten Wirbel auf seinem Tamburin, senkte den Kopf wie zum Gebet und nahm unter allseitiger Zustimmung wieder Platz. Durch die Künste seiner Musik, seines Tanzes und seiner Silberzunge hatte er dem Kind einen Weg ins gute Leben geöffnet.

Nun stellten die Frauen eiligst kleine Bänke als Tischchen neben die sitzenden Gäste, und während der Hausherr und sein ältester Sohn die Birkenholzbecher mit Wodka füllten, wurden Berge von rohgefrorenem Fisch gebracht und auf einzelne, Trögen ähnliche Holzteller verteilt. Außer dem Richter, der einen großen Metallteller und ein vollständiges Besteck benutzte, aßen die Gäste ohne Messer, Gabel oder Löffel.

Auf den Fisch folgte gekochtes Fleisch, dann heiße Suppe und Gerstenmehlkuchen. Und darauf gebratenes Hammel- und Renfleisch, samt Zungen und Lippen als Leckerbissen – alles hinuntergespült mit dem russischen Feuerwasser, das in den letzten Jahren an Stelle des milderen Getränks aus Stutenmilch getreten war.

Mit der Geschicklichkeit lebenslanger Übung griffen die Gäste das Fleisch mit den Finger, führten es zum Mund, bohrten die Zähne fest hinein, indes die Messer ein Stück absäbelten, das gerade groß genug zum Kauen war. Später leckten sie das Fett von den Fingern ab und trockneten die Händen an den Haaren. Mit riesigem Appetit verputzten sie, ohne Rücksicht auf die Mägen, so viel wie sonst kaum in einer ganzen Woche. Ab und zu machten sie die Gürtel lockerer. An der Lautstärke des Rülpsens ermaß der Gastgeber ihre Zufriedenheit und die Fülle seiner Gastlichkeit.

Als der Wodka kreiste, lösten sich die Zungen: ruhige Männer wurden lärmend, redselig und prahlerisch. Einer rühmte sein Pferd, ein anderer seine Kuh, seine Rene, Hunde, seine Tapferkeit auf der Jagd. Alle waren erregt, und jeder hörte nur sich selber zu. Beim Nachtisch – Maulbeeren mit gefrorener Sahne – war der Lärm auf dem Gipfel angelangt. Aus der Frauenecke scholl lautes Lachen her, schrille Schreie und ein schmerzlich-melancholischer Singsang, der wie Weinen war.

Kuralak, trunken, selbstzufrieden und nach Anerkennung gierend, drängte seine Gäste: »Trinkt, Freunde! Trinkt nach Herzenslust! Ich habe mehr als genug von allem. Es gibt nicht Mägen genug im Land, um Kuralaks Vermögen aufzuessen!«

Er machte eine Pause, damit die Kunde auch bis zu jedem durchdrang. »Und nun hört zu«, fuhr er fort, »morgen früh gibt's ein Rentierwettrennen. Ich setze zweihundert Rubel auf mein Ren. Sollte eines eurer Tiere es schlagen, verliere ich den Einsatz. Wenn nicht, braucht ihr nur zuzugeben, daß Kuralaks Renner unschlagbar ist. Verlierer brauchen nichts zu zahlen. Geld hab' ich selbst genug. Wer nimmt die Herausforderung an?«

»Ich – ich – ich –!« Fünf Stimmen riefen es auf einmal.

Guran schwieg. Ein Gedanke hatte Besitz von ihm ergriffen: Mein Ren kann den Einsatz gewinnen, aber was soll ich mit zweihundert Rubel? Zur Hölle mit dem Geld. Was ich will, ist die weiße Hündin fur Toyon. –

Kuralak legte Gurans Schweigen als Weigerung aus. Dabei lag ihm ganz besonders daran, sich an diesem Mann für die demütigende Sache mit den Postbezirken zu rächen. Mit honigsüßem Lächeln fragte er: »Und wie steht es mit dir, Freund Guran? Ist dein Ren kein Renner? Zweihundert Rubel sind schließlich einen Versuch wert – es sei denn, dein Tier hat keine Chance gegen meins. Dafür hätte ich Verständnis.«

Empfindlich getroffen sprang Guran auf die Füße. »Oho, mein Ren ist ein guter Läufer!« schrie er. »Es kommt vom Omoloi! Gut, ich mache mit – aber unter meinen eigenen Bedingungen. Schlägt dein Ren das meine, kannst du in mein Haus kommen und dir nach Belieben Felle im Wert des Einsatzes aussuchen. Schlägt jedoch mein Rentier das deine, bekomme ich die weiße Hündin, die ich bei der Ankunft sah. Einverstanden?«

Die Zuhörer trauten ihren Ohren kaum und warteten gespannt auf die Antwort.

Kuralak liebte Geld. – Nur ein betrunkener Narr, überlegte er, würde dies Angebot abschlagen. Trotzdem warnte ihn etwas, nichts zu überhasten. Guran konnte seine Gedanken erraten: Meine Hündin ist hübsch, die Kinder lieben sie, aber was ist so Besonderes an ihr? Andere sind genauso gut. Sie hat mich in Kolymsk eine Flasche Wodka gekostet. Sicher ist sie keine zweihundert Rubel wert. Mir scheint, es geht hier nicht nur um den Hund. Doch worum sonst? – Nach kurzer verschwommener Überlegung beschloß er: So oder so läuft der Vorschlag zu meinen Gunsten aus, denn schließlich hat Guran keine Chance zu gewinnen.

»Schön«, sagte er scheinbar gutmütig, »ich stimme zu. Meine Hündin Schnee gegen deine Pelze. Ich fürchte zwar, du wirst verlieren, aber ich verspreche, meine Auswahl gewissenhaft zu treffen. Morgen früh also wird gerannt. Und vergiß nicht: Die Bedingungen sind von dir!«

Entzückt über den in Aussicht stehenden Sport, machten die Gäste sich nun mit solcher Hingabe ans Trinken, daß die meisten bald hilflos auf dem Boden lagen, während andere schwankend das Anwesen umwanderten.

Guran war gleichfalls so betrunken, daß er wie betäubt umfiel. Doch kurz darauf weckte ihn der Gedanke, daß er vergessen hatte, nach den Tieren zu sehen. Nach kräftigem Kopfschütteln fand er seinen Kuklianka, wählte zwei große Knochen mit viel Fleisch und trat in den Hof, wo Toyon, die kleine Hündin dicht bei sich, ihn lärmend begrüßte. Hungrig verschlangen sie das Fleisch, während das Rentier, Aufmerksamkeit heischend, ungeduldig mit dem Fuß scharrte.

»Keine Sorge«, beschwichtigte Guran, als er ihm sein Moos brachte, »ich vergeß' dich nicht. Da, iß und werde stark. Du mußt morgen ein Rennen gewinnen, damit Toyon und ich die weiße Hündin bekommen.«

Das Rentier senkte den Kopf mit den gewaltigen Schaufeln und schien die Verantwortung zu akzeptieren. Guran rieb es mit einem Stück Decke sorgfältig ab. Die Kälte brachte Guran langsam wieder zu sich. Er fand, es würde gut sein, wenn sich das Ren ein oder zwei Stunden vor dem Wettrennen langsam warmliefe. Und um nicht zu verschlafen in der warmen Luft der Jurte, rollte er sich in eine Kaninchendecke und brachte den Rest der Nacht auf der Narta zu.

Er schlief fest, als Toyon kurze Zeit darauf einen wüsten Lärm vollführte. Im Nu war Guran auf den Füßen und sah den Hund drohend über einem Mann stehen, der ausgestreckt im Schnee lag. Verwundert half er ihm auf die Füße, indes Toyon sich grollend zurückzog. Ein junger Jakute stand vor ihm, aufs äußerste erschrocken.

»Was ist los? Wer bist du?« fragte Guran.

»Ich arbeite hier«, erwiderte der Mann, »ich wollte nur die Rentiere füttern, als der Hund mich anfiel.« Dann schritt er, die Augen abgewandt, schnell davon.

Guran sah ihm beunruhigt nach. Er war jetzt nüchtern genug, sich zu fragen, warum der Jakute kein Futter mitgebracht hatte, wenn er die Rene füttern wollte. Und doch hätte er trotz seines Mißtrauens dem Vorfall keine große Bedeutung beigemessen, wäre nicht sein Blick auf einen Gegenstand im Schnee gefallen. Er hob ihn auf. Es war eine lange, scharfe Ahle.

Darum also hat Toyon dich angefallen, du Gauner! dachte Guran aufgebracht. – Er hatte von Bösewichtern gehört, die einem Renner das Bein mit einer Ahle durchstachen. Der Stich selbst war nicht schlimm, es gibt weder Blut noch eine sichtbare Wunde, doch im Laufe des Rennens verspürt das Tier dann Schmerzen und muß, vorübergehend lahm, langsamer gehen.

Gurans erster Impuls war, sich bei Kuralak zu beschweren, was er nach einigem Nachdenken jedoch unterließ. Eine Beschwerde gegen den Arbeiter würde einen Skandal hervorrufen und auch auf Kuralak den Schatten eines Verdachtes werfen. Guran rechnete ganz einfach so: »Vielleicht weiß Kuralak von nichts. Der

Arbeiter kann ohne Befehl gehandelt haben, weil er seinem Herrn einen Gefallen zu tun glaubte. Und wenn Kuralak doch schuldig ist, wird er es ohnehin dem Arbeiter in die Schuhe schieben. Auf jeden Fall würde nur Unerfreuliches dabei herauskommen. Das Rennen würde abgesagt, und wir bekämen das weiße Hündchen nicht.«

Guran untersuchte die Beine des Rens sorgfältig, wobei er, wie üblich, mit ihm sprach. »Toyon hat dich gerettet. Du kannst es ihm vergelten, indem du das Rennen gewinnst und den Preis erringst. Sieh zu, daß du uns nicht im Stich läßt.«

Er war überzeugt, daß ihn das Tier verstand.

Mittlerweile begann es zu dämmern, und von drinnen kamen die Stimmen der aufwachenden Gäste. Guran sah nach der Narta, prüfte jeden Gurt und rieb mit seinen Pelzhandschuhen die Kufen ab. Dann fuhr er auf ein Feld nahebei und gab dem Ren die Zügel frei. Obgleich steif vor Kälte, begann es mit eiligen, schnellen Schritten, die sich bald zum Trab beschleunigten, zu laufen. Den Kopf weit und flach vorgestreckt und mit den Schaufeln den Rücken fast berührend, rannte es leichtfüßig dahin, die Vorderbeine zum harten Klopfen der Hinterhand in weiten rhythmischen Bögen hebend. Am aufstiebenden Schnee, dem Sog des Windes und an den Bemühungen Toyons und der Hündin, mitzukommen, schätzte Guran die Fahrgeschwindigkeit – wußte, daß sie gut war, und wußte auch, daß sie noch verbessert werden konnte. Befriedigt zügelte er das erregte Ren und fuhr wieder auf den Hof zu.

Kuralak und einige Gäste umstanden eine Narta, vor die ein schönes hellgraues Ren geschirrt war. Ein junger Jakute, der Fahrer anscheinend, lauschte aufmerksam den Anweisungen seines Herrn. Verglichen mit Kuralaks Renner waren, wie Guran mit einem Blick sah, alle anderen Rentiere traurige Geschöpfe, stark, aber ungepflegt und steif vor Kälte. Mitleidig dachte er: Die armen Burschen! Ihre Besitzer betranken sich und dachten nicht an sie. –

Das Rennen würde sich eindeutig zwischen seinem und Kuralaks Tier abspielen, an dem er keinen Fehl entdecken konnte. Nur einen möglichen Vorteil sah er für sich. Der Jakute, der für Kuralak fuhr, war zu jung, um schon Erfahrung zu haben. Wahrscheinlich hatte man ihn wegen seines leichten Gewichts gewählt.

Nach einem Frühstück aus Tee mit Gerstenkuchen und ein wenig Wodka zur Stärkung begab sich die Gesellschaft geschlossen an den Startplatz. Hier befand sich ein Tor, das gerade breit genug für ein Ren mit Narta war. Nach feststehender Regel war jeder Teilnehmer, der aus irgendeinem Grund dies Tor nicht passierte, disqualifiziert, selbst wenn er das ganze Rennen hindurch geführt hatte.

Sieben Teilnehmer stellten sich nebeneinander auf und lauschten den Regeln, die der älteste und angesehenste Gast verkündete. Es war vollkommen still. Der Richter zwirbelte seinen Schnurrbart, während Kuralak sichtlich nervös war. Der Ansager sprach:

»Ihr wißt, daß unser verehrter Freund und Gastgeber für den Sieger dieses Rennens zweihundert Rubel ausgesetzt hat. Sollte sein Ren gewinnen, hat ihm keiner etwas zu zahlen, außer Guran, der ihn herausgefordert und selbst einen Preis gesetzt hat: Pelze aus seinem Vorrat im Werte der genannten Summe. Kommt aber Gurans Tier als erstes an, verspricht Kuralak ihm die Hündin Schnee. Nun zur Strecke. Ihr startet hier am Tor, fahrt bis zum Bärenberg – etwas zehn Meilen weit – und kehrt zurück. Entlang der Route stehen Beobachter. Die Besitzer können ihre Rentiere selber fahren oder einen anderen dazu wählen. Es ist einem Fahrer gestattet, die Narta zu verlassen und zu laufen, falls er nur die Zügel nicht aus den Händen läßt.«

Nach einer Pause schloß er bombastisch: »In Gegenwart Seiner Exzellenz, des Herrn Richters, frage ich die Teilnehmer: Nehmt ihr diese Bedingungen an und wollt ihr sie ehrlich befolgen? Antwortet!«

»Ja, wir nehmen sie an!« ertönte es einstimmig.

Kuralak hob die Hand.

»Unser verehrter Gastgeber hat etwas zu sagen.«

»Ich möchte«, sagte Kuralak, »meinem Nachbarn Guran einen meiner Leute als Fahrer anbieten. Da Guran ein wenig Übergewicht hat, könnte er beim Rennen im Nachteil sein.«

Die Menge brüllte Beifall für diese großzügige Geste. Doch Guran schüttelte den Kopf. »Ich danke dem geschätzten Kuralak für sein Angebot, werde jedoch mein Tier selber fahren. Es hält mein Gewicht leicht aus.«

Kuralak nickte. Mehr konnte er nicht tun. Nach dieser Einleitung begaben sich die Teilnehmer auf ihre Plätze, und nach einem Wink des Sprechers fing das Rennen an.

Zunächst glitten alle sieben Narten nebeneinander über die verschneite Ebene, aber bald schob sich Kuralaks Rentier vor, und die Linie brach. Das Bellen der mitlaufenden Hunde und die anfeuernden Rufe der Zuschauer erregten die Tiere und spornten ihren Wetteifer an. Am Start bestiegen der alte Ansager, der Richter, Kuralak und einige andere das Dach einer Jurte, um den Verlauf des Rennens besser verfolgen zu können. Das letzte, was sie sahen, ehe die Entfernung zu groß wurde, war, daß Kuralaks Rentier die Führung hatte und Guran an dritter Stelle lag.

Kuralak lächelte darüber, aber seine absolute Sicherheit hatte er verloren, denn soeben flüsterte ihm einer seiner Leute das Mißlingen des nächtlichen Plans zu. Kuralak wollte dieses Rennen unbedingt gewinnen, und zwar nicht wegen Schnee, sondern damit jeder wußte, daß seine Überlegenheit nicht zu bezweifeln war. Obgleich seines Rennens sicher, mußte er sich eingestehen, daß Gurans altes Rentier stark und schnell war und einen erfahrenen Lenker hatte.

Für gewöhnlich ruhig und unerschütterlich, sind die Männer des Nordens wie lärmende, mutwillige Kinder, wenn sie in ein sportliches Ereignis verwickelt sind. Auf das Wiederauftauchen der Renner wartend, brüllten und zankten die Gäste, schlossen unsinnige Wetten ab und suchten in wildem Wortwechsel der Gegenseite ihre Meinung aufzuzwingen. Die meisten Männer setzten auf Kuralaks Tier, nicht weil sie das Ren für den sicheren Sieger hielten, sondern weil es immer gut war, einem so wichtigen Mann wie ihrem Gastgeber zu schmeicheln.

Als der nächste Posten mit erhobener Fahne die Rückkehr der Renner anzeigte, verstummte das Gespräch, und jedermann mühte sich, den näher kommenden Schneewolken zu entnehmen, wer in Führung lag. Zwei rasend schnelle Wolken stäubten weit voraus auf, nicht mehr als fünfundvierzig Meter auseinander.

»Wer hat scharfe Augen?« rief Kuralak. »Wer kann sehen, welches Ren vorn liegt? Ein Glas Wodka für die richtige Antwort.«

Keiner wagte zu antworten, obwohl einige weit genug sehen konnten, um zu erkennen, daß Guran führte. Noch eine Minute, und Kuralak sah selbst, daß er geschlagen war, als Gurans mächtiges Ren gerade vor seinem eigenen durch das Tor fegte.

Es war der Richter, der mit lautem Ruf das Schweigen brach:

»Hoch der Sieger!« Und als Kuralak dem Beispiel höflich folgen mußte, fiel die ganze Gesellschft lärmend ein.

Mit gespielter Herzlichkeit gratulierte Kuralak Guran. »Komm in die Jurte, mein Freund«, sagte er, »wir wollen feiern! Schnee ist dein. Nur, wird sie mit dir gehen wollen?«

Guran, noch heiß vom Sieg, erwiderte befriedigt: »Dank, verehrter Kuralak, für deine Gastfreiheit! Sorg dich nicht um Schnee. Ich glaube, sie wird überall hingehen, wo Toyon ist. Sieh nur hin.«

Er wies auf die Hunde, die – ganz offensichtlich glücklich in ihrer beiderseitigen Gesellschaft – neben seiner Narta lagen.

»Seltsam«, murmelte Kuralak, »seltsam.«

Guran wohnte den Festlichkeiten des Tages noch bei, aber als gegen Abend die Karten auftauchten und die Gesellschaft sich zum Spiel niederließ, entschuldigte er sich. »Vergib mir, Kuralak, doch ich bin müde und mein Ren ist müde, und man erwartet uns zu Hause.«

Vergebens protestierte Kuralak.

Erriet er den wahren Grund des Aufbruchs? Guran wußte es nicht. Die Erinnerung an den Jakuten und seine böse Absicht verließ ihn nicht, und er hatte nur ein Verlangen: schleunigst aus der Höhle des Löwen zu verschwinden. – Gott hilft denen, die sich selber helfen! dachte er.

9

Ganz wenige Träumer nur verwirklichen ihre Träume je. Guran war einer dieser wenigen. Seine Träume beschränkten sich auf die kleine Welt, die er kannte. Er lebte von ihnen und fand Trost darin. Bis zu Tartus Tod hatte er sich Gutes immer nur für die Zukunft erhofft, doch nun ging kaum ein Tag vorüber, an dem nicht neues Glück eintraf. Ja, er hielt sich schon für einen regelrechten Glückspilz. Und kein Wunder! Seine Familie – Makars Familie eingeschlossen – war gesund und fröhlich, bis auf den seltsamen Asatu, der nie ganz zu ihnen gehörte. Die Rentierherde nahm unter Makars Pflege zu. An Schnee hatte er die beste Gefährtin für Toyon. Und nun hatte ihn in seiner eigenen Hürde die alte Renkuh zu guter Letzt mit einem Bullenkalb beschenkt.

Die Geburt gab Anlaß zu großem Jubel, denn das Kälbchen war ein hübscher kleiner Kerl – anmutig und lebendig, das genaue Ebenbild des Vaters. Guran sah es schon als Führer einer künftigen Herde, stolz und mächtig. Das veranlaßte ihn, das alte Rentier und seine Familie zu Makars Herde zu geben und sich ein paar junge Rene zu holen. Bei Tartus Jurte gab es besseres Weideland, auf dem das von den Rentieren besonders gern genommene weiße Moos in Hülle und Fülle wuchs.

Und trotz der Proteste Annas und der Kinder, die sich den Hof nicht vorstellen konnten ohne das alte Ren, führte Guran seinen Plan aus.

Doch zur allgemeinen Überraschung verließ wenige Tage nach der Umsiedlung die Renfamilie, angeführt vom königlichen Vater, heimlich Makars Herde und kehrte in die alte Hürde zurück. Guran konnte sich nur verblüfft den Kopf kratzen – eine Erklärung fand er auch nicht. Anna aber nahm die Gelegenheit wahr und erklärte abermals, es sei von vornherein falsch gewesen.

»Es war sündhaft, ihn von seinem Heim zu trennen«, sagte sie, das Maul des alten Tieres streichelnd, »es gibt auch hier genug zu fressen, und er gehört zu uns bis ans Ende seiner Tage. Sogar Toyon weiß das«, fügte sie listig hinzu. »Hast du bemerkt, wie aufgebracht er war, als du die Rene fortbrachtest?«

Guran lachte. Es war ihm klar, daß Anna Toyon als Waffe gegen ihn benutzte. »Vielleicht hast du recht und er gehört hierher.« Nachdenklich meinte er: »Wenn ich's überlege, entsinne ich mich übrigens, daß sich Toyon merkwürdig gebärdete. Du nimmst doch wohl nicht an, der Schlingel könnte die Tiere zurückgeholt haben, oder ...«

Auf den Verdacht hin befragte Guran Makar und erfuhr, daß am gleichen Tag, an dem das alte Tier sich von der Herde trennte, Schnee in der Nähe gesehen worden war. Niemand hatte Toyon gesehen, doch wußte jedermann, daß Schnee sein Schatten war.

Anna und die Kinder waren natürlich entzückt, daß die vierbeinigen Verschwörer Guran überlistet hatten, und dieser selbst beugte sich einem Instinkt, der praktischen Erwägungen überlegen war. Mehr und mehr wurde Toyon Partner seines Lebens. Es war keineswegs nur Einbildung, daß er aus der Reaktion des Hundes auf jedes Wort und jede Geste völlige Übereinstimmung herauslas.

Seitdem Schnee da war, stellte Guran eine Veränderung an Toyon fest und schätzte seine Ergebenheit um so mehr. Früher hatte er auf der Jagd nie ein Ende finden können und ging widerwillig, wie aus Ferien, heim. Nun aber, als glücklich verheirateter Ehemann mit Pflichten, zeigte er deutlich, wann er genug hatte und es an der Zeit fand, wieder an die Familie zu denken. Schnee mußte nämlich, als Nicht-Jäger, zurückbleiben. Wie alle Kolima-Hunde knurrte sie häufig aus geringen Anlässen und bestand darauf, die Fährten der verfolgten Tiere gründlich zu verwischen. Die Jagd war für sie ein Spaß und kein Beruf – das schien Toyon ebenso zu wissen wie Guran.

Schnee, von Natur aus anhänglich und gehorsam, gewöhnte sich an die Abwesenheit. Schon war sie der Familie äußerst zugetan und die Familie ihr. Sie mochte Nata besonders gern und teilte die Zuneigung dieser jungen Dame nun mit dem Kaninchen.

Am Tag von Schnees Ankunft verließ Toyon die Jurte, um neben Faulpelzens Hütte zu schlafen, da Schnee sich dieser prompt bemächtigt hatte. Ans Draußensein gewöhnt, ertrug sie die Hitze des Feuers nicht und ließ sich nur durch Leckerbissen nach drinnen locken. Guran erweiterte die Hütte für beide Hunde, setzte zwei Fenster ein und bedeckte den Boden mit weichem Moos und Stroh. »Die Wohnung unseres Brautpaares«, nannte er es und sah erwartungsvoll der feinen großen Familie entgegen, die sie haben würden.

Ungleich Toyon, konnte Schnee gut ohne Menschen sein, obschon sie sie liebte. Sie war ein Instinktwesen mit so scharf entwickelten Sinnen, daß jedermann über sie staunte. So kannte Anna durch ihr Gebaren stets ganz genau den Tag, an dem Guran und Toyon von einer Jagd zurückkehrten. Schnee war dann vom frühen Morgen an ungewöhnlich rastlos, umkreiste den Hof, rannte witternd auf den nächsten Hügel und winselte.

Dann aber, welch ein fröhliches Wiedersehen! Sehr oft schirrte Guran Toyon auf dem Heimweg an den Packschlitten und teilte sich mit ihm in den Transport der Jagdbeute. Das bändigte gleichzeitig die Ungeduld des Hundes. In Sichtweite der Jurte schirrte er Toyon aus und rief: »Nun lauf und sag Bescheid, daß ich komme!«

Mit einem Satz war Toyon auf und davon und fegte Schnee entgegen, die vor Freude jaulend angesaust kam.

Eins nur verstand niemand. Kein Zeichen deutete auf den Wurf junger Hunde hin, den alle so ersehnten. Als Dahn darüber jammerte, belehrte Guran ihn, man könne der Natur nur ihren Lauf lassen. »Wir sind hilflos. Wir müssen warten. Vielleicht im Frühling, im Sommer – wer weiß?«

So fuhren Dahn und die anderen fort zu hoffen.

Gegen Ende des Winters kam wie üblich der Händler Berezkin, um den neuen Pelzvorrat zu kaufen. Bei der Abrechnung stellte sich heraus, daß Guran mehrere tausend Rubel guthatte. Das war unerhörter Reichtum. Was sollte er machen mit so viel Geld? Besaßen sie nicht alles, was sie benötigten und wünschten? Guran überlegte sich die Sache gründlich – und ein langgehegter, geheimer Wunsch schob sich nach vorn: ein Haus zu bauen wie die Russen, mit zwei weiten Räumen und einem umfangreichen Backofen. Vielleicht brauchten er und Anna keine solche Wohnung, wenngleich ihre Bequemlichkeit ihn lockte, doch die heranwachsenden jungen Leute schätzten die modernen Erfindungen. Darüber hinaus malte seine Eitelkeit ihm aus, wie es den stolzen Kuralak demütigen werde, wenn er, Guran, der erste wäre, der eine richtige Izba besaß.

Anna hielt nicht viel von Gurans Idee, die allzusehr von dem Bekannten abwich, doch kapitulierte sie, als Berezkin sagte: »Guran hat recht. Geld ist nutzlos, wenn man sich dafür nichts kauft, was man wünscht und braucht. Höchste Zeit, daß ihr wie Menschen lebt! Nur baut die ersten ein, zwei Jahre noch nicht. Ich werde euch einen Baumeister schicken, der euch nicht nur ein Haus, sondern ein wahres Prunkstück baut. Mittlerweile stapelt ihr das Bauholz und laßt es trocknen. Hier in der Nähe leben Jakuten, die erfahrene Holzfäller sind und dazu ehrlich. Geh hin und ding sie für die Arbeit, während du wie sonst auf die Jagd gehst. Und hast da das Glück, ein Paar schwarzbraune Füchse mit einem Silberstreifen zu fangen, verschaff ich dir dafür eine Menge Geld. Ich brauche sie für einen jakutischen Gouverneur, der sie nach St. Petersburg schicken will, vielleicht zum Zaren selbst, wer weiß? Ich zähle auf dich und deinen Hund.«

Während Guran den Rat des Händlers erwog und Pläne machte, durften dringendere Arbeiten nicht vergessen werden. Das Nahen des Frühlings gemahnte ihn ans Pflügen. Fische und Flugwild waren zu fangen und einzulagern, später war das Korn zu mähen, und immer war Brennholz zu sammeln. Und da der nächste Winter ihm stets im Kopf rumorte, achtete er, wenn er mit Toyon in den Wäldern war, schon jetzt auf die Stellen, wo sich das Wild versteckte. Manchmal sichtete er die Tiere selbst, manchmal nur ihre Spuren oder Bauten. Eichhörnchen waren reichlich da und Wiesel zahllos, doch bedurfte es scharfer Augen, weiße und rote Füchse oder Hermeline zu erspähen, und nahezu unmöglich war es, Spuren von Silberfuchs und Zobel zu entdecken.

Unvermeidlicherweise fanden Toyons empfindliche Nase und scharfe Augen Spuren und Zeichen, die Guran entgangen wären. Die zwei waren Rivalen bei diesem Spiel – Rivalen, die gleichzeitig voneinander abhingen.

Guran staunte, wie selten er bei all der Arbeit müde wurde. Sie war so schwer wie immer, doch nahm er sie fröhlich und mit Kraft in Angriff. Warum? Er fand eine einfache Erklärung – daß ein Mann eher müde wird durch Mißerfolge als durch körperliche Arbeit. Dies Geheimnis hatte zweifellos mit dem Geist Tartus zu tun. Guran spürte ihn überall – lenkend, beschützend, vielleicht darauf achtend, daß er sein Versprechen hielt, für Toyon und Dahn zu sorgen.

Trotz allem brauchte er mehr Hilfe, als Dahn und die beiden Hunde ihm geben konnten. Er dachte an Asatu, denn manches Mal hatte Makar ihn gebeten: »Nimm du den Jungen, Herr. Hier taugt er absolut nichts und ist dazu noch ungehorsam. Ich werde ohne ihn besser fertig, aber vielleicht bringst du ihm Manieren bei.«

Guran besprach sich mit Anna, die es heftig mißbilligte. »Man sieht seinen Augen an, wie unverschämt er ist. Mein Herz findet keinen Weg zu ihm.«

»Hör auf, so zu denken«, wandte Guran ein, »der Junge ist einfach ohne Fürsorge aufgewachsen, wie Kletten am Wegesrand. Makar ging es dauernd schlecht, und er mußte immer arbeiten; die Mutter kränkelt ewig. Niemand hat sich richtig um ihn gekümmert. Wir wollen ihn aufnehmen, ihn kleiden, ihn gut ernähren, und er wird sich ändern. In unserer Familie kann er nicht schlecht bleiben.«

»Tu, was du für richtig hältst«, entgegnete Anna reserviert. So kam eine Woche später Asatu mißtrauisch, finster und mürrisch an, um ein Mitglied von Gurans Familie zu werden.

Zuallererst führte Guran den jungen Burschen an den See, händigte ihm ein Stück Seife aus und ließ ihn sich gründlich baden. Anna suchte ihm ein Hemd heraus, ein Paar Rentierhosen und ein Paar ihrer eigenen Saris. Sauber und ordentlich gekleidet sah Asatu wie jeder andere stämmige Jakutenjunge aus. Er hätte sogar hübsch sein können, wenn seine Augen je einem fremden Blick offen begegnet wären.

Obwohl der Junge sich zur Familie gehörig fühlen mußte, weckte das keine Herzlichkeit in ihm. Er aß schweigend, führte schweigend aus, was Guran verlangte, und hielt sich von allem fern. Selbst die Hunde betrachteten ihn als Außenseiter und verhielten sich betont gleichgültig gegen ihn.

Der Frühling wich dem Sommer. Wie bei jedem Wechsel der Jahreszeit im Norden, war die Welt neu geboren. Ein arbeitsreicher Tag floß in den anderen, und niemand glaubte mehr, daß die Zukunft noch Überraschungen bereithalte. Dann, als kaum noch Grund zur Hoffnung war, verkündete Guran, daß Schnee bald Mutter werden würde. Anfang September etwa konnte man mit den Kindern rechnen.

»Kinder«, nannten sie die Welpen und warteten sehnsüchtig.

Alles drehte sich nun um Schnee. Beim Spielen waren Nata und Dahn übertrieben vorsichtig, um sie nicht zu überanstrengen. Selbst Toyon weigerte sich, an den wilden Spielen teilzunehmen, die sie sonst so liebten.

Guran billigte diese Vorsicht. Es war Schnees erster Wurf, und eine erste Geburt kann schwer sein. Er riet Dahn, viel mit ihr schwimmen zu gehen, und nahm selbst die Hunde manchmal zum Fischen mit, weil er wußte, daß Schnee gern hinter dem Wurfnetz hersprang, um einen gelegentlich aus dem Wasser schießenden Fisch zu fangen und zu verschlingen.

Als ein Extravergnügen winkte Guran eines Tages Schnee und Toyon, ihm zu folgen, als er sich auf den Rücken des alten Rentierbullen schwang und mitten ins Sumpfland ritt, wo einige jakutische Holzfäller ihre Jurten hatten. Die Männer mußten rechtzeitig bestellt werden, das Bauholz für das neue Haus zu fällen. Es war ein heißer Nachmittag, doch wehte von den schneebedeckten Bergen in der Nähe eine erfrischende Brise herunter. Nach der Heuernte, fand Guran, könne er sich nun ein wenig Zeit für einen Ausflug leisten.

Die Hunde stürzten sich vergnügt ins Abenteuer. Als sich die Straße jedoch langsam ins Sumpfland niedersenkte, stiegen Schwärme von Moskitos und Mücken auf, um sie bei jedem Schritt zu quälen. Guran schlug mit den Armen und tobte: »Verfluchte Pest! Landplage! Wir werden totgebissen werden, aber umdrehen können wir auch nicht mehr.«

Hartnäckig setzten sie ihren Weg fort. Am Ziel angelangt, verhandelte Guran mit den Jakuten, und möglichst bald machten sie sich auf den Heimweg.

»Mein Gott!« Anna rang nach einem Blick auf sie die

Hände. »Was ist mit deinem Gesicht passiert, Guran? Und die Hunde kratzen sich wie wild.«

Guran gestand: »Ich vergaß, Netze mitzunehmen, und dafür mußten wir zahlen. Eine Teufelsgegend, da unten. Wie Menschen dort leben, ist mir unbegreiflich. Sie müssen Tag und Nacht Dünger verbrennen, um die Insekten abzuhalten. Aber sorg dich nicht. Bärenfett und Baumharz lindern das Jucken.«

Während Anna und die Kinder ihn lachend umstanden, beschmierte Guran die Tiere und sich selbst mit der gräßlichen schwarzen Mixtur. Schnee sah mit der dunklen Fettschicht auf dem Fell wie ein ganz anderer Hund aus.

»Eine hübsche Arbeit für Nata, sie wieder sauber zu machen«, sagte Guran, »aber es heilt die Bisse und muß sein. In ein paar Tagen machen wir noch einen Ausflug. Dahn und ich werden die Bäume markieren, die gefällt werden sollen – und nächstes Jahr um diese Zeit fangen wir mit dem Bau des Hauses an.«

In der Morgenfrühe des übernächsten Tages brachen Guran und Dahn auf. Ihre Taschen waren voll Proviant, und sie waren ebenso fröhlich wie die Hunde, die hochsprangen und ausgelassen tollten, weil sie mitgehen durften.

Anna, die sie hinausbegleitete, meinte zweifelnd: »Ob es wohl richtig ist, daß Schnee mitgeht? Wird sie sich nicht zu sehr aufregen?«

»Keine Sorge«, erwiderte Guran, »Toyon paßt schon auf, daß sie nicht zu lebhaft ist. Und der Marsch wird ihr nicht schaden.«

Sie hatten nicht weit zu gehen. Ungefähr fünf Meilen entfernt stieß Guran auf feinstes Bauholz von genau der Art, die er zum Bauen brauchte. In kurzer Zeit markierte er die Bäume, suchte einen passenden Stapelplatz und fand Schneisen für den glatten Abtransport im Winter.

Mittags nahmen sie neben einem Gebirgsbach ein herzhaftes Mahl ein und machten sich lange vor Sonnenuntergang auf den Heimweg. Dabei wollte es der Zufall, daß Guran nicht den Weg wählte, auf dem sie am Morgen gekommen waren, sondern einen anderen, an einem kleinen Bach entlang. Himbeer- und Brombeerbüsche, den Pfad überwuchernd, verlockten Guran und Dahn immer wieder zum Stehenbleiben und Naschen. Gemächlich schlenderten sie dahin, und die Hunde, die ihre Energie verbraucht hatten, trotteten mit heraushängenden Zungen hinterdrein.

Dann geschah es. Toyon blieb unvermittelt stehen, hob witternd die Nase und stieß ein tiefes, böses Knurren aus. Als er im nächsten Moment vorwärts stürmte und mit gesträubtem Haar die Führung übernahm, wußte Guran sicher, daß ernsthafte und unmittelbare Gefahr drohte. Schnee spitzte die Ohren und jaulte fragend.

Der Jahreszeit entsprechend, trug Guran nur eine leichte Vogelflinte bei sich. Es war undenkbar, so dicht beim Haus einem großen Tier zu begegnen. Doch war er ein viel zu erfahrender Jäger, um ein jähes Knacken zwischen den Bäumen, untermischt mit Gebrumm, zu mißdeuten. Sie hatten einen Bären überrascht, der Beeren schmauste oder im Dickicht schlief.

Schnell griff Guran zur Waffe, wobei er wußte, daß sie nutzlos war und sich jeder Bär auch bei Gefahr zurückziehen würde. Er warnte Dahn, nur ja in seiner Nähe zu bleiben, und befahl den Hunden, sich nicht zu rühren. Schnee, noch jung und untrainiert, achtete nicht darauf, sondern schoß in das Gebüsch. Unverzüglich mischte sich in ihr Gebell ein lautes Brüllen und das Knacken von Ästen.

Das war zuviel für Toyon. Mit einem Blick auf Guran, der sagte: »Ich muß ihr helfen«, verschwand er gleichfalls und verstärkte den Lärm noch durch sein heiseres Geblaff. Guran blieb in seiner Sorge um die Hunde nichts übrig, als zu folgen, und Dahn – aufgeregt und verstört – hielt sich dicht hinter ihm. Der Junge hatte nie zuvor einen lebenden Bären gesehen. Vom Hörensagen kannte er ihn als ein von Natur aus friedliebendes Tier, das jedoch, einmal verwundet oder zur Verteidigung gezwungen, gefährlicher ist als jedes andere Tier der Tundra.

Ein Stück weiter stießen sie auf einen mächtigen alten Bären, den man wohl den »Schrecken der Wälder« hätte nennen können. Er wäre sichtlich froh gewesen zu entkommen, doch stand er vor einer Felswand, von den

Hunden umkläfft und attackiert, indes ihm der Mann den letzten Weg zum Fluß und in die Freiheit auch noch verriegelte.

Vergeblich bemühte sich Guran, die Hunde zurückzurufen: »Halt! Laßt ihn allein! Kommt zurück! Geht nach Haus, nach Hause!«

Toyon hätte gehorcht, doch konnte er Schnee nicht im Stich lassen, die in ihrem Rasen auf nichts hörte.

Der Bär drehte sich täppisch, um sich schlagend und mit den erhobenen Tatzen mal den einen, mal den anderen Hund abwehrend. Für einen echten Kampf war das Schlachtfeld viel zu eng. Der Bär konnte sich nicht mit beiden Gegnern befassen, und die Hunde hatten keinen Platz zu schnellen Rückzügen. Als sehe er die Hoffnungslosigkeit dieses Streites ein, stieß der riesige Bursche ein mächtiges Gebrüll aus und tappte auf den Mann zu. Guran schoß, um ihn abzuschrecken, doch das Prickeln der Schrotkugeln machte ihn nur noch wütender. Er hob sich auf die Hinterbeine – ein Turm von Tier. Eher instinktmäßig als bewußt, zog Guran nun sein Jagdmesser, das er immer griffbereit im Gürtel trug. Im gleichen Sekundenbruchteil schrie er Dahn zu, ins Gebüsch zu laufen.

»Was passiert nur Schnee? Gott helfe ihr, wenn sie in den Bereich einer dieser Tatzen gerät.« Doch so weit er es übersah, konzentrierte der Bär sich auf Toyon, der ihn ernsthafter belästigte.

Guran stand nicht zum erstenmal nur mit dem Messer in der Hand einem Bären gegenüber, und er war voll Zuversicht. Das Tier kam auf den Hinterbeinen näher, plump, dumm und mächtig, die Brust entblößt und die Tatzen wie zu einem Boxkampf erhoben. Der Wald hallte wider von seinem Brüllen. Unseligerweise hielt Guran noch immer die nutzlose Flinte in der Hand. Dies und eine sekundenlange Ablenkung durch die Hunde kosteten ihn beinahe das Leben; mit dem heißen Atem des Bären traf ihn zugleich ein wuchtiger Schlag, der die Flinte seitwärts schleuderte und ihn selbst auf den Rücken warf. Das Tier brüllte triumphierend, und in der Tat stellte Guran in seiner jetzigen Lage keine fürchterliche Gefahr mehr dar. Er hörte Dahns entsetzten Aufschrei und sah wie einen Schatten Toyons Körper hochschießen und den Kopf des Bären anspringen, wo er ihm die Zähne dicht neben dem Auge in die Schädeldecke schlug. Der tollkühne Biß bewirkte, daß der Bär sowohl geblendet als betäubt war. Sich leicht abwendend, um Toyon mit einem kurzen Tatzenschlag abzuwehren, gab er Guran Gelegenheit, sich hastig aufzuraffen und weiterzukämpfen.

Schaudernd aber sah er im gleichen Augenblick, wie Schnee von der anderen Seite Toyons Sprung nachahmte. Natürlich besaß sie weder die Kraft noch die Geschicklichkeit zu einer solchen Tat und warf sich direkt in die Pranken der rasenden Bestie. Seine grausigen Kinnladen öffneten sich und schnappten mit einem erbarmungslosen Knacken zu.

Vor Verzweiflung halb von Sinnen, warf Guran sich unter den Bären und trieb sein Messer bis zum Heft unter das linke Schulterblatt. Wieder ein betäubendes Gebrüll; der Bär schleuderte Schnee mit letzter Anstrengung von sich und sank im Todeskampf auf die Seite.

Den Bären vergessend, rannten Guran und Dahn dorthin, wo Schnee in einer Lache von Blut lag. Noch überrann sie krampfhaftes Zucken, doch war es klar, daß nichts sie retten konnte. Mit bleischwerem Herzen, Dahns stilles Weinen im Ohr, sank Guran neben seinem Liebling auf die Knie. Es kam ihm wie ein Nachtmahr vor. Wie hatte das geschehen können? Und weshalb?

Plötzlich klang Heulen wie von einer verlorenen Seele auf. Toyon war gekommen und stand nun, eine Pfote auf dem Körper seiner Gefährtin, die Schnauze erhoben, und schrie sein Leid in die fernsten Winkel der Tundra. Bei seinem Klagen fühlten Guran und Dahn sich doppelt elend. Sie sehnten sich, ihn zu trösten, und wußten, daß es unmöglich war. Sie konnten es nur hinnehmen und anerkennen, daß Schnee gestorben war, ihr Leben und das Leben ihrer Kinder opfernd in einer selbstlosen Tat für aller Wohl; und daß sie nutzlos war, machte sie nicht weniger nobel.

Jeder trauerte auf seine Art: Guran schweigsam, sich beschuldigend; Anna heimlich; Dahn, nach Jungenart, äußerlich gefaßt, bis Nata, die ihren Kummer gar nicht verhehlen wollte, in lautes Schluchzen ausbrach. Der kleine Roda machte es allen noch schwerer, indem er, das Geschehene nicht begreifend, fortwährend »Schnee, Schnee!« rief und verlangte, der kleine Hund solle mit ihm spielen.

Doch die Trauer um Schnee machte bald der Sorge um Toyon Platz. Innerhalb weniger Tage veränderte er sich völlig. Er fraß und trank nicht, sondern heulte nur, Stunde um Stunde, bis er heiser und erschöpft war.

Guran redete ihm wie einem Menschen zu: »Toyon, Lieber, nimm es nicht so schwer! Der Tod ist grausam, aber was können wir machen? Tränen bringen sie nicht zurück.«

Toyon hörte zu und schien sich abzumühen, ihn zu verstehen. Eine Weile blieb er ruhig, die Schnauze auf die Pfoten gelegt oder den Kopf auf Gurans Knien. Dann aber kehrte die Qual zurück, und er rannte wieder zur Hütte, seine Vigilien fortzusetzen und zu heulen, bis sein ganzer Körper flog.

Niemand versuchte ihn abzuhalten, denn Guran hatte gesagt: »Laßt ihn seinen Kummer ausweinen.« Gleichwohl sorgten sich alle. Selbst Guran wunderte es, daß ein Hund so tiefen Gram empfinden konnte.

Als er Schnee noch in der gleichen Nacht auf der Klippe beim Strudel begraben hatte, fand Toyon das Grab und scharrte es auf, den Boden kratzend, bis seine Pfoten bluteten. Unter Schwierigkeiten nur brachte Guran ihn zur Jurte zurück und suchte für Schnee einen neuen Ruheplatz in einer kleinen Höhle nahebei, die durch Felsen gut geschützt war. Toyons feine Nase entdeckte den Platz schnell, nachdem er beim nächsten Gang zur Klippe das Grab leer fand. Doch obwohl Guran, ihn beobachtend, dachte, nun werde er wieder graben, tat er's nicht. Er blieb eine Weile stehen, als wollte er sich die Sache überlegen, prüfte dann mit der Nase die Gegend gründlich. Damit fertig, hockte er sich vor den Höhleneingang, hob den Kopf und heulte. Die Hoffnungslosigkeit in seiner Stimme zerriß allen, die ihn hörten, das Herz.

Tage vergingen, und Toyon hielt klagend Wache über Fels und Hütte, bis auf die seltenen Male, in denen Guran ihn beruhigen konnte. Leid füllt so ganz aus, daß jedes andere Gefühl vertrieben wird. Sicherlich hatte die Familie Schnee als vergnügte kleine Freundin geliebt, Toyon aber war Teil ihres Daseins – ein unentbehrlicher Segen des alten Tartu. Sie konnten ihn nicht verlieren! Sie wagten diese Möglichkeit nicht einmal zu erwägen. Vor dieser neuen Bedrohung verblaßte der alte Kummer. Jedermann sah Guran mit Augen an, die sagten: »Um Gottes willen, rette ihn!«

Guran versuchte angestrengt, sich alles ins Gedächtnis zurückzurufen, was er je über die Behandlung solcherart befallener Tiere gehört hatte. Er zwang Toyon, Gerstenhefe zu trinken und einen beruhigenden Kräutersud aus Pfeilwurz. Er schärfte Anna und den Kindern ein, daß einer immer in seiner Nähe bleiben müsse. »Unsere Stimmen sind besser als jede Medizin. Laßt ihn spüren, daß er geliebt wird. Seine Krankheit ist nicht körperlicher Art, nicht mit Kräutersaft zu heilen. Nein. Der Schmerz wird nachlassen, wenn er wieder Interesse am Leben gewinnt.«

So wurde Toyon mit Aufmerksamkeit überschüttet. Und war es nun das, waren es Gurans Heilmittel – allmählich trat eine Änderung ein. Er besuchte zwar den Felsen, kehrte aber von selbst zurück. Und eines Tages hörte er auf zu heulen. Guran schöpfte Mut, als er sah, daß der Zustand wirklicher Erkrankung vorüber war. Doch er wußte auch, daß dieses Tier mit den lustlosen Augen, das sich so trübsinnig bewegte und Liebkosungen gleichgültig über sich ergehen ließ, noch weit entfernt war vom Gesundsein.

»Das ist ein Hund mit dem Gemüt und Herzen eines Menschen«, sagte er zu Dahn. »Er versteht seinen Verlust, kann sich aber nicht damit abfinden. Seine Krankheit ist Sehnsucht. Nicht der Gewichtsverlust bekümmert mich. Wo Knochen sind, wird Fleisch wachsen. Nein, ihm über die Sehnsucht weghelfen – das ist das Problem. Ich habe Hunde an dieser Krankheit sterben sehen.«

Die Sache immer noch erwägend, bemerkte Guran, daß es Toyon nach jedem Besuch der Hütte, die er mit Schnee geteilt hatte, miserabler ging. So zerstörte er sie eines Tages und baute sie in der Form von Faulpelz' ehemaligem Haus wieder auf.

Als Toyon sie zum erstenmal sah, blieb er verwirrt stehen, machte eine Runde um den Hof und kehrte zu Guran zurück. In seinen Augen lag eine Frage – und Begreifen.

»Ja«, bestätigte Guran, »ich habe dein Haus zerstört. Du sollst es nie mehr sehen. Iß, schlaf und geh jagen, so wird's dir bald besser gehen. Was meinst du?«

Toyon wedelte mit dem Schwanz und spitzte die Ohren, etwas, das er seit seiner Krankheit nicht mehr getan hatte. Dahn fand es nicht sonderlich ermutigend, doch Gurans Stimmung stieg. »Sieh!« rief er. »Toyon hat mich verstanden! Morgen nehme ich ihn auf einen Spaziergang mit, und in Kürze werde ich einen Jakuten aufsuchen, der, wie ich hörte, ein paar Welpen hat – von Arbeitshunden. Ich bezahle ihm, was immer er verlangt. Was Toyon braucht, ist Gesellschaft. Verlier den Mut nicht, Dahn. Er erholt sich wieder.«

Es war, wie Guran sagte; lange Erfahrung hatte ihm die Augen geschärft. Nach zwei Spaziergängen aß und schlief Toyon besser und zeigte wieder erwachendes Interesse am Leben. Nicht lange, und er aß ohne Drängen, und es kam der Tag, an dem Guran zur Freude der Familie fest erklärte: »Gott sei Dank, Toyon ist bald gesund.«

Mit Toyons Genesung ging das Leben wieder seinen normalen Gang. Arbeit, die vernachlässigt oder nur aus Notwendigkeit getan worden war, erhielt ihren Sinn zurück. Erstmals seit Wochen hörte die Jurte lautes Reden und Gelächter.

Dahn, von diesem Glück ermutigt, führte nun ein lang gehegtes Vorhaben aus. Er ging zu Asatu und versuchte, sich mit ihm anzufreunden. Wenngleich er den Jungen nicht wirklich mochte, sah er mangels anderer gleichaltriger Gefährten, die er bewundern könnte, doch zu ihm auf. Und da Unfreundlichkeit seiner eigenen Natur fremd war, glaubte er ganz sicher, Asatus Zuneigung schließlich zu gewinnen.

Schüchtern näher tretend, bot er dem älteren Jungen eines seiner besten Messer an. »Du kannst es behalten«, sagte er.

Asatu hielt sich selbst für einen Erwachsenen und Dahn für ein lästiges Kind.

»Was sollte ich mit deinem Messer anfangen?« entgegnete er ungnädig. »Ich habe ein viel besseres. Warum hast du überhaupt eines bei dir?«

Dahn hätte diese Grobheit brennend gern mit scharfen Worten beantwortet, doch alles, was ihm einfiel, war: »Und was ist an meinem Schnitzen schlecht?« Hatte sein Onkel Guran ihm nicht, wenn er für Nata und Klein Roda Tiere aus Holz fertigte, viele Male versichert, er habe goldene Hände?

Nach diesem Zwischenfall warb Dahn nicht länger um Asatus Freundschaft. Er sprach nur mit ihm, wenn es nötig war, und beobachtete ihn mit einer mißtrauischen Feindseligkeit, die vorher nicht dagewesen war. Er merkte, daß Asatu es darauf anlegte, sich bei Nata einzuschmeicheln. Er merkte auch, daß Asatu in seiner Arbeit zunehmend nachlässiger wurde. Zweimal vergaß er, die Pferde zu tränken, und von alledem, was ein Bauer sich zuschulden kommen lassen kann, ist die Vernachlässigung des Viehs das schlimmste. Um Guran nicht damit zu belästigen, sprach Dahn selbst mit Asatu.

»Hör zu«, sagte er und versuchte ruhig und zugleich mit Nachdruck zu sprechen, »Pferde können sich nicht beschweren. Du solltest dich schämen, sie einen ganzen Tag und eine Nacht ohne Wasser zu lassen.«

Asatu war wütend. »Kümmere dich um deine eigenen Sachen!« schrie er. »Wenn ich sie heute nicht tränke, tu' ich's eben morgen! Verpetz mich, und ich dreh dir den Hals um!«

Dahn erwiderte zornig: »Ich denke nicht dran zu petzen! Aber damit du es nur weißt: Ich fürchte mich nicht vor dir!«

»Du«, stichelte Asatu, »du dünnarmiger, dünnbeiniger Balg!«

Nichtsdestoweniger hatte Dahns Herausforderung ihn getroffen. Den ganzen Tag über war er schlechter Laune, und einmal, als die Pferde auf sein Brüllen nicht reagierten, nahm er einen Stock und schlug sie. Guran sah es, eilte herbei und riß ihm den Stock aus den Händen. »Wage es ja nicht, das noch mal zu tun!« sagte er streng. »Bei mir werden Tiere nicht erschreckt! Wenn du dich nicht in acht nimmst, wirst du gehen müssen! Verstanden?«

Asatu konnte Guran nicht frech antworten, und so machte er Dahn zum Opfer seines Grolls. Bei jeder Gelegenheit versuchte er ihn auf seine hinterhältige, gemeine Art lächerlich zu machen, indem er die Schnitzereien bespöttelte oder ihn bei Nata verunglimpfte, die freilich nichts auf ihren »Bruder« kommen ließ.

»Dieser Asatu ist ein gräßlicher Junge«, erzählte sie Dahn eines Tages, als sie Asatu am Fluß getroffen hatte, »er sagt, du wärst gar nicht mein Bruder, und er nennt uns verrückt, weil wir Toyon wie einen Menschen behandeln.«

»Hör nicht auf ihn«, riet Dahn ihr, »er mag keine Hunde, und Hunde mögen ihn nicht. Hunde wissen, welche Menschen schlecht sind.«

Zusammen betraten sie die Jurte, um Toyon und Anna im Gespräch zu finden. Eine seiner Pfoten ruhte auf ihrem Knie, und in seinen Augen lag der alte ergebene Blick.

Nata klatschte in die Hände. »Sieh ihn an! Er ist völlig gesund.«

»Nicht völlig«, sagte Anna, »aber fast. Und Guran holt gerade die Welpen.« Dahn und Nata konnten ihn kaum erwarten.

Nichts war bemerkenswert an den zwei Hündchen, die Guran heimbrachte. Sie gehörten der landesüblichen, ganz gewöhnlichen Jakutenrasse an und waren noch nicht ganz zwei Monate alt. Der Rüde war schwarz mit weißen Flecken, die Hündin gelblichbraun. Die fetten, zottigen Leiber auf den kurzen Beinchen schienen eher zu rollen als zu gehen; beide waren lustig aussehende Geschöpfchen mit schmalen, hochstehenden Ohren und vergnügten Augen über einer spitzen Schnauze. Bei ihrer Ankunft war es draußen so dunkel und unheimlich, daß Guran sie gleich in die Jurte trug, wo Anna schon ihr Fressen bereithielt. Sowie ihr Magen voll war, schlossen sie bereitwilligst Freundschaft mit jedermann. Nur das Kaninchen traf Maßnahmen, ihnen zu entrinnen, indem es sich hinter Nata versteckte. Toyon in seiner Ecke zeigte kein Interesse, bis zu dem Augenblick, wo die Hündchen ihn entdeckten und auf ihn zustürzten.

Darauf hatte Guran gewartet.

Begeistert, unter lauter Fremden einen ihrer Art gefunden zu haben, kletterten sie an Toyons Seite hoch, rollten hinüber, krabbelten wieder hinauf und füllten die Jurte mit kecken Quietschern und Grunzern. Toyon rührte sich nicht, er betrachtete sie mit weit offenen Augen. Der Überfall entrüstete ihn aber auch nicht; aufmerkend und verwundert ließ er ihn geschehen. Als er sich nach einer Weile erhob und den Raum durchquerte, strampelten die Welpen eilig hinterdrein, nach seinen Beinen schnappend, sich in den Schwanz verbeißend oder hochspringend, um seine Schnauze zu zwicken. Für den Rest des Abends ließen sie ihn nicht mehr in Frieden und machten es sich nachts neben ihm bequem, als sei es ihr gutes Recht.

Am nächsten Morgen wurden, bei wieder gutem Wetter, die Neuankömmlinge zum Spielen in den Hof gebracht. Ihre glänzenden Augen nahmen alles auf, während sie in tobendem Übermut herumkollerten; doch Toyon vergaßen sie dabei nicht. Er brauchte sich nur zu bewegen, und sie ließen alles im Stich und folgten ihm. Toyon wich ihnen nicht aus. Im Gegenteil, er stupste sie von Zeit zu Zeit, um ihnen seine Wünsche klarzumachen, oder rief sie mit einem Blick, wenn sie trödelten. Und als eines sich unvorsichtig in eine tiefe Pfütze stürzte, hob er es am Nacken aufs Trockene zurück.

»Ihr seht«, sagte Guran heiter und vom Erfolg seiner List tief befriedigt, »die Welpen sind die bestmögliche Medizin für unseren Toyon, viel besser als jeder ältere Hund, denn für die Kleinen muß er sorgen. Was in aller Welt stellt er jetzt bloß an?«

Toyon betrat soeben, die Hündchen auf den Fersen, die neue Hütte. Geschäftiges Rumoren, Strohrascheln, hier und da übertönt von spitzen Belfern – dann Ruhe. Als Guran einen Blick hineinwarf, blitzten ihm Toyons Augen eine Meldung zu: »Die Kinder schlafen und dürfen nicht gestört werden.«

Am Abend schleckten die Welpen heißhungrig ihre Knochenbrühe, indes Toyon ein herzhafteres Mahl einnahm. Mit dem neuen Lebenszweck war sein Appetit zurückgekehrt, und von nun an stand seine völlige Genesung außer Frage. Er schlief mit seinen Schützlingen in der neuen Hütte; im übrigen aber nahm er seine früheren Gewohnheiten unverändert auf.

Dahn wollte wissen, ob die kalte Hütte Toyon nach seiner Krankheit nicht schaden werde. Guran verneinte es. »Keine Sorge. Alles ist, wie es sein sollte. Er weiß sehr gut, daß die Welpen keine Haushunde sind, und er ist für ihre richtige Aufzucht verantwortlich.«

»Er selbst ist aber auch kein Haushund.«

»Das stimmt. Nur hat er sich von Anfang an unsere Gewohnheiten zu eigen gemacht. Und zu seiner Zeit kommt er auch zurück in die Jurte.«

»Hat er denn Schnee vergessen?« fragte Nata, tiefe Mißbilligung in der Stimme.

Guran schüttelte den Kopf. »Nein, und ich glaube, er wird sie auf Monate und selbst Jahre nicht vergessen. Hunde sind berühmt für ihr Gedächtnis. Aber Toyon sucht, wie jeder Mensch, nach dem Verlust etwas, um die Leere auszufüllen. Die Hündchen lenken ihn ab, während er sein Leben wieder aufnimmt.«

Wie Guran voraussagte, brachten die Welpen Toyon den Frieden, und durch Toyon auch der Familie. Nachdem unzählige Namen vorgeschlagen und verworfen worden waren, wurden sie Blackie und Leckermaul getauft.

10

In jenem Herbst ging Guran Berezkins Anspielung auf das Paar Silberfüchse, das ihm so viel Geld bringen würde, nicht aus dem Kopf. Das Geld war wichtig, doch noch wichtiger war die Chance, seinen und Toyons Ruf als Jäger zu festigen.

Sobald Toyon wieder auf der Höhe war, wollte Guran einen langen Jagdausflug unternehmen. Es eilte ihm nicht. Für den Winter waren reichlich Vorräte aufgespeichert, und außerdem wollte er Asatu im Auge behalten. Es gefiel ihm nicht, wie der Junge sich benahm.

Selbst Guran hatte schließlich eingesehen, daß man bei diesem Burschen mit freundlichen Worten nicht sehr weit kam. Doch berührte ihn das weniger als die Erinnerung an einen kürzlichen Vorfall, bei dem er Asatu in Gesellschaft eines Fremden angetroffen hatte, dessen Worte ihm noch immer verdächtig klangen. Es war bei der Teufelsleiter, und die beiden wußten nicht, daß er mit Toyon gleich hinter ihnen im Gebüsch stand. Der Fremde, den Guran für einen von Kuralaks Männern hielt, bestieg gerade sein Pferd, um wegzureiten.

»Leb wohl«, sagte er zu Asatu. »Warte auf meinen Bescheid und achte auf den Hund. Steckt auch für dich was drin, wenn du tust, was man dir sagt.«

»Du kannst dich auf mich verlassen«, erwiderte Asatu.

Was bedeutete das? Eine Verschwörung gegen ihn? Guran wußte es nicht, doch er war überzeugt, daß es sich lohnte, Asatu im Auge zu behalten. Toyon vertraute er sich an:

»Der Asatu – der taugt nichts. Wir wollen die Sache nicht erwähnen, aber behalt ihn im Auge.«

Es geschah nichts weiter, und Guran fühlte sich erleichtert. Möglicherweise hatte er sich getäuscht.

Dahn stellte fest, daß Toyon sich an Asatus Fersen heftete, was ihm zuvor nie eingefallen war. Er erwähnte es Nata gegenüber.

Sie lachte. »Das tut er, und ich bin sicher, er tut es nicht aus Liebe. Gestern wollte Asatu mich irgendwohin mitnehmen, und als ich nicht wollte, packte er mich am Arm. Blitzschnell stand Toyon knurrend vor ihm.« Sie machte eine Pause und fuhr dann fort: »Warum fürchtet sich Asatu vor Toyon? Denn das tut er, weißt du.«

Dahinter steckte ein Geheimnis. Dahn paßte Natas Bericht durchaus nicht, aber er wollte sie mit seiner Ansicht nicht erschrecken.

An jenem Abend fragte Anna Guran, wann er auf die Jagd zu gehen plane.

»Bald«, erwiderte er ausweichend.

»Und wirst du lange fortbleiben?«

»Mehrere Tage.«

Glomm in Asatus Augen ein Funke von Interesse auf? Guran hatte absichtlich unbestimmt geantwortet, denn er legte keinen Wert darauf, daß Asatu seine Absichten kannte.

Als er ungefähr eine Woche später mit Toyon zur Jagd aufbrach, blieb Dahn ganz selbstverständlich zurück. »Einer von uns Männern sollte immer zu Hause sein«, sagte Guran, und der Junge deutete die Bemerkung richtig.

Ein, zwei Tage lang war alles wie sonst. Die täglichen Arbeiten wurden verrichtet, und Asatus Benehmen gab keinen Anlaß zu Kritik. Dann sah Dahn ihn eines Tages den Hof verlassen und auf einem Pfad im Wald verschwinden, den Nata wenige Minuten zuvor eingeschlagen hatte. Dahn wußte nicht, was er davon halten sollte, und lief für alle Fälle auf einem anderen Weg zum Flußufer, wo Nata zu liegen und ins Wasser zu schauen pflegte.

Asatu war vor ihm da. Dahn hörte im Näherkommen Natas Stimme, scharf und erzürnt: »Hör auf! Du brichst mir den Arm. Wenn du nicht gehst, schreie ich!«

»Schrei nur«, erwiderte Asatu, »das wird dir auch nichts nützen.«

Dahn brach durch das Dickicht und sah, wie Asatu beide Arme des Mädchens griff und sie hinter ihrem Rücken zusammenpreßte. Wütend warf er sich auf den Burschen und landete einen wild gezielten Schlag auf seinen Kopf.

»Was tust du?« schrie er. »Laß sie los!«

Asatu stieß Nata von sich und wandte sich Dahn zu. »So! Du kommst mir gerade recht. Ich hab' lange genug darauf gewartet, dir mal die Leviten zu lesen.«

Er sprang auf Dahn los, das Gesicht haßverzerrt.

»Lauf!« flehte Nata. »Bitte, Dahn, lauf!«

Doch Dahn dachte nicht daran. Für gewöhnlich schüchtern, war er nun voll Kampfeslust. Gleichwohl war er nicht so wütend, Gurans wichtigsten Rat zu vergessen – nie die Selbstbeherrschung zu verlieren. Asatu war, wie er mit Befriedigung feststellte, vor Zorn beinahe hysterisch.

Da Asatu der Stärkere war, wollte Dahn ihn sich verausgaben lassen, ehe es zum Handgemenge kam, und umkreiste ihn wachsam, knapp außer Reichweite.

Von Zeit zu Zeit bot sich Gelegenheit zu einem wirkungsvollen Schlag, und einmal gelang es ihm, als er sich einem Nackengriff entrang, Asatu ein Bein zu stellen und ihn auf den Boden zu schleudern.

»He, steh auf!« höhnte er. »Du bist nicht im Bett!«

Seine Behendigkeit kam ihm gegen Asatus Stärke gut zustatten.

Vor und zurück, rund und rund tänzelte er, und eine überraschende Zahl von Schlägen traf ihr Ziel. Dann erwischte eine besonders gute Linke Asatus Nase, die heftig blutete. Asatu zog sein Messer aus der Scheide und schwang es wild.

Nata sah die Waffe zuerst. »Vater! Toyon!« schrie sie. »Hilfe! Hilfe!« Natürlich konnte sie nicht hoffen, daß einer der beiden sie hören würde, doch in ihrer großen Angst hoffte sie wohl, Asatu durch die bloßen Namen abzuschrecken.

Wie jeder Jakutenjunge trug Dahn gleichfalls ein Messer bei sich, doch hatte Guran ihn streng gewarnt, es je in einem Streit zu benutzen. So war er, Asatu vorläufig noch ausweichend, ratlos, wie er sich schließlich vor ihm retten sollte.

Nata, entschlossen, Dahn irgendwie zu helfen, lief auf der Suche nach einem Stock am Ufer entlang, als es plötzlich im Gebüsch laut krachte und knackte. Eine Sekunde später sprang Toyon ins Freie. Asatu sah ihn und lief mit dem Messer in der Hand auf einen Vogelbeerbaum zu. Aber Toyon, der seine Absicht erriet, war mit einem einzigen Satz auf ihm. Die Kraft des springenden Körpers warf Asatu um, und die Hundezähne schlugen in die Hand, die das Messer hielt.

»Hilfe! Oh – Hilfe!« Asatu heulte. Streitlust und Anmaßung waren ihm vergangen.

Dahn lief zu ihm, hob das Messer auf und zog Toyon von seiner Brust, ehe Guran hinzukam und von Nata, die erleichtert ihren Stock schwang und erlöst drauflosredete, die Geschichte hörte. Daß es zwischen den Jungen zu einer Schlägerei kommen mußte, war vorauszusehen und kein Verbrechen – nur der Angriff auf Nata beunruhigte ihn, und er fand es unverzeihlich, das Messer zu ziehen. Sein eigenes Auftauchen war schnell erklärt: Von vornherein unruhig, war er gar nicht so weit gegangen wie beabsichtigt und dann auch eher umgekehrt. Natas Ruf hatte Toyon zum Fluß geführt.

In der Jurte badete und verband Guran die leichte Wunde an Asatus Hand. Dann sagte er streng: »Nun geh mir aus den Augen! Für dich ist kein Platz in meiner Familie. Und denk daran: Kreuzt du jemals wieder meinen Weg, gibt es kein Erbarmen!«

Asatu verließ sie, ohne einen Blick zurückzuwerfen.

»Du hattest recht mit Asatu«, gestand Guran seiner Frau ein. »Zum Glück ist es vorbei und kein großer Schaden angerichtet.«

»Möglich«, meinte Anna zweifelnd. »Ich wünschte nur, ich wäre ganz sicher, daß wir ihn zum letztenmal gesehen haben. Nun ja, zumindest lebt er nicht mehr bei uns! Den Rest werden wir Gott anvertrauen müssen.«

Sie bekreuzigte sich demütig und ließ die Finger in innigem Gebet über die kleinen Holzfiguren, die Tierpfoten und Rentierhörner gleiten, die Gebrauch und Glaube geheiligt hatten. Weil Guran nach Männerart selten betete und auch nur unter dem Druck von Sorge oder Not, betete sie für die ganze Familie – und fügte der üblichen Bitte um aller Wohlergehen nun eine ganz besondere für Dahn und Nata hinzu. Asatus empörende Attacke gemahnte sie, daß die Kinder rasch heranwuchsen und es an der Zeit war, Gott und den guten Geistern ihre geheimen Wünsche anzuvertrauen. Mit sechzehn war ein Mädchen heiratsfähig. Nata war elf, Dahn vierzehn. – Ich kann es kaum glauben, dachte sie – wie alle Mütter. – Vor ein paar Jahren erst ...

Die Kinder wußten nichts von Annas Wünschen und lebten weiter wie bisher. Nachdem sich Dahn nun als Natas Beschützer ausgezeichnet hatte, brauchte er seine Überlegenheit nicht mehr zu betonen. Sie waren meist unter sich, doch wurden sie infolge Gurans wachsendem Einfluß von Zeit zu Zeit auch zu Veranstaltungen geladen, wo sie anderen Jungen und Mädchen ihres Alters begegneten und mit ihnen spielten: »Suchen und Verstecken« etwa, oder ähnlich aufregende Gemeinschaftsspiele. Die Erwachsenen nachahmend, veranstalteten sie Ringkämpfe und Wettrennen und Tänze.

Solche Feste waren selten, und die jungen Leute durchlebten bis zum nächsten alle Einzelheiten viele Male wieder. In der Zwischenzeit lernten sie alle fleißig, was jedes Kind der Tundra fürs Leben können muß. Nach Annas Unterweisungen würde Nata eines Tages eine gute Hausfrau sein, und Guran sorgte dafür, daß sich Dahn alle Fertigkeiten eines erstklassigen Jägers aneignete.

Auch Guran übersah den Wandel in den jungen Menschen nicht, er war jedoch eher als Anna bereit, der Natur ihren Lauf zu lassen. »Der Frühling folgt dem Winter«, sagte er, »und wird seinerseits vom Sommer abgelöst, dem Herbst und neuer Winter folgen. Das ist der ewige Lauf.«

In den nächsten beiden Jahren nach Asatus Fortgang baute Guran das geplante Haus und eine weitere Jurte für seine Arbeiter. Doch außer wenn Gäste kamen, denen man Ehre schuldig war, blieb das schöne Haus unbewohnt, und nur der Ofen wurde zum Brotbacken benutzt. Die Familie brachte es nicht über sich, die alte Jurte, in der der Vogel ihres Glücks nistete, zu verlassen. Vielleicht auch, obwohl es niemand zugab, weil Toyon im neuen Haus nicht schlafen wollte.

Zu dieser Zeit erwartete Anna ihr drittes Kind, und Guran stellte neue Helfer ein: einen jungen, hart arbeitenden Jakuten namens Anton mit seiner Frau Masha und einen alten Mann ohne Angehörige, von jedermann Opa Dim genannt. Der alte Mann war klein, aber stark und flink, und er hatte eine besondere Gabe, Tiere, vor allem Rentiere, zu pflegen. »Der alte Bursche ist eine wahre Entdeckung«, pflegte Guran zu sagen. Er brauchte die zusätzlichen Leute, denn die Rentierherde war auf vierzig Köpfe angewachsen, und zum übrigen Vieh hatten sich ein weiteres Pferd, zwei Kühe, fünf Schafe und ein Widder gesellt. Die in Jakutsk erworbenen Schafe waren meilenweit eine Sensation für alle Nachbarn, die die Tiere nie gezähmt gesehen hatten.

Guran hatte Masha angestellt, damit sie Anna die schweren Hausarbeiten abnahm und bei der Geburt zur Hand war. Doch Anna spottete: »Wir Frauen spüren nur die erste Geburt; danach macht es uns gar nichts mehr aus.«

Und wie um es zu beweisen, schenkte sie, als ihre Zeit gekommen war, mit Mashas Hilfe leicht und schnell einem gesunden Mädchen das Leben.

Kurz, alles hätte gut sein müssen. Gurans Traum hatte sich erfüllt. Er besaß ein Haus und eine Herde, die ihm jeder hätte neiden können. Aber es hatte ihn all sein Geld bei Berezkin gekostet und sogar noch mehr. Nun brauchte er neue Einkünfte, um die laufenden Ausgaben zu bestreiten, denn er hatte entdeckt, daß selbst Reichtum seine Nachteile hat. Woher konnten sie kommen? Einzig und allein von der Jagd. Und da lag nun die Ursache all seiner Sorgen, denn Toyon, dessen Partnerschaft ihm so notwendig war wie der Arm, der sein Gewehr hielt, war nicht mehr der alte. Nach der Genesung schien er seinen früheren Jagdinstinkt verloren zu haben und vertat seine ganze Energie nun auf der Bärensuche.

Jagdlich gesehen, waren Bären wertlose Tiere, und Guran tötete sie noch aus einem anderen Grund ungern: Von Anbeginn der Zeiten hatten seine Vorfahren die braunen und schwarzen Bären geehrt als Fürsten der Wälder und Wohnstätten guter Geister. Doch obgleich er alles mögliche tat, um den Hund abzulenken und die alten Gewohnheiten in ihm zu wecken, beharrte Toyon auf diesem nutzlosen und gefährlichen Zeitvertreib. In einer Saison jagte er sechs Tiere aus dem Winterschlaf auf und arbeitete sich in eine solche überhitzte Erregung hinein, daß Guran die Bären schießen mußte, um Toyon zu retten.

Wieder und wieder rief Guran nach so sinnlosem Töten Toyon zu sich und sagte: »Warum mußten wir nun diesen gutmütigen Faulpelz umbringen? Er schlief und tat niemandem was zuleide, bis du ihn ganz verrückt machen mußtest. Versuch doch zu begreifen, daß wir Eichhörnchen, Hermeline, Füchse, Zobel brauchen – keine Bärenhäute! Was soll ich damit anfangen? Man kann sie nur an Liebhaber verkaufen, die fast nichts bezahlen. Außerdem treibst du ein gefährliches Spiel. Ein Schlag mit der Bärentatze und du bist erledigt. Was sollten wir dann anfangen ohne dich?«

Toyon wedelte mit dem Schwanz, hörte zu und setzte seine Jagd halsstarrig fort. Sein Verhalten sagte deutlich: »Alles schön und gut, aber ein Bär hat Schnee getötet, und so werden wir eben die Bären aus unsern Wäldern vertreiben.«

Guran war ratlos. Dann griff, wie so oft im Leben, der Zufall ein. Toyon jagte einen Bären auf, der nicht nur ärgerlich über die Störung war, sondern auch jung und ein guter Kämpfer. Darauf vertrauend, daß er sich, wie immer, schnell genug zurückziehen könne, griff Toyon das Tier an, doch statt sich aufzurichten wie die anderen, machte dieser Bär einen Ausfall. Mit einem Tatzenhieb schleuderte er den Hund zu Seite und riß ihm eine klaffende Wunde über Rücken und Oberschenkel.

Guran wagte nicht zu schießen, denn von seinem Standort aus hätte er ebensogut Toyon wie den Bären treffen können. So brüllte er lieber, und der erschrokkene Bär floh tatsächlich in den Wald. Guran ließ ihn laufen. Seine einzige Sorge galt Toyon, der heftig blutete und sich kaum vom Boden erheben konnte.

Zu Hause wusch Guran die Wunden aus, rieb sie mit Fisch- und Bärenfett ein und legte eine Packung aus Dreiblattbrei auf, dessen Heilwirkung berühmt war. Zwei Wochen dauerte es, bis sich Toyon erholt hatte, und noch lange Zeit nachher war er zu lahm zum Jagen. Seine Augen blickten beschämt, als wisse er um seine Torheit und bitte um Verzeihung. Voller Freude, daß seinem Kamerad nichts Ernstliches widerfahren war, sagte Guran nur: »Laß es dir eine Lehre sein.«

Guran war der Ansicht, daß Zeit und Zufall die meisten Probleme lösten, wenn man nur wachsam und behende genug war, jede sich bietende Gelegenheit beim Schopf zu fassen. Doch während er täglich darauf wartete, glitt die Jagdsaison vorüber und hinterließ nur etwa hundert Eichhörnchen – längst nicht genug zum Unterhalt des großen Haushalts. Zweifel überfielen ihn. War es denn wirklich nötig, daß sie so verschwenderisch lebten? Zu Anna sagte er:

»Ist es nicht seltsam? Zum erstenmal in unserem Leben haben wir genug von allem, und gleichwohl sorgen wir uns eher mehr als weniger. Früher dachten wir an nichts anderes als daran, am Leben zu bleiben. Nun müssen wir Geld – Geld – Geld denken. Natürlich kann ich jederzeit einen Teil der Herde verkaufen, aber was hat es für einen Sinn, eine Herde heranzuzüchten, wenn man sie nachher um Pfennige stückweise wieder veräußert? Nein, ich werde sie noch eine Zeitlang halten, und sei's bloß ums Vergnügen, sie zu sehen. Was meinst du dazu?«

»Ja«, stimmte Anna ihm bei, »es tut meinem Herzen wohl, sie zu sehen. Ich begreife auch, warum Rentiere, Pferde, Kühe, ja selbst Schafe für uns nötig sind, aber weshalb dieses Haus? Ein schönes Monument – in dem unser ganzes Geld steckt und dazu die tausend Rubel Schulden bei Berezkin.«

Dazu äußerte sich Guran nicht, denn selbst seiner Frau mochte er nicht gestehen, daß er ein wenig hatte angeben wollen, um den hochnäsigen Kuralak zu demütigen. Es wäre ja auch, überlegte er, alles gut verlaufen, wenn sich Toyon nicht so seltsam verhalten hätte. An der ganzen unangenehmen Lage war nur seine sinnlose Halsstarrigkeit schuld, Bären und sonst nichts zu jagen.

All das erklärte Guran Berezkin, als der Händler wie gewöhnlich nach Weihnachten kam, um die Pelzbeute der Saison abzuholen. Es war ein langes Gespräch, an dessen Ende Guran um ein neues Darlehen bat.

Berezkin verweigerte es ihm nicht, hielt aber mit seiner Meinung auch nicht hinterm Berg. »Ein Jammer«, sagte er. »Toyon ist ein guter Hund, doch längst nicht mit seiner Mutter zu vergleichen. Es kommt oft vor, daß ungewöhnlich intelligente Eltern mittelmäßige Kinder haben. Ja, wirklich ein Jammer, denn die Nachfrage nach Silberfüchsen ist groß. Von Moskau und Petersburg schreiben sie mir Briefe wegen dieser Felle. Bloß, woher soll ich sie nehmen?«

In Gurans Ohren klingelte es.

»Wie steht's mit den beiden, von denen du vor einiger Zeit erzählt hast?«

»Ich bekam sie nicht«, erwiderte der Händler bedauernd. »Mein Konkurrent Kalinkin erwischte sie und wurde vom Gouverneur gewaltig dafür geehrt. Diese Gelegenheit haben wir verpaßt, Guran, die nächste hoffentlich nicht. Was wir nicht vergessen dürfen, ist die Mode. Vor etlichen Jahren waren Rotfüchse gefragt, möglichst feuerrote; dann stieg die Nachfrage in weißen, später in Rauchfüchsen. Jetzt will man Silberfüchse. So geht das. Guran, besorg mir ein paar von diesen Füchsen, und du brauchst dich um Geld nicht mehr zu kümmern. Nur hast du einen Hund nötig, denn ein Fuchs ist schlau. In einigen Ländern soll es Zuchtstätten geben, wo man die Tiere züchtet und je nach Bedarf einkreuzt. Hier ist es anders. Wir müssen uns noch eine Weile auf unser Können und unsere Hunde verlassen. Du bist ein guter Jäger. Wenn du nur einen guten Hund fändest!«

Die letzten Worte des Händlers kränkten Guran tief. Verstimmt erwiderte er:

»Einen besseren Hund als Toyon gibt es im ganzen Bezirk nicht. Du hast recht, seine Mutter war eine feine Jägerin, aber der Sohn ist ebenfalls gut. Vergiß nicht – er ist erst fünf! Junge Hunde sind, wie junge Menschen, erfüllt von törichter Unrast. Vielleicht ist er auch gar nicht töricht. Ein Bär hat seine Gefährtin getötet, und er kann es einfach nicht vergessen. Haß ist eine Art von Wahnsinn. Es wird vorübergehen. Und dann werden wir wieder jagen.«

Nachdem der Händler fort war, kümmerte Guran sich nur noch um Toyon, fest entschlossen, ihn wieder in die alte Form zu bringen. Waren sie beide unter sich, pflegte er all seine Wünsche und Gedanken vor ihm auszuschütten – geradewegs in die Hundeaugen blickend, als könne er durch sie vordringen bis zu jenem geheimnisvollen Etwas, das weder zu sehen noch zu benennen, vielleicht aber der gute Geist des alten Tartu war.

Keiner konnte mit Bestimmtheit sagen, was Toyon schließlich heilte.

Es mag der Glaube gewesen sein. Es mag sein, daß er aus der letzten Begegnung mit dem Bären lernte. Es mag sogar das Ergebnis der Unterhaltungen gewesen sein. Vielleicht war es auch alles dies zusammen. Jedenfalls war beim nächsten Jagdausflug Toyons alter Eifer wieder da, und er zeigte kein Interesse mehr für Bären, selbst wenn er zufällig auf eine Höhle stieß.

Fröhlich verkündete Guran der Familie: »Toyon ist wieder ganz der alte. Er humpelt zwar noch und rennt nicht gut, aber sein Jagdinstinkt ist da wie eh und je. Er versteht mich wieder und hält sich streng an die Arbeit. Hat er einmal die Witterung eines Tieres, manövriert er es mir direkt in den Weg. Ah! Er ist ein prächtiger Kamerad!«

Schon lange war Guran nicht mehr so glücklich erregt gewesen.

Obwohl Dahn die Jagd liebte und ein guter Schütze auf Eichhörnchen war, nahm sein Onkel ihn auf die großen Jagdausflüge nie mit. Er verstand die Gründe. Tundra und Taiga bilden ein Paradies für den Jäger, der jederzeit auf der Hut und konzentriert ist. Das bedeutet, daß sein Hund und er wie Einer handeln müssen, wobei ein Dritter unvermeidlich ablenkt. Selbstredend war Toyon Dahn nicht untreu geworden, auf der Jagd jedoch hatte er nur Auge und Ohr für Guran – und dieser konnte ihn keine Stunde entbehren, um den Jungen mit seiner Hilfe zu unterweisen.

Wiewohl Dahn das einsah, wollte er, wie alle Jungen, nicht von der Männerarbeit ausgeschlossen sein.

»Warum trainierst du Blackie nicht?« schlug Guran vor. »Er wird gerade vernünftig und kann ein guter Gefährte werden.«

Dahn gefiel der Gedanke gleich. »Er ist kein Toyon«, meinte er, »aber immerhin besser als Leckermaul, die sich vor Schüssen fürchtet und nur zum Rentierhüten taugt.«

»Jedes Geschöpf hat seinen Nutzen«, belehrte Guran ihn. »Entdecke seine angeborenen Gaben, dann entfalte sie durch das richtige Training.«

So wurde Dahn mit der Dressur der jungen Hunde betraut. Bald zog auch er es vor, allein zu jagen, wobei freilich Nata eine Ausnahme bildete. Sie hatte unter seiner Anleitung sehr geschickt schießen gelernt und lief gut Schi. Wie früher waren die zwei unzertrennlich – jagend und fischend, das Vieh fütternd oder Anton beim Renhüten helfend. Der einzige Unterschied war, daß nun das Spiel allmählich in Arbeit überging, ohne daß einer hätte sagen können, wo der Spaß aufhörte und die Arbeit anfing.

Nur ein Unterschied? Es gab noch einen zweiten.

Dahn bestand nicht länger darauf, Guran auf Schritt und Tritt zu folgen, sondern wurde Herr und Meister einer geschäftigen eigenen Welt. Er plante und leitete ganztägige Jagden mit Nata und Blackie, von denen er großartige Geschichten und gelegentliche Trophäen in Form von Karnickeln, Eichhörnchen oder Rebhühnern heimbrachte. Die Gewehre der jungen Leute waren kaum zur Großwildjagd geeignet, doch die Erwähnung all der Füchse, die sie beinahe getötet hatten, gab den Berichten über ihre Abenteuer die nötige Farbe. Die Erwachsenen hörten mit viel Vergnügen zu, und selbst Toyon schien respektvoll zu lauschen und dachte wohl: Gar nicht unmöglich, daß sie eines Tages echte Jäger werden, wenn sich ihre »Fast«- und »Beinahe«-Fänge in greifbare Beute verwandeln.

II

Gegen Ende Februar, als man den Winter für vorüber hielt, traf ein Schneesturm Guran und seinen Haushalt unvorbereitet. Er dauerte nur drei Tage, hielt Guran aber von einem geplanten Besuch bei Makar ab, dem er verschiedene Vorrate bringen wollte, um dann nach den Rentieren zu sehen. Als er sich schließlich auf den Weg machte, war das Vorwärtskommen schwierig. Es ging auf den Nachmittag, und er hoffte »Großvaters Gut«, wie sie Tartus Jurte scherzhaft nannten, vor Einbruch der Nacht zu erreichen. Doch an ein schnelles Weiterkommen war nicht zu denken. Die Rentiere mußten sich durch bauchhohen Schnee kämpfen, so daß häufige Pausen nötig waren, damit sie wieder zu Atem kamen.

Es war dunkel, als sie den Hügel erreichten, von dem sie Makars Anwesen überblicken konnten. Guran hatte selbstverständlich erwartet, aus der Jurte Funken aufsprühen zu sehen, doch der Mond, der eben durch die Wolken stieß, warf sein bleiches Licht über eine Szene besorgniserregender Stille.

»Ein toter Kamin!« flüsterte Guran und wischte mit der Hand über die Augen, weil er zu glauben fürchtete, was er sah. – Ein toter Kamin? – Unheil! Was ist passiert? Ich muß eilen – eilen. – Doch seine Beine waren wie Blei.

Toyon war inzwischen zur Spitze des Hügels gelaufen, wo er mit erhobenem Kopf und vorgekippten Ohren in alarmierter Haltung stand. Er drehte sich um, zog scharf die Luft ein, sah zu Guran hin und bellte, ehe er in wilder Eile hügelabwärts davonjagte.

Auf halbem Weg hörte Guran Hunde, und die Jurte erreichend, sah er Toyon umringt von Faulpelz' großer Familie. Die Mutter und alle Jungen waren da, nur Faulpelz selbst war nirgendwo zu sehen. Guran wollte seinen Blicken nicht trauen, als er in den Stall sah. – Leer! Von der dreißigköpfigen Herde war kein einziges Tier mehr da. Ihm wurde übel und schwindlig. Aber er konnte nicht ewig so stehenbleiben. Toyon war zur Jurte gelaufen und kratzte, Einlaß fordernd, an die Tür. Mit Gewalt schüttelte Guran seine Betäubung ab und betrat die Hütte. Drinnen war es kalt und dunkel.

»Makar, Makar, wo bist du?« rief er.

Als Antwort ertönte Toyons Bellen, als er in der entlegensten Ecke auf irgend etwas stieß. Guran hörte ein leises Stöhnen. Er riß ein Streichholz an und zündete einen Span als Kerze an. Unten am Boden sah er Makar und seine Frau, in grobe Säcke geschnürt, liegen. Mit zitternden Händen knüpfte er die Stricke auf, entfernte die Säcke und zog ihnen die Knebel aus dem Mund. Dann, während das Paar sich erholte, entfachte er im Komelek ein Feuer.

»Was ist geschehen, Makar?« fragte er. »Wer hat das getan? Wo sind die Rentiere?«

Makar rieb sich die Hände, die ganz abgestorben waren durch die Schnürung, und dehnte Füße und Rücken. Ehe er antworten konnte, war Toyon schon wieder an der Tür, bellend und lärmend.

Guran folgte ihm in den Hof. Im Mondlicht fand er den Weg zum Stall und fand hier zwei Kälbchen, die sich tief in Moos und Heu verkrochen hatten und fest schliefen. Guran trug sie in die Jurte und gab ihnen warme Milch. Während er noch damit beschäftigt war, hörte er plötzlich Toyon in markerschütterndes Geheul ausbrechen.

Guran und Makar fanden Toyon neben Tartus Grab auf den Hinterbeinen hockend und aus himmelwärts gerichtetem Maul langgezogene Klagetöne ausstoßend. Von allen Ecken des Hofes fielen Hundestimmen zu einem schmerzlichen Chor ein. Zu seinen Füßen lag erstarrt Faulpelz, zwischen den Zähnen noch ein Stück Leder vom Ärmel eines Kuklianka. Der Hund war augenscheinlich im Kampf gestorben, denn sein Körper war von mehreren Messerstichen durchbohrt.

»Wer hat dich nur getötet, alter Bursche? Und wozu? Wozu?« fragte Guran wieder und wieder, ohne recht zu wissen, was er eigentlich sagte. Sein Herz war schwer.

Makar antwortete ihm:

»Faulpelz wurde von den gleichen Männern getötet, die uns angriffen und die Rentiere mitnahmen. Ich konnte nicht sehen, wann es geschah, aber ich hörte, wie einer auf ihn fluchte, und ich hörte den Kampf. Wie ist es nur möglich, daß von allen Hunden Faulpelz uns als einziger zu verteidigen suchte? Das versteh' ich nicht. Der Bursche hat sich niemals überarbeitet, und nun hat er ein so rühmliches Ende gefunden! Jetzt ist es klar, warum die Rentiere ihm gehorchten. Sie hatten Grund, ihm zu vertrauen. Ihretwegen ist er getötet worden.«

Guran, mit wachsendem Zorn zuhörend, beschloß zu handeln.

»Wann geschah es?« unterbrach er.

»Nun, erst heute, Guran. Ich weiß die genaue Zeit nicht, aber es wurde eben dunkel. Nach dem Füttern der Rentiere ging ich in die Jurte zurück. Es blieb mir keine Zeit, meine Sachen abzulegen, denn ich hörte die Hunde bellen. Ich ging hinaus und sah die Schatten einiger Männer in der Nähe des Stalls. Es waren drei. Einer von ihnen rief: ›Hallo, guter Mann, wir sind Hirten, die ihren Weg verloren haben! Bitte hilf uns, ihn zu finden.‹ In meiner Einfalt erwiderte ich: ›Warum kommt ihr nicht herein und wärmt euch?‹ – Die Männer dankten mir: ›Wir wollen gern kommen; beruhige bitte nur die Hunde.‹ – Ich rief also, und die

Hunde liefen davon. Dann ging ich hinüber, um mir die Männer anzusehen. Als ich näher kam, beugten alle drei die Köpfe, als wollten sie die Schneeschuhe losbinden, so daß ich ihre Gesichter nicht sehen konnte. Und als ich einen doch ansah, schlug der Bursche neben ihm mich nieder. Darauf knebelten sie mich, warfen mir einem Sack über den Kopf und fesselten mich. Auch meine Frau fesselten sie, Gott Dank, ohne sie zu schlagen. Sie hatten es offensichtlich eilig, wobei sie das ganze Abendbrot noch verschlangen und einsteckten, was sie nicht essen konnten.«

»Du sagst, es waren drei?« beharrte Guran.

»Ja, Herr. Und etwas fiel mir auf. Nur zwei von ihnen redeten. Der dritte blieb stumm, mit den Fingern weisend, wenn er angesprochen wurde. Seinem Gang und der Art seines Hustens entnahm ich, wer es war.«

»Asatu!« schrie Guran.

Makar seufzte. »Ja, es war Asatu. Die anderen sind wahrscheinlich Kuralaks Leute. Mach mit ihm, was du willst, nur laß meine Frau nie etwas davon erfahren. Sie darf nicht wissen, daß ihr eigener Sohn Mörder und Diebe in ihr Haus brachte.«

Gurans Stimme zeigte Ungeduld.

»Keine Sorge. Ich nehme Toyon mit. Sie können nicht weit sein bei diesen Wegen, mit Rentieren und Schier. Mein Gewehr ist gut, und ich bin ihnen mehr als gewachsen.«

»Ich komme mit. Doch vielleicht möchtest du zuerst etwas essen?«

»Dazu ist keine Zeit«, lehnte Guran ab, »und kannst du den Gang tatsächlich durchhalten? Mit deinen Händen und Füßen?«

Makar sagte zweifelnd: »Es geht ganz gut. Vielleicht bleibe ich etwas zurück – doch was macht's? Nimm alle meine Hunde mit. Nein, du darfst nicht allein gehen.«

Vor dem Aufbruch gab Guran Toyon den abgerissenen Fetzen des Kuklianka zu riechen: »Such ihn! Lauf!«

Da die Spur der Rentiere und der drei Paar Schneeschuhe unschwer zu erkennen war, kamen sie schnell vorwärts. Toyon lief voran, oft weit nach rechts oder links abschweifend, auf der Spur der Rene, die in der Herde nicht geradeaus gehen wie andere Tiere, sondern auf eigene Faust abwandern. Ganz augenscheinlich kostete es die Diebe allerhand Mühe, die Tiere in einer Richtung zu halten, und das ermunterte Guran erheblich.

Nach etlichen Meilen bemerkte Guran, wie Toyon öfter anhielt und mit erhöhter Wachsamkeit die Luft einzog, beim leisesten Geräusch die Ohren spitzend. Wie Guran richtig vermutete, war er auf ein paar Einzelgänger der Herde gestoßen und fand unter einer Fichtengruppe zwei Renkühe und ein Kalb. Die Tiere sprangen bei seinem Nahen erschrocken auf die Beine, beruhigten sich jedoch bald wieder.

Dem zertrampelten Boden nach hatten die Diebe hier eine Weile angehalten, wohl um über die Richtung zu beratschlagen. Sie konnten entweder ins bewohnte Tal hinabsteigen, wo sie unwillkommene Aufmerksamkeit erregen würden, oder auf Umwegen übers Gebirge und durch die Wälder zu Kuralaks Anwesen ziehen. Sie hatten die letzte Möglichkeit gewählt, und Guran wußte, daß sie noch nicht weit weg sein konnten.

Das Vorwärtskommen war beschwerlich; ein Wind hatte sich erhoben, und die Nacht war dunkel, aber Guran folgte Toyon, hartnäckig seiner Nase vertrauend. Makar war zurückgeblieben, und als sich der neue Tag schwach ankündigte, war das Bellen seiner Hunde nur noch von fern zu hören. Toyon, mit seiner Aufgabe viel zu beschäftigt, beantwortete es nicht, und Guran wurde sich erneut seines Wertes bewußt. Die jaulenden Hunde waren nur lästig, da sie den Plan, die Diebe zu überraschen und dem Gericht zu überantworten, bedrohten. Er hatte von einzelnen aus Not gestohlenen und aus Hunger getöteten Rentieren gehört, doch nie zuvor war seines Wissens in der Tundra eine ganze Herde weggeschafft worden. Dies war ein in seiner Dreistigkeit einmaliges Verbrechen, und nicht ein Mann allein durfte das Urteil darüber fällen. Die Kälte und Anstrengung der Nacht hatten Guran ernüchtert, und er war, außer beim Gedanken an Faulpelz, vernünftiger Erwägung zugänglich. Wie alle Tungusen – die fahrenden Ritter der Tundra –, stieß der Gedanke an körperliche Gewalttätigkeit ihn ab. Erst nach jedem erdenklichen Versuch, die Räuber lebend zu fangen, würde er notfalls das Gewehr gebrauchen. Er ließ es von der Schulter gleiten und eilte Toyon nach, der schon weit voraus war. Er näherte sich einer Lichtung, als er ihn in wütendes Gebell ausbrechen hörte. Danach peitschten in schneller Folge drei Gewehrschüsse auf.

Von jäher Angst gepackt, feuerte Guran in die Luft, um den Dieben seine Nähe anzuzeigen und ihre Aufmerksamkeit vom Hund abzulenken. Das Echo war kaum verklungen, als Makar gleichfalls mit einem Schuß signalisierte und seine Hunde wild erregt herbeigestürmt kamen. Ermutigt durch die nahende Hilfe, hastete Guran schweren Herzens auf die Lichtung.

Zu seiner maßlosen Verblüffung sah er dort Toyon die Herde geschwind umkreisen und so die verstörten Tier beruhigen. Die Diebe waren nirgendwo zu sehen, und es war klar, daß Toyon sie nicht als sein Ressort betrachtete. Er war lediglich entschlossen, die Rentiere zusammenzuhalten.

Guran eilte ihm zu Hilfe, und bald formte sich die Herde gehorsam zu einer Gruppe. Als Makar eintraf, zählte er schnell die Tiere und warf vor Freude die Arme in die Luft.

»Dem Himmel sei Dank, sie sind alle gerettet! Nun müssen wir ihnen ein wenig Zeit zum Ausruhen geben, ehe wir sie heimwärts treiben.«

Guran war dagegen. »Nein«, sagte er bestimmt. »Wir müssen die Männer fangen! Komm, Toyon, gehen wir.«

Toyon aber blieb ruhig im Schnee liegen, hechelnd und die Zunge hängenlassend. Seine klugen Augen waren auf seinen Herrn gerichtet; trotzdem rührte er sich nicht.

»Toyon, was ist los? Bis du verwundet?« fragte Guran und beugte sich nieder, um den Körper des Hundes nach Verletzungen zu untersuchen. Aber Toyon lag einfach da und drückte durch sein ganzes Verhalten aus, daß er nicht beabsichtige, die Gauner zu verfolgen.

»Was ist nur mit ihm los, Makar?« fragte Guran. »Ich schwöre dir, ich kenne meinen eigenen Hund nicht mehr.«

Makar nahm die Mütze ab und kratzte sich den Kopf, ehe er verlegen zu sagen wagte: »Herr, du kennst Toyon besser als ich, aber ich würde sagen, er versteht, daß es gefährlich ist, bewaffnete Männer zu verfolgen, und er rät dir, den Gedanken aufzugeben. Wer weiß, wie es ausgehen wird, für sie und für uns? Hör auf deinen Hund und geh den Dieben nicht nach.«

Guran stand einen Moment unentschlossen da, von Makars Worten getroffen. Darauf ging er zu Toyon.

»Ja, mein Freund, es würde gefährlich sein, Bewaffnete aufzuspüren. Die Hauptsache ist, wir haben die Herde gerettet. Ich erinnere mich an die Worte meines Vaters: ›Der Mann, der seinen Zorn beherrscht, bleibt gesund und stark.‹ Du hast recht. Nun steh auf und treib die Tiere heim. Geh heim!«

Toyon sprang auf die Füße, und bald ertönte ein ganzer Chor von Hundestimmen, indes sich die Herde heimwärts in Bewegung setzte. Dichtauf folgten Guran und Makar dem Wald von Geweihen; ihre Müdigkeit war vor Erleichterung über den Ausgang des nächtlichen Abenteuers vergessen.

12

Inzwischen waren zwei Jahre vergangen, die Jagd war gut gewesen, die Gerstenernte reichlicher als für den Verbrauch erforderlich, und die Rentierherde hatte sich durch normalen Zuwachs und günstige Käufe vermehrt. Wie zuvor lebte die Familie in der alten Jurte, bewirtete ihre Gäste jedoch im neuen Haus. Unter denen, die zu Besuch und Jagd kamen, befanden sich der Polizeihauptmann und Berezkin. Vielleicht war es ihnen zu verdanken, daß Guran mit einigen anderen Abgeordneten benachbarter Bezirke nach Jakutsk zu einer persönlichen Zusammenkunft beim Gouverneur eingeladen wurde.

Worum es bei diesem Treffen eigentlich ging, erfuhr Guran nie, doch blieb es unvergeßlich wegen der Pracht und Herzlichkeit des Gouverneurs. Im übrigen war er reichlich damit beschäftigt, auf einem Boden, glatt wie trügerisches Eis, das Gleichgewicht nicht zu verlieren.

Für diese Reise erhielt Guran eine Bronzemedaille mit dem Porträt des Zaren: etwas, das man bei feierlichen Anlässen auf der Brust tragen konnte. Und er kehrte heim mit einem Vorrat an Geschichten aus einem phantastischen Traum: über eine Stadt, die bei Nacht so hell war wie bei Tage und wo die Leute nur eine Kurbel zu drehen hatten, um sich mit anderen zu unterhalten, die unsichtbar blieben.

Solche Aufregungen aber wurden vom Zufall nur einmal beschert. Auf die Dauer wichtiger war es, daß Toyon und er in zwei Wintern nicht weniger als zwanzig Rotfüchse, fünf Rauchfüchse und zehn Zobel erwischt hatten. Mit dreihundert Eichhörnchen, hundertundfünfzig Hermelinen und anderen, weniger wertvollen Pelzen trug seine Beute ihm rundum beträchtlichen Ruhm ein. Der Händler Berezkin war beim Sortieren der Pelze strahlend gelaunt.

»Du bist ein guter Jäger, Guran«, erklärte er, »und dein Hund ist ein wahrer Schatz. Meine Lager und meine Brieftasche stehen dir zur Verfügung. Nimm, was du brauchst. Nur vergiß nicht, daß ich zumindest ein Paar guter Silberfüchse von dir erwarte. Der Gouverneur hat sie persönlich von mir angefordert, und ich habe ihm gesagt, daß alle meine Hoffnungen auf dir und deinem Hund ruhen.«

Geschmeichelt setzte Guran es sich in den Kopf, diese Verpflichtung einzulösen. Es wurde sein Traum, zwei Silberfüchse zu fangen. Und natürlich nahm Toyon teil an seinen Sehnsüchten. Wieder und wieder sagte er zu ihm: »Such uns einen Silberfuchs – sei ein feiner Kerl! Der Gouverneur selber will ihn haben. Kein Fuchs in der Tundra kann sich vor dir verstecken.«

Zur allgemeinen Verwunderung verschwand Toyon plötzlich stundenlang in eigener Sache. Anna meinte, er habe zweifellos in der Nachbarschaft eine Hundedame gefunden, die ihn mehr interessiere als das rundliche Leckermäulchen. Guran widersprach.

»Sicher ist Leckermaul keine passende Gefährtin für Toyon, aber dies sieht mir nicht nach Liebe aus. Ihr werdet's sehen. Meiner Meinung nach ist er endgültig erwachsen und geht allein auf Jagd.«

Guran behielt recht. Eines Tages kehrte Toyon aus dem Wald zurück und schleppte etwas mit, das er im Hof niederlegte. Jedermann rannte herbei, es zu sehen, und brach beim Anblick in lautes Gelächter aus. Dahn, am lautesten lachend, rief: »Toyon, das ist ein Skunk! Wozu hast du denn den Stinker hergebracht?«

Toyon wedelte gelassen mit dem Schwanz, wie um zu sagen: »Was sollte ich machen, wenn mir nichts Besseres über den Weg lief?« Guran allein faßte es nicht als Witz auf.

»Das ist gar nicht zum Lachen«, sagte er, »ein Jäger hat nicht immer Glück. Daß Toyon ihn selber fing und heimbrachte – das ist ausschlaggebend. Heute brachte er Plunder. Morgen bringt er vielleicht Kostbares. Nicht schlecht für den Anfang. Zweifellos ist Toyon dabei, ein selbständiger Jäger zu werden. Er ist jetzt sechs Jahre alt. Das Talent seiner Mutter ist in ihm erwacht.«

Dahn erwog es einen Augenblick. »Wenn er allein jagt, heißt das nun, daß er dich nicht mehr braucht?«

»Durchaus nicht. Stößt er jetzt aber bei seinen Streifzügen auf Wild – einen Fuchs etwa –, wartet er nicht auf mich. Er pirscht sich heran und tötet ihn.«

»Und der Pelz?« wandte Dahn ein. »Wird er ihn nicht verderben?«

Guran schüttelte den Kopf. »Hast du unsere Spiele und sein Training als Welpe vergessen? Schon damals packte er die ausgestopften Tiere beim Nacken, ohne das Fell zu zerreißen. Bei einem guten Jagdhund ist das Instinkt. Sein einzig wirklicher Feind ist der Wolf, und den reißt er. Toyon arbeitet außerdem schon viel zu lange mit mir, um nicht zu wissen, daß ich auf die Felle höchsten Wert lege.«

Einen weiteren Winter lang jagten Guran und Toyon mit einem Erfolg, der sie zur Legende werden ließ. Geschichten ihrer Heldentaten breiteten sich aus wie Feuer. Hin und wieder wagte irgendein tollgewordener Gieriger, ihm für den Hund jede Summe Geldes anzubieten, aber ein Blick auf Gurans Gesicht ließ ihn sein Angebot sehr schnell zurückziehen.

Gurans Erfolg, Routine werdend, stumpfte sein Vergnügen ab. Aus tausendundeinem Grund drückte er sich vor der Jagd, um daheim am Feuer zu sitzen: Der Schnee lag zu hoch; die Wolken kündeten einen bösen Wetterumschwung an; es gab daheim Wichtigeres zu tun. »Und außerdem«, meinte er, »muß man ja nicht alle Tiere im Wald fangen und erlegen.«

Anna war über die Wendung der Dinge hocherfreut. Es war gut, ihren Mann daheim zu haben. Toyon dachte nicht so. Er bellte und bettelte, ehe er allein in den Wald lief. Einmal kam er mit einem nicht sehr wertvollen Graufuchs heim. Ein andermal spürte er einen wundervollen Rotfuchs auf und kam, ums Fell besorgt, lieber zu Guran gelaufen, um ihn erregt zu holen.

Der Rotfuchs wurde von allen gebührend bewundert. Dennoch blieb Guran teilnahmslos; zufrieden, wenn Toyon allein jagte. »Nun lauf schon«, sagte er allmorgendlich gutmütig auf Toyons Drängen, »ich hab' heute keine Zeit. Morgen ...«

Bei der abendlichen Rückkehr aus dem Wald gab Toyon seine Mißbilligung deutlich kund, indem er nicht in Gurans Nähe kam.

Jedermann vermerkte dies Benehmen höchst erstaunt. Guran fühlte sich schuldig vor seinem alten Freund, indes Dahn vom Nahen einer neuen Überraschung überzeugt war. »Wartet nur!« rief er. »Toyon weiß, was er tut. Aber es ist ihm einsam ohne Onkel Guran.«

Niemand erwog, etwa Dahn an Gurans Stelle mitzuschicken. Toyon würde ihn nicht akzeptieren, das galt als sicher.

Eines Tages war Toyon von der Morgenfrühe bis zur Nacht verschwunden. Heimkehrend, blieb er in einiger Entfernung von der Jurte stehen und bellte eindringlich. Jedermann stürzte hinaus, die Ursache festzustellen.

»Was ist los? Was ist denn in dich gefahren?«

Der Hund war aufs höchste erregt. Er wollte nicht näher kommen, sondern fuhr fort zu bellen, abwechselnd zu Guran und zum Wald hinsehend.

Ergeben schnallte Guran seine Schier an, nahm das Gewehr und folgte. Etliche Stunden später war er zurück – mit einem schwarzen Fuchs von ungewöhnlicher Schönheit und einem Silberstreifen auf dem Rücken.

»Wo hast du ihn gefunden?« fragte Dahn eifrig.

Guran, genauso aufgeregt, wies auf Toyon. »Es ist seine Beute. Ich hatte nichts damit zu tun. Er fing ihn und holte mich, ihn heimzutragen. Weißt du, er wollte ihn nicht durch den Wald schleppen und das Fell verderben.«

Als ältester und erfahrenster unter ihnen taxierte Opa Dim das Fell. »Ein selten schönes Tier«, sagte er, mit der Hand leicht über das glänzende Fell gleitend, »du könntest dir kein besseres wünschen. Einige Tausend Rubel wert! Der Toyon – das ist mal ein Hund! Einem Mann würde es kaum gelingen, solch eine Schönheit überhaupt zu erwischen.«

Nun waren alle überzeugt, daß Toyon ein echter Jäger war. Sein Können, seine Geschicklichkeit und sein außergewöhnliches Glück waren unstrittig bewiesen.

Als am Abend die Familie Toyon wieder rühmte, sagte Guran: »Kein Wunder, daß Toyon unzufrieden mit mir war. Als Jagdpartner bin ich eine Null gewesen. Das kann so nicht weitergehen. Wir haben davon geträumt, einen Silberfuchs zu fangen. Aber mir am Komelek ist es nicht gelungen.« Er wandte sich an Toyon, der zufrieden mit dem Schwanz den Boden klopfte. »Gut, daß du mich erinnert hast. Du wirst keinen Grund zum Klagen haben. Mit meiner Faulenzerei ist es endgültig aus.«

Am nächsten Tag hielt Guran trotz heftigen Schneefalls sein Versprechen und ging jagen. Geräuschlos folgte er Toyon durch Wald und Wiesen, und seinem geübten Auge entging nicht die winzigste Spur von jüngst Geschehenem. Das Wetter war abscheulich, und jedes vernünftige Tier würde, wie er wußte, in Bau und Lager bleiben. Nichtsdestoweniger drängten sie vorwärts, getrieben von der Hoffnung, den Gefährten des gestrigen Silberfuchses zu finden.

Das von Toyon gefangene Tier war eine Füchsin, und diese Tatsache war ein wichtiger Hinweis für Mann und Hund. Denn es ist bekannt, daß die allein gelassene Füchsin den gefährdeten Bau verläßt, ein Fuchs dies jedoch nie tut. Instinkt bindet ihn an die Wohnung, die er mit der Füchsin geteilt hat.

Ein starker Wind kam auf, der den Schnee in einen

Blizzard peitschte und die Jäger heimwärts zwang. Toyon fügte sich dem Beschluß mit offenkundigem Widerwillen. Er blieb häufig stehen, spitzte die Ohren, lauschte. Hin und wieder tauchte er im Treiben unter, kehrte jedoch schnell zurück.

Die ganze Nacht schlief er unruhig, und lange vor Morgengrauen war er an der Tür der Jurte, kratzend und um Auslaß winselnd. Guran öffnete ihm, und er verschwand und ward nicht mehr gesehen, bis er mittags, wieder hoch erregt, seinen Herrn abholen kam. Er wollte nicht fressen, sondern wartete ungeduldig, bis Guran bereit war. Ganz offenkundig war er auf etwas Wichtiges gestoßen.

Es hatte aufgehört zu schneien, und die Luft war klar; aber Schneewehen machten das Gehen beschwerlich. Ohne selbst auf die Richtung zu achten, folgte Guran Toyon, der mit stets wachsender Gewißheit vorwärts lief, die Nase tief auf dem unberührten Schnee. Überrascht und ein wenig beunruhigt sah Guran, daß sie sich einem Hohlweg näherten, den man wegen des dichten Unterholzes nur schwer durchdringen konnte. Er zögerte, das Gewehr aus dem Futteral zu nehmen, denn der von den Bäumen fallende Schnee konnte es allzuleicht unbrauchbar machen. So vertraute er ganz Toyon und war auf der Hut. Sie waren weit entfernt von der Stelle, wo Toyon die Füchsin erwischt hatte, und vermutlich wollte der Fuchs den Hund überlisten, indem er ihn möglichst weit von seinem Zufluchtsort auf eine falsche Fährte lockte. Das war ein Manöver, das jeder erfahrene Jäger kannte.

Ermüdet wollte Guran gerade anhalten, als der Hund stoppte, sich duckte und zu kriechen begann. Guran machte das Gewehr schußbereit und blickte angespannt um sich. Sie waren in einer Lichtung auf einer kleinen Anhöhe. Vor ihnen war ein Felsbrocken, neben dem eine Lärche inmitten eines Wirrwarrs vom Sturm gefällter Bäume Wache hielt. Diesen umgefallenen Bäumen näherte sich Toyon fast übertrieben vorsichtig. Guran folgte so gespannt wie der Hund, alle Sinne auf das nahe Wild gerichtet.

Im gleichen Augenblick sprang Toyon bellend auf die Füße. Ein Fuchs versuchte von der Lärche aus die Anhöhe zu überqueren, verhielt jedoch unentschlossen, als er den Weg versperrt fand. Das Zögern war nicht länger als ein Atemzug, aber lang genug für Guran zum Zielen und Abdrücken. Der Kopf bot ein prächtiges Ziel.

Über den toten Körper gebeugt, stieß Guran einen Schrei wilder Freude aus! Das war also das Tier, das Toyon gesucht hatte – ein großer, seltener Silberfuchs!

In dieser Nacht gab es in der Jurte keinen Schlaf. Ein Traum, den alle teilten, hatte sich erfüllt, ein Zufall, dem Wunder nahe, hatte sich ereignet; Glück und Reichtum lagen in ihren Händen – und alles verdankten sie Toyon.

Dieser freilich suchte nach hastig verschlungener, wohlverdienter Mahlzeit seine Ecke auf, rollte sich zum Ball zusammen und genoß seine Ruhe. Die anderen standen diskutierend und bewundernd um Guran, der behutsam das unschätzbare Fell abzog und es zum Trocknen auf biegsame Stäbe spannte.

»Ah! Ich habe schon eine Menge Füchse gesehen«, rief er beglückt, »aber noch nie so etwas! Was für ein Fang!«

Am folgenden Tag fand er Gelegenheit, Berezkin von seiner Beute zu unterrichten, und die Neuigkeit raste wie ein Lauffeuer von Jurte zu Jurte bis nach Werchojansk. Nachbarn ließen alles stehen und liegen, um selber zu den Glückspilzen zu eilen und mit eigenen Augen die verwirrenden Gerüchte zu bestätigen. Sie kamen von morgens bis abends, und viele blieben zu Besuch da, bis das Haus voll war. Bei ihren Ehrenbezeigungen vergaßen sie nicht, sich vor Toyon sowohl wie vor ihren Gastgebern zu verneigen, und sie ergriffen sorgfältig Vorsichtsmaßnahmen, ihn nicht in seinem Schläfchen zu stören. »Okse! Okse! Ein prächtiges Tier!« Keine Furcht lag mehr in ihren Stimmen, nur Bewunderung und Ehrfurcht vor etwas, das sie nicht verstehen konnten. Sie wußten nur, daß der große, gute Geist der Tundra gekommen war, um im Hause ihres Freundes in Gestalt eines Hundes Wohnung zu nehmen.

13

Eines Morgens kam Dahn, nun fünfzehn, zu Guran und sagte: »Onkel, Nata und ich möchten dir auf dem Feld und beim Fischen helfen. Es ist uns Ernst damit. Jetzt im Frühling hast du zuwenig Leute. Opa Dim wird langsam alt, und außerdem wird er zu Hause und beim Vieh gebraucht. Was meinst du?«

Zum erstenmal seit Monaten sah Guran den Jungen richtig an, weniger von den Worten als von seinem Aussehen betroffen. Nein – so was! Er war erwachsen.

»Anna«, rief er, Dahn auf die Schulter klopfend, »ist dir schon aufgefallen, wie groß und breit dieser Bursche ist? Ich kann's kaum glauben.«

Anna lachte über diese Männerblindheit. »Ja. Sowohl er als Nata ...«

Ehe sie weiterreden konnte, wandte sich Guran wieder Dahn zu. »Ich nehme eure Hilfe gern an. Trotzdem werde ich noch extra ein paar Männer anstellen; es wird für alle reichlich Arbeit geben. Und weshalb sollten wir auch knausern? Nicht wir schulden Berezkin Geld, sondern – dank Toyon – er uns. Auch mit Opa Dim hast du recht. Unsere Familie ist gewachsen. Jedermann braucht neue Schuhe; Angelschnüre und Fischnetze verschleißen und müssen erneuert werden. Für seine goldenen Finger gibt es immer was zu tun.«

Erheitert über die eben gemachte Entdeckung, wiederholte Guran: »Ja, Dahn, du bist ein erwachsener Mann. Hier«, setzte er hinzu, »möchtest du nicht rauchen? Nimm meine Pfeife.«

Worauf Dahn geschmeichelt die Pfeife nahm und zog. Als prompt ein Hals voll Rauch ihn würgte und ihm Tränen in die Augen schossen, ermutigte Guran ihn. »Zieh nicht so fest. Nimm dir Zeit, und du wirst schon auf den Geschmack kommen. Ein Mann ohne Pfeife ist gar kein Mann. Die Pfeife ist dein; und Anna wird dir einen Tabaksbeutel dazu machen.« Der Gedanke, daß seine jungen Leute nun die Welt der Erwachsenen betraten, bereitete ihm viel Vergnügen.

Auch Dahn und Nata genossen, ohne die Ursache voll zu verstehen, diesen Frühling sehr. Die Sonne schien strahlender, die Natur schöner, die Welt erregender zu sein denn je zuvor. Der Frühling war besonders zeitig. Über Nacht, so schien es, erblühte die Erde, und der Himmel war voll von lärmenden Gänsen, Kranichen und Wildenten auf dem Flug zum Sommerquartier. Dahn fand die verschwiegenen Stellen, wo sich die jungen Waldhühner und -hähne zu ihren tollen Balztänzen sammelten. »Was für liebe ulkige Geschöpfe!« sagte Nata. »Beim Tanzen sehen sie genau aus wie die Schamanen.« Sie erlaubte Dahn nicht, auf sie zu schießen. Am Abend lauschten sie in der vertrauten Sicherheit des Beisammenseins dem Ruf der Eulen und hielten sie leise schaudernd für die verlassenen Seelen, von denen die Erwachsenen nur wispernd sprachen.

War Dahn mit fünfzehn ein Mann, so war Nata mit zwölf halb Kind, halb Frau. Sie war jung genug, um das Leben ganz spontan zu nehmen, wie es kam, ohne Gedanken an die Zukunft, und alt genug, um ihrem Aussehen übertriebene Aufmerksamkeit zu widmen. Anna, selber peinlich sauber, staunte über die geradezu leidenschaftliche Reinlichkeit der Tochter und schalt, daß sich die kleine Kokette viel zuviel vor dem schmalen Spiegel drehte, der irgendwie einmal in ihren Besitz gelangt war. »Wen möchtest du eigentlich bezaubern? Die Tiere im Wald?« Gleichwohl war Anna stolz auf das Mädchen und verwöhnte es, genau wie Guran. Nata war tatsächlich ganz bezaubernd, mit schlankem, federndem Körper, fröhlichen schwarzen Augen und zarter, gerader Tungusennase. Opa Dim machte ihr bunte weiche Schuhe aus Rentierfell; um ihren Hals klingelten Ketten, Silberringe baumelten von den Ohren, und glänzende Münzen waren in ihr schwarzes Haar geflochten. So sah sie im einfachen Kleid doch aus wie eine kleine Prinzessin aus dem Märchen. Dahn war sich ihres Charmes bewußt, und er war alt genug, auch die Bedeutung der Liebe zu kennen, wenngleich er seine Gefühle zurückhalten mußte bis zu dem Tag, an dem er mit ihren Eltern über die Hochzeit sprechen konnte. Es entzückte ihn, ständig bei ihr zu sein, für sie zu sorgen, sie in Männerfertigkeiten zu unterweisen und blumige Entschuldigungen zu erfinden, wenn ihr etwas mißlang.

Die beiden erwiesen sich in jenem Sommer als tüchtige Helfer. Die Gerstenernte war ungewöhnlich gut, und die Beute an Fisch überstieg die Erwartungen. Daher schien kein Tag lang genug, alle Arbeiten zu schaffen.

Ebenso plötzlich aber, wie er gekommen, ging der Sommer wieder. Der erste Schneefall lenkte die Gedanken auf die Jagd und wurde daher freudig begrüßt. Weshalb sollte man den Winter auch noch fürchten, wenn alle Speicher voll mit Vorräten waren?

Nur Opa Dim war unzufrieden. »Böser Winter«, brummte er kopfschüttelnd über die Strenge des Novemberwetters. »Böses Jagen. Bösartige Wölfe. Schützt die Rentiere.«

Er behielt recht. Die Jagd ließ sich nicht gut an, und bei Makars Jurte rissen die Wölfe drei schöne Rene, die sich von der Herde abgesondert hatten. Obschon Toyon die Räuber entdeckte und Guran mehrere tötete, söhnte ihn das mit dem Verlust des Viehes nicht aus. Er ordnete größere Sorgfalt an und fand einen älteren Jakuten, der Makar und seiner kränkelnden Frau half. Von Zeit zu Zeit jagten Nata und Dahn, das Angenehme mit dem Nützlichen verbindend, über den Schnee zu ihnen, um sich zu vergewissern, daß alles beim rechten war.

Eine Schlechtwetterperiode machte jeden Austausch zwischen den beiden Familien tagelang unmöglich. Ein Sturm folgte dem anderen. Man konnte nichts tun als essen, schlafen oder, ums Feuer sitzend, den pechschwarzen geliebten Tee trinken. Das war die Zeit für Opa Dim, Fischnetze zu knüpfen und Schuhwerk zu richten, dieweil Anna sich mit der Hausarbeit beschäftigte und für alle Kukliankas nähte und Guran die Gewehre reinigte und sich um die Felle kümmerte. Während er sie mit seinen starken Händen geschickt wie ein gelernter Gerber knetete, rauchte er seine Pfeife und summte unaufhörlich vor sich hin.

Konnten also die Erwachsenen die aufgezwungene Muße vorteilhaft verwenden, so langweilten sich Dahn und Nata schon bald. Jeden Morgen stürzten sie aus der Jurte, um zu sehen, wann sich das Wetter wohl ändern würde und sie jagen oder Makar und die Herde aufsuchen könnten.

»Wartet«, protestierten die Älteren. »Das ist keine Zeit, draußen in der Tundra zu sein. Die Wölfe sind hungrig und jagen in großen Rudeln.«

»Wir haben doch unsere Gewehre, und Blackie ist bei uns«, beharrte Dahn.

Guran schüttelte den Kopf. »Gewehre taugen nur bei Einzeltieren, und Blackie ist ein kümmerlicher Verteidiger. Nein. Bleibt lieber zu Hause.«

Dahn und Nata gaben unwillig nach. Sie glaubten an keine Gefahr, obwohl sie täglich sahen, wie die Wölfe vor Hunger immer kühner wurden. Oft wagten die Bestien sich so weit vor, daß man sie am Rande des Waldes verstohlen umherschleichen sah. Dann wurde Alarm geschlagen und ein Schuß abgefeuert, sie zu vertreiben. Die jungen Hunde kniffen den Schwanz zwischen die Beine und verhielten sich sehr ruhig. Nur Toyon und Blackie fanden den Mut, lauthals zu protestieren, wenngleich sie nicht daran dachten, die Umzäunung zu verlassen.

»Toyon ist auch schon mutiger gewesen«, bemerkte Nata, einen Hauch Verachtung in der Stimme.

»Das war, ehe er vernünftig wurde«, verwies Dahn sie, »jetzt weiß er, daß mehr als Lärm und wütendes Gehabe nötig sind, einen Wolf zu scheuchen.« Er wandte sich an Guran. »Onkel, könnte Toyon erfolgreich einen großen Wolf angreifen?«

Guran überlegte kurz. »Das ist schwer zu sagen. Der Wolf hätte den Vorteil der Stärke, Toyon den Vorteil von Klugheit und Training. Es wäre jedenfalls ein gefährlicher Kampf, den ich mit allen Mitteln zu verhindern suchen würde.«

Der Sturm zog sich mehr als eine ganze Woche hin, ehe sich der Himmel eines Tages klärte. Hocherfreut über die endliche Befreiung, schlugen Nata und Dahn vor, Makar zu besuchen. Guran willigte ein, Anna, wenngleich nur zögernd, auch.

»Meinetwegen«, sagte sie, »ihr könnt morgen früh gehen. Aber ihr müßt versprechen, über Nacht dort zu bleiben und am nächsten Tag zurückzukehren.«

»Jaja, wir versprechen es.«

In aller Frühe brachen sie auf, voll ausgerüstet mit Gewehren, Messern und einem kleinen Beil sowie reichlicher Marschverpflegung. Blackie umtobte sie in wilder Freude über den Ausflug, und Toyon begleitete sie ein Stück weit, um sich selbst davon zu überzeugen, daß alles in Ordnung sei, ehe er sich seinen eigenen Aufgaben zuwandte.

»Denkt daran«, rief Anna ihnen nach, »bleibt nachts bei Makar!«

Gegen den starken Wind war schwer anzugehen, zumal die Schier im weichen Schnee versanken. Dahn führte, Nata schritt in seiner Spur, indes Blackie – noch munter und voller Neugierde – auf frischen Fährten davonjagte oder Haken schlug. Von Zeit zu Zeit hielt Dahn inne, damit sie wieder zu Atem kamen, und auf halbem Weg machten sie ein Feuer und aßen etwas geräucherten Fisch. Selbst Blackie zeigte Müdigkeitserscheinungen.

Schon wurde es Dahn klar, daß Annas Furcht wohlbegründet war. Sie würden Makars Jurte an einem so kurzen Wintertag kaum vor der Dämmerung erreichen. Als die Stunden verstrichen, wurde Nata allmählich so müde, daß sie eine Pause einlegen mußten, obgleich keine Zeit zu verlieren war. Glücklicherweise hörten sie nur einen Wolf, und der war weit weg. Zu Dahns Überraschung hielt Blackie, der zu Hause bei geringstem Anlaß bellte, sich verständig still.

»Wer hat dir denn diese Klugheit beigebracht? Toyon?« fragte Dahn den Hund, ihn beifällig klopfend. Blackie antwortete durch freundliches Schwanzwedeln.

Es war dunkel, als sie den Hügel oberhalb der vertrauten Jurte erreichten und der Funkenregen aus dem Schornstein sie, zugleich mit dem Gekläff der Hunde, willkommen hieß. Makars Frau hielt dampfende Schüsseln mit Fischsuppe bereit, und Nata konnte eben ihren Teller leer essen, ehe sie in tiefen Erschöpfungsschlaf fiel.

»Armes Ding! Sie ist vollkommen fertig«, sagte die Frau vorwurfsvoll zu Dahn. »Wie konntet ihr bei diesem Wetter nur fahren?«

Dahn fand keine Antwort. Der Ausflug kam ihm in der Tat mehr als töricht vor.

Nur ungern weckten sie das Mädchen am nächsten Morgen. Dahn schlug vor, sie solle bei Makar bleiben, bis jemand sie mit Renen holen könne, doch sie wollte nichts davon wissen. Natürlich werde sie mit Dahn gehen! So machten sich die beiden mit beträchtlicher Verspätung gegen Mittag auf die Rückfahrt. Blackie trottete getreulich hinterdrein, doch auch er schien die Behaglichkeit des Komeleks nur bedauernd wieder aufzugeben.

Über den hartgefrorenen Schnee wäre das Gehen nicht einmal schwer gewesen, hätte nicht der nachts umgesprungene Wind ihnen den Schneestaub in die Augen geweht. Unter Aufbietung ihrer ganzen Willenskraft stapften sie vorwärts. Die Dämmerung brach herein – und zu seinem Schrecken entdeckte Dahn, daß sie nicht mehr als den halben Weg zurückgelegt hatten. Unmöglich, die Jurte noch bis Einbruch der Nacht zu erreichen. Und Draußenbleiben setzte sie der Wolfsgefahr aus!

Er überlegte hastig, rief dann Nata über die Schulter zu: »Es wird zu dunkel zum Gehen! In dem Hügel drüben gibt es eine kleine Höhle. Ich kenne sie gut! Laß uns über Nacht da bleiben! Mit einem Feuer sind wir sicher. Komm, es sind höchstens noch drei Meilen.«

Sie waren in der Nähe des Hügels, als sie das langgezogene Heulen eines Wolfes hörten, in das weitere Wölfe einfielen zu einem grauenhaften Chor. Blackie spitzte die Ohren, schüttelte den Schnee von sich ab und winselte.

»Halt das Gewehr bereit«, befahl Dahn, »und geh schneller! Wir müssen Brennholz sammeln für die ganze Nacht.« Er versuchte, seine Stimme ruhig und zuversichtlich klingen zu lassen.

Das Mädchen konnte nur bejahend nicken. Sie war so müde, daß sie all ihre restliche Kraft brauchte, um zur Höhle zu gelangen und auszuruhen. Aber die Stelle war nicht leicht zu finden. Sie umkreisten den Eingang eine Weile, ehe Blackie ihnen zu Hilfe kam, indem er den Schnee durchbrach, der die Öffnung blockierte. Die Höhle war klein, doch sie bot Schutz gegen den Wind und war nach allen Seiten geschlossen.

Ohne Zeit zu verlieren, suchte Dahn nach Brennholz. Zum Glück war in der Nähe eine dürre Tanne umgefallen und noch fast schneefrei. Während er die

Zweige abriß, entfachte Nata ein Feuer, das sowohl Wärme als auch Trost ausstrahlte. Das Heulen der Wölfe klang jetzt näher, und einige Male waren huschende Schatten oder das grünliche Aufblitzen der Lichter durchs Unterholz zu sehen. Nata schoß auf Dahns Anweisung in Richtung der Schatten und sah sie zurückweichen.

Dahn arbeitete fieberhaft, den Holzvorrat möglichst schnell zu vergrößern. »Zu dumm, daß wir nur ein kleines Beil haben«, klagte er, »sonst könnte ich den Stamm zerhacken. Dies leichte Zeug verbrennt zu schnell. Ich werde ein Stück weitergehen und nachsehen, was da aus dem Schnee ragt. Vielleicht ist es ein Ast, den ich hierherschleifen kann.«

Als er sich zum Gehen wandte, sah Nata wieder den grünen Schimmer der Wolfsaugen und schrie: »Nein, geh nicht! Ich hab' Angst allein!«

Dahn schalt sie aus. »Das sieht dir nicht ähnlich, Nata. Du hast ein Gewehr, und Blackie ist bei dir.«

»Nein, nein, ich hab' Angst um dich!«

Indes Nata protestierte, konnte Dahn ein paar schwere, ziemlich große Äste freilegen und sie zur Höhle schleifen. Die Wölfe waren jetzt ganz nah; ihre Schatten hoben sich, keine hundert Schritt entfernt, deutlich vom Schnee ab. Sie hatten aufgehört zu heulen, aber das Schweigen war beinahe noch grauenvoller. Die Horde wuchs. Einzeln und in Gruppen kamen neue Wölfe aus dem Wald und verteilten sich im Halbkreis um die Höhle.

Dahn fehlte es nicht an Mut, doch bei der Aussicht auf eine lange Nacht der Belagerung – wenn nicht gar des Angriffs – sank ihm das Herz. Er blickte zu Nata hin, die vor Angst bleich und krank war, zu Blackie, der sich an ihre Seite preßte, und zwang seine eigene Furcht zurück.

»Solange wir das Feuer in Gang halten können, ist die Höhle eine Festung. Wir werden nur schießen, wenn die Wölfe uns zu nahe kommen, und dann muß jeder Schuß sitzen. Wir hatten fünfzehn Kugeln, davon sind zwei verbraucht. Der Rest wird wohl reichen. Alle Wölfe könnten wir sowieso nicht töten. Das Feuer ist unser bester Schutz. – Und nun essen wir.«

Da jedoch nicht einmal Blackie zum Essen überredet werden konnte, sprach Dahn weiter, um die schreckliche Leere auszufüllen.

»Ich wollte, wir hätten Toyon bei uns statt Blackie. Dann würden wir ihm eine deiner Haarschleifen um den Hals binden und ihn um Hilfe nach Hause schikken. Er brächte es bestimmt fertig. Aber dieser Feigling ...«

Nach gründlicher Prüfung der Lage nahm Dahn an, das Brennholz werde bei sparsamem Verbrauch wahrscheinlich die Nacht über reichen. Die Höhle lag weniger geschützt, als er gedacht hatte, denn der Hügel darüber fiel so sanft ab, daß ein Zugang von dort möglich war. – Ob die Wölfe gerissen genug sind, um den Hügel herumzulaufen und dann von oben auf uns zu springen? fragte er sich bang. Augenblicklich war der Hügel noch frei von Feinden.

Um den Brennholzvorrat zu strecken, nährte Dahn das Feuer mit kleinen Stückchen und bewahrte die großen Äste für den Notfall auf. Nata, die starr vor Furcht halbwegs zwischen Schlaf und Wachsein schwebte, fand ihn fremd und fern in seinem Mut. Ihr Leben lang hatte sie Geschichten über Wölfe gehört, doch ihre Phantasie hatte es ihr nie so vorgestellt. Der Tag schien tausend Jahre weg, der vergangene wie der kommende, und jede Minute konnte das Verderben bringen. Sie hätte schreien mögen.

Blackie reagierte anders. Als er sah, daß Dahn nicht aufgeregt war, schöpfte auch er Mut und hielt forschend Ausschau nach den Feinden. Er bemerkte als erster die beiden großen Wölfe, die sich vom Rudel trennten und vorsichtig auf die Höhle zuschlichen. Sogleich sträubte sich das Haar auf seinem Rücken, und er bellte warnend.

Schnell zielend, feuerte Dahn zweimal. Ein Wolf fiel. Der andere, augenscheinlich verwundet, kroch heulend zu seinen Kameraden zurück, jedoch nur, um von diesen heißhungrig zerfetzt und verschlungen zu werden. Kaum fertig mit dieser Mahlzeit, fielen sie über den Kadaver des ersten Wolfes her und trugen ihn stückweise davon – ein schauerlicher Vorgang. Hinterher gruppierten sie sich abwartend erneut zum Halbkreis.

Den Sternen nach hielt Dahn es jetzt für Mitternacht. Der Holzvorrat schrumpfte rapide zusammen, und wenn er zu Ende war – was dann? Wenn Nata die Wölfe mit dem Gewehr abhalten würde, könnte er vielleicht genug Brennbares sammeln, um sie durch die Nacht zu bringen. Oder er könnte versuchen, Blackie um Hilfe heimzuschicken. Doch keine der Ideen war wirklich durchführbar.

Mit wachsender Verzweiflung sah er den Mond am wolkenlosen Himmel höher steigen, indes Nata erfolglos einzuschlafen versuchte. Die Wölfe waren nun deutlich erkennbar, der Wald schien von ihnen zu wimmeln. Ihre scheußlich lauernden Augen sagten: »Ihr entgeht uns schon nicht. Wir werden warten. Wir haben Zeit.« Krampfhaft bemühte sich der Junge, die aufsteigende Panik zu unterdrücken, als Nata plötzlich schreiend hochfuhr.

»Horch! – Ich hab' etwas gehört! Ich glaube, es war Toyons Bellen!«

Gespannt hoben sie die Köpfe, horchten. Kein Laut war zu hören.

»Ich weiß nicht, vielleicht ... Da, sieh Blackie an. Auch er hört etwas.«

Nata hatte recht. Der Hund begann, sich aufgeregt winselnd um sich selbst zu drehen. Unter den Wölfen machte sich gleichfalls eine gewisse Unruhe bemerkbar. In der nächsten Minute erklang vertrautes Blaffen.

»Ja, es ist Toyon«, flüsterte Dahn, noch immer kaum daran glaubend. Er bemerkte, daß einige Wölfe verschwanden, wie um die Störung zu untersuchen, während der Rest sitzen blieb, und er dachte: Sie sind gar nicht so dumm, wie viele Leute sagen. –

Wenn Toyon sie suchte, war Guran wahrscheinlich auch nicht weit. In der Überlegung, daß ein Schuß ihren Aufenthalt sicherer angeben werde als ein Ruf, hob Dahn das Gewehr und feuerte auf den ersten Wolf in seinem Blickfeld. Wiederum entstand ein heftiger Aufruhr, als die Plünderer über ihren verwundeten Kameraden herfielen und ihn verschlangen. Der Schuß hallte sekundenlang von Hügel zu Hügel und erstarb. Dann warteten der Junge und das Mädchen, aufs äußerste gespannt.

Oberhalb der Höhle folgte dem Knacken brechender Zweige ein Bellen, und ein großer Körper fiel zwischen sie.

»Toyon! Toyon!« schrie Nata, erschrocken und erlöst zugleich, und umklammerte seinen Hals, während Blakkie in irrer Freude über beide herpurzelte.

Für Nata war nun, da Toyon sie gefunden hatte, jede Gefahr vorüber. Dahn dagegen wurde sich erneut bewußt, daß er sofort handeln mußte. Die Wölfe, eine Verstärkung der feindlichen Macht witternd, wurden kühner und rückten näher. Es war unmöglich, das Feuer bis zum Morgen brennend zu erhalten. Die einzige Hoffnung lag bei Toyon, und Dahn mußte die Entscheidung treffen.

»Nata«, sagte er, »gib mir eine deiner Haarschleifen. Ich will Toyon zurückschicken. Ohne ihn wird Guran uns niemals finden. Du kannst an seinem Bellen merken, daß er uns versteht.«

»Aber die Wölfe werden ihn in Stücke reißen«, protestierte das Mädchen.

»Nein, das werden sie nicht. Toyon wird gehen, wie er gekommen ist, und ich klettere mit auf den Berg, um mich zu überzeugen, daß der Weg frei ist.«

Während Dahn das Band um Toyons Hals knotete, schlug Toyon mit dem Schwanz gegen den Boden. »Geh, hol Guran und bring ihn her«, sagte der Junge wieder und wieder. »Guran!«

Toyon blaffte leise und sah zur Klippe hinauf.

»Du siehst, Nata, er weiß, was er zu tun hat. Halt das Feuer in Gang, aber sei sparsam. Und nun komm, Toyon.«

Mühsam fand Dahn eine passende Stelle zum Aufstieg und begann zu klettern. Die Wölfe waren jetzt durch die steile Wand von ihm getrennt. – Wenn sie schlau genug wären, würden sie uns genauso erreichen wie Toyon, dachte er unbehaglich.

Jenseits des Hügels bewegten sich ein paar Schatten unter einer Baumgruppe. Dahn legte eine Hand auf den Hund, der vor Ungeduld zitterte, und sagte: »Such Guran, Guran!« Dann feuerte er auf die Schatten. »Jetzt lauf!«

Toyon schoß davon, schwenkte zuerst nach links –

wandte sich dann nach rechts und verschwand ihm aus dem Blick. Das mißtönende Geheul der Wölfe beantwortete er aus der Ferne mit triumphierendem Gebell.

In der Höhle machten sich Dahn und Nata aufs Warten gefaßt. »Wo Guran jetzt wohl sein mag?« grübelte Dahn. »Vielleicht irgendwo in der Nähe von Makar. Aber Toyon wird ihn finden.«

Das Mädchen war getröstet von der Zuversicht in seiner Stimme. »Glaubst du, es gibt auf der Welt noch mehr solcher Hunde wie Toyon?« fragte sie.

Dahn überlegte ernsthaft. »Ich weiß nicht, aber ich glaube wohl. Großvater sagte immer, daß Gott die Hunde erschuf, um den Menschen zu helfen. Er würde nicht nur einen einzigen guten Hund machen. Daher muß es noch mehr geben.«

Offensichtlich befriedigt von dieser Erklärung, legte sich Nata zum Schlafen nieder. Dahn hielt, beim Feuer sitzend, weiterhin Wache. Von den Wölfen kam kein Laut, und sie wahrten ihren Abstand, solange die Flammen loderten. Brannte das Feuer nieder, krochen sie unverschämt näher. Einmal wagte sich ein großer Bursche bis auf ein paar Meter an die Höhlenöffnung heran. Er fiel durch Dahns Schuß. Als die restlichen Wölfe über seinen Kadaver herfielen, schoß Dahn in die Meute hinein, und sie flohen jaulend bis zum Wald zurück.

»Das hätte ich eher tun sollen, anstatt nur einen aufs Korn zu nehmen!« rief er Nata zu.

Sie antwortete nicht, obwohl ihre Augen offen waren. Dahn beugte sich über sie und stellte alarmiert fest, daß ihr Gesicht schweißnaß und die Haut unter seiner Berührung heiß war.

»Was ist das – eine Erkältung oder Fieber infolge des Schreckens?« fragte er sich wild. »Oh, laß sie nicht krank sein! Warum haben wir nicht auf Anna gehört!«

Die Wölfe rührten sich wieder und liefen jetzt in kleinen Gruppen vor dem Feuer auf und ab. Dahn zerrte den großen Ast auf die Glut, doch er war naß, und um ihn zum Brennen zu bringen, mußten letzte kostbare Harzzweige geopfert werden. Und nichts als das Feuer hielt die Wölfe vom Angriff ab. Mechanisch verrichtete Dahn, was verrichtet werden mußte, und kämpfte krampfhaft jeden Gedanken nieder an das, was geschehen würde, wenn Toyon Guran nicht bald brachte. Nata war in einen unruhigen Schlaf gefallen, aus dem er sie nicht wecken mochte. Ein Segen, daß ihr so wenigstens etwas erspart blieb vom Grauen und der Einsamkeit dieser Nacht.

Ich muß etwas tun! sagte er sich ständig. – Ich kann nicht einfach hier herumsitzen! –

Aber er konnte das Feuer nicht verlassen, und Nata konnte er nicht einmal für eine Sekunde allein lassen. Immer gab es einen Wolf, der kühner war als der Rest und durch Gewehrschüsse abgeschreckt werden mußte.

Er hatte gerade geschossen und einen besonders hartnäckigen Angreifer verwundet, als er aus dem Wald einen Ton hörte, der kein Echo seines eigenen Schusses sein konnte. Die Wölfe begannen durcheinanderzulaufen, wie unliebsam gestört. Er lauschte gespannt. Da war es wieder. Ein Schuß nach dem anderen. Freudig antwortete er mit mehreren Schüssen in die kreisende Meute.

Blackie, plötzlich mutig, startete ein wütendes Gekläff. Nata erwachte und kam zu Dahn. Weinend legte sie ihren Kopf gegen seine Schulter.

»Toyon hat uns gerettet! O Dahn, ich möchte nach Hause.«

»Gleich«, tröstete der Junge sie, »gleich. Bleib ganz ruhig. Es dauert ja nicht mehr lange.«

Sie sahen Toyon zuerst. Er stand auf dem Felsrand über ihren Köpfen. Dann hörten sie menschliche Stimmen, vermischt mit dem Krachen von Schüssen. Laternen tauchten auf, und Natas fiebrigen Augen schien sich ein ganzes Heer von Männern zu nähern. Mühsam fand sie ihren Vater heraus und lief, sich in seine Arme zu werfen.

»Bring mich nach Haus! Bring mich nach Haus!« schluchzte sie, als gäbe es keine anderen Worte auf der Welt.

»Ja, Tochter, wir gehen sofort nach Haus«, erwiderte Guran, »deine Mutter wartet schon.«

Von dem plötzlich vervielfachten Beschuß und den verwirrenden Lichtern in die Flucht geschlagen, zerstreuten sich die Wölfe nach allen Richtungen. Während einige Männer zurückblieben, um die erlegten Tiere zu enthäuten, brachten andere eine Narta herbei und halfen Guran, es Nata für den Heimweg bequem zu machen. Sie phantasierte nun und sprach im Fieber wild durcheinander. »Wölfe – Wölfe – Toyon – Vater – nach Haus ...« Der Rest war unverständlich.

Der Morgen graute, die entsetzliche Nacht war vorüber. Da nicht für alle auf der Narta Platz war, liefen Guran und Dahn nebenher und berichteten einander die Erlebnisse der vergangenen Stunden.

»Es war richtig, in die Höhle zu gehen«, sagte Guran, als er Dahns Geschichte hörte. »Das Feuer ist ein besserer Schutz als das Gewehr. Anna sorgte sich und schickte uns euch entgegen, doch irgendwie verfehlten wir uns. Wir haben den ganzen Weg bis zu Makar gemacht, nur um zu erfahren, daß ihr gegen Nachmittag aufgebrochen wart. Da bekam ich einen Schrecken und beschloß, Toyon hinter euch her zu schicken. Ich wußte, er würde euch finden und dann zurückkehren, und es würde uns weniger Zeitverlust kosten, als wenn wir Männer ziellos die Wälder durchstreiften. So war es auch. Ein weiser Hund, das!« Guran schwieg einen Augenblick. »Ja, Dahn, Tartu hat uns ein großes Erbe hinterlassen.«

Dahn nickte. »Ich weiß nicht, ob wir ohne ihn noch lebten. Wenn nur Nata jetzt wieder besser wird.«

»Gott, erhalte sie uns gesund!« sagte Guran. Es war Zustimmung und Gebet zugleich.

Doch trotz Gebet und liebevoller Fürsorge war Nata nach jener Nacht in den Wäldern ernstlich krank. In einem Winterwetter mit kristallklarer Luft und feinstem Pulverschnee, der bei der zartesten Berührung wegstäubte, wie geschaffen für Jagd und Schilauf, lag sie lange abwesend da, fieberheiß und häufig phantasierend.

»Bei solchem Wetter«, sagen die Jakuten, »ist jedermann gesund und jung. Tage wie diese dürften nie vorübergehen.«

Dennoch gingen sie vorüber und ließen Gurans Haushalt in grauer Verzweiflung zurück. Gefahr und Not konnte man ertragen. Sie waren verständlich und bekannt. Aber diese Krankheit, die einen Menschen des Verstandes beraubte und nicht weichen wollte, war schlimmer als alle wilden Tiere zusammen. Während Anna Tag und Nacht für das Wohlergehen des Mädchens sorgte, schnitzte Dahn in einer Ecke, und Guran brütete düster über jener anderen Krankheit, die ihm Mutter, Vater und Geschwister raubte.

Selbst die Hunde waren angesteckt. Gelegentlich liefen Toyon und Blackie in den Wald, aber nie für lange. Bald kehrten sie zurück, als sähen sie ein, daß jetzt nicht die Zeit zum Jagen war. Dann lag Toyon schlaflos auf seinem Lager, sich unruhig hin und her werfend, oder er wanderte von einem zum anderen, eine Lösung suchend für das Rätsel, warum Nata nicht aufstand. Konnte es möglich sein, daß diese Menschen, seine Freunde, die allwissend waren und allmächtig, sich ängstigten?

Seltsam war es, mit welch eigentümlicher Aufmerksamkeit der Hund Opa Dim beobachtete. Vielleicht sagte sein Instinkt ihm, daß von allen Menschen hier nur der alte Mann die nötige Erfahrung hatte. Oder vielleicht war er scharfsichtig genug, zu sehen, daß der alte Mann gelassener war als die anderen und Tränke zubereitete, die auf das Mädchen eine beruhigende Wirkung ausübten. Jedenfalls folgte Toyon Opa Dim, wann immer er die Jurte betrat, mit fragenden Augen.

Opa Dim verstand ihn wohl, denn er sagte: »Hab keine Angst, sie wird schon gesund. O diese Leute! – Da glauben sie, man könne ein Leben lang ohne Krankheit sein. Im Gegenteil, man hat mit ihr zu kämpfen wie mit Armut und Sorgen.« Und obgleich er den Hund anredete, galten seine Worte ebenso den Menschen.

Nicht einen Augenblick lang verlor er den Mut. Von Zeit zu Zeit brachte er dem Mädchen einen Trank aus roten Heidelbeeren, den es gierig schluckte. Wenn Nata über Kopfschmerzen klagte, legte er ein kaltes, nasses Handtuch auf. Einmal machte er ein Gebräu aus trockenen Kräutern zum Trinken. Ein andermal zerrieb er trockene Espenrinde zu feinem Pulver und gab es ihr mit warmem Wasser. Das waren die Heilmittel, die er gegen »verzehrendes Fieber« kannte.

Als Anna ihn fragte: »Opa Dim, was brauchst du alles zu deinen Mischungen?« erwiderte er: »Was? –

Nun, ein bißchen von diesem und jenem. Ich hab' es von den Alten gelernt, und es ist für alle lebenden Wesen nützlich. Wenn die Leute nur endlich lernen würden, Köpfe und Nasen nicht dauernd hängenzulassen!« schimpfte er. »Was hat's für einen Sinn, entmutigt zu sein? Das Mädchen hat eine Schreckensnacht im Kalten zugebracht. Natürlich wurde sie krank. Aber sie ist stark. Sie wird gesund werden.«

Anna hatte Vertrauen zu ihm und betete und rief nicht die Schamanen.

Guran wollte den russischen Doktor aus Werchojansk kommen lassen, doch zu diesem Vorschlag schüttelte Opa Dim den Kopf. »Warum? Du brauchst eine Woche für die Fahrt. Du weißt nicht einmal bestimmt, ob der Doktor da ist und mitkommen will. Und wir müssen inzwischen hier ohne dich fertig werden. Nein. Vertrau mir. Nata wird gesund.«

Guran widersprach ihm nicht. Wartend sah er den alten Mann an.

»Komm«, bestimmte der, »hilf mir einen Vorhang aus warmen Decken um ihr Bett hängen, damit der Wind sie nicht erreicht. Sie schwitzt viel und könnte sich erkälten. Außerdem – ich denke, du hast wohl etwas Alkohol. Gib ihn mir. Ich werde ihn mit warmem Wasser mischen und damit ihren Körper abreiben. Das hilft auch.« Dann setzte er listig, Guran anblinzelnd, hinzu: »Und es würde dir oder mir kein bißchen schaden, wenn wir einen Schluck oder zwei von dem gleichen Gift nähmen. Gerade ein Tröpfchen zur Aufmunterung.«

Die Heilmittel des alten Mannes wirkten. Nach wenigen Tagen schlief Nata besser, klagte nicht mehr über Kopfschmerzen und hatte kaum noch Fieber. Als Opa Dim ihr heiße Rentiermilch brachte, verzog sie das Gesicht, trank aber. Am fünften Tag öffnete sie die Augen und fragte ärgerlich: »Warum hängt ihr all diese Decken um mich? Nehmt sie weg, ich möchte was sehen.«

Alle freuten sich über diese gebieterische Forderung. Sowie der Vorhang beseitigt war, warf Anna Opa Dim die Arme um den Hals und sagte: »Du bist besser als alle Schamanen und Doktoren zusammen.«

»Nun«, erwiderte er bedächtig, »ich bin weder ein Schamane noch ein Doktor. Aber ich kenne die Tiere, und was für Tiere gut ist, ist gewöhnlich auch gut für Menschen. Nur mag ich's nicht, wenn manche Leute meinen, sie helfen den Kranken durch Seufzen und Stöhnen. Nata ist jetzt auf dem Weg der Besserung. Sie braucht Rebhuhnbrühe, eine Fischsuppe – und in den nächsten Tagen gebratenes Waldhuhn und gefrorene Schlagsahne mit Heidelbeeren.«

Um das freudige Ereignis zu feiern, brachte Guran seinen restlichen Wodkavorrat herbei und nötigte jeden, auf Natas Gesundheit anzustoßen. Selbst Dahn bekam ein Glas des feurigen Tranks, der ihm die Luft wegnahm und einen Hustenkrampf verursachte. Alles will eben gelernt sein.

Nata genoß es vom Bett aus, Mittelpunkt zu sein. Doch obgleich fröhlich, war sie auch schwierig. Sie wollte keine heiße Milch trinken. Sie wollte keine Fleischbrühe nehmen.

Wortlos holte Anna den kleinen Spiegel. »Sieh dich an. Du siehst aus wie ein Kaninchen in der Mauser.«

Nata drehte den Spiegel lange in den Händen, dann seufzte sie. »Ja, das stimmt. Ich bin nur noch Haut und Knochen.« Und von dem Augenblick an aß und trank sie alles, was man ihr gab.

Ein paar Tage später sagte Opa Dim, sie dürfe aufstehen und mit der Familie essen. An dem Abend kam Dahn sehr verlegen zu Tisch und hielt in der Hand ein sorgfältig in ein Taschentuch gewickeltes Etwas.

»Was ist das?« fragte Nata.

»Ein Geschenk für dich«, erwiderte Dahn scheu.

Alle sahen gespannt zu, wie Nata das Taschentuch mit dünnen nervösen Fingern abnahm. »Oh!« rief sie staunend und entzückt aus, einen aus Holz geschnitzten Hund enthüllend. »Es ist Toyon! Unser Toyon! Ich habe ihn sofort erkannt!«

Guran war nach wie vor fest überzeugt, daß Gott, sich des alten Tartu bedienend, Dahn und Toyon in sein Haus gebracht hatte. Und wieviel Gutes war daraus erwachsen! Doch Natas Krankheit war eine Mahnung, daß Gott ebensogut geben wie auch nehmen konnte, daß des Menschen Leben auch außermenschlichen Kräften unterworfen war.

Die Furcht, es werde etwas geschehen, sein und seiner Familie Glück zu zerstören, ließ Guran seit Monaten nicht mehr los. Er erklärte es sich mit Natas langsamer Genesung und dachte, mit ihrer Gesundung werde auch seine Unruhe schwinden. Aber in drei Sommern war sie nur allmählich wieder zu Kräften gekommen, trotz Opa Dims Heilmitteln und trotz der Schamanen, die tanzend und schreiend ihre Tamburine schlugen. Die Art der Krankheit kannte niemand, doch war sie stark genug, ein rosiges und lachendes Mädchen in eine blasse und stille junge Frau zu verwandeln.

»Wenigstens Opa Dim verliert die Hoffnung auf ihre Genesung nicht«, sagte Guran zu Anna. »Vielleicht hat er recht, und Kälte und Furcht können das einem sehr jungen Menschen eben antun.«

»Ich weiß nicht«, meinte Anna, »aber es gibt auch schon ein paar gute Zeichen. Die Sonne hat ihr Gesicht gebräunt, genau, wie er vorausgesagt hat. Ich hab' sie mehrmals erwischt, wie sie sich im Spiegel betrachtete. Und hast du bemerkt, daß sie jeden Tag mit Dahn spazierengeht und manchmal wie früher lacht?«

»Nein!« rief Guran, halb verdrießlich, halb entzückt. »Nur eine Frau kann so viele kleine Dinge sehen!«

Es war an einem warmen Juninachmittag. Die Felder waren bebaut, und bis zur Erntezeit gab's wenig zu tun. Wie oft zuvor erstiegen Guran und Anna einen kleinen Hügel hinter den Zelten, um dem Lärm und Wirrwarr des Lagerlebens zu entgehen. Hier konnten sie ungestört miteinander sprechen, und die Hügelspitze bot einen wunderschönen Blick aufs Tal. Toyon war bei ihnen.

»Das Verdienst gebührt Opa Dim«, setzte Guran das Gespräch fort. »Er hatte das Wissen und den Glauben. Ein, zwei Jahre weiter, wenn sie sich ganz erholt hat, wollen wir sie in Dahns Hände geben. Die Kinder lieben sich. Was denkst du, Anna?«

»Was gibt es da zu denken?« erwiderte seine Frau ruhig. »Wir können uns nur freuen und unseren Segen geben. Ich wünsche mir nichts Besseres.«

»Nichts Besseres«, wiederholte Guran. »Du hast recht. Wieder etwas, um dankbar zu sein. Und wieviel haben wir schon! Erinnerst du dich an den Traum, in dem ich Reihe um Reihe Rentiere an mir vorüberziehen sah – eines schöner als das andere? Als ich fragte: ›Wessen Rentiere sind das?‹, antwortete Toyon mit der Stimme des alten Tartu: ›Deine, Guran.‹ – Denk doch nur! Der Traum ist wahr geworden. Weshalb wohl? Wir sind nicht besser als andere. Denk an Kuralak, der reich und mächtig war und nun im Gefängnis sitzt, armselig, weil seine Gier zum Mord führte. Und Asatu, ein weiterer Zuchthäusler. Alles steht gut. Ich könnte mir gar nicht mehr wünschen. Warum ist dann meine Seele betrübt?«

Ehe Anna antworten konnte, bellte in der Nähe ein Hund, und Toyon sprang auf die Füße.

»Glück ruft dich, Toyon. Nata und Dahn müssen unten am Bach sein. Lauf!« drängte Guran ihn.

Der Hund ließ sich das nicht zweimal sagen. Er sah seinen Herrn an, bellte kurz, als fragte er um Erlaubnis, sich entfernen zu dürfen, und raste den Hügel hinab.

Beide erinnerten sich des Tages, an dem Dahn die jämmerlich winselnde Glück auf den Armen heimbrachte. Sie hatte sich mit der Vorderpfote in einer Wolfsfalle verfangen und einen Knochen gebrochen. Die wandernden Tungusen, denen sie gehörte, wollten sie gerade erschießen, weil sie der Herde nicht mehr folgen konnte, als Dahn zufällig vorbeikam und die Leute bat, sie ihm zu überlassen. Er war sicher, daß Opa Dim sie heilen konnte. Und er hatte recht. Dank seiner Hilfe war Glück nun ein munterer und gesunder Hund, dessen Lebensfreude durch ein gekrümmtes Bein in keiner Weise getrübt wurde.

Diese graue Hündin mit dem Fuchskopf war Nata und Dahn sehr zugetan und folgte ihnen überallhin; aber ihre erste Liebe galt Toyon. Sie war sich ihrer Macht über ihn wohl bewußt und liebte es, wie eben jetzt, ihn ohne den geringsten Anlaß herbeizubeordern.

Als Toyon, ihrem Ruf gehorchend, durch die Uferböschung brach, verließ Glück die jungen Leute, um sich ihm vor aller Augen entgegenzuwerfen wie eine junge Frau, die ihren Mann nach langer und gefährlicher

Reise begrüßt. Nata mußte über das majestätische Gehabe lachen, mit dem er ihre Zärtlichkeiten entgegennahm.

»Als ob sie ihm zuständen«, sagte sie zu Dahn. »Aber er liebt sie sehr, mehr als irgendeinen Hund seit Schnee.« Sie zögerte. »Glaubst du, daß Tiere Liebe empfinden?«

Dahn dachte darüber nach. »Ich weiß nicht, Nata, aber Guran hat oft gesagt, Toyon besitze menschliche Qualitäten. Er hat bewiesen, daß er uns liebt. Und du weißt, wie er war, als Schnee starb. Opa Dim glaubt, daß Liebe überall und in allen Dingen ist.«

Nata wurde plötzlich sehr scheu. Ihre Stimme war kaum mehr als ein Flüstern. »Ich glaube ihm. Opa Dim weiß alles. Er war es, der versprach, daß ich gesund werden würde. – Und wenn ich wieder stark bin, wirst du mich dann lieben?«

»Du wirst stark und gesund werden, es geht dir schon viel besser.« Dahn stieß die Worte hervor wie etwas Behütetes und Kostbares: »Aber das ist auch egal! Ich liebe dich! Ich werde dich immer lieben!«

Natas Gesicht hellte sich zu einem strahlenden Lächeln auf, während sie ihre Arme Dahn um den Hals warf. Sie war die kleine Kokette wieder, die, selbstbewußt wie je, sagte: »Nun, wenn Toyon die humpelnde Glück lieben kann, weshalb solltest du dann nicht die schwache Nata lieben? Aber es wird nicht mehr lange dauern – du wirst sehen. Bald kann ich Feuer machen und dein Essen kochen und deine Kukliankas nähen – und dir eine Hilfe sein, genau wie Mutter. Denn ich liebe dich auch sehr, sehr, sehr!«

Dahn hielt das Mädchen fest an sich gepreßt. Sein Herz sang, doch seine Stimme war ernst wie immer. »Du wirst meine Frau, Nata«, sagte er zärtlich und fest. »Jetzt will ich mit Guran und Anna sprechen und sie bitten, den Tag unserer Hochzeit festzusetzen.«

Der Sommer, nie sehr lang, schien in diesem Jahr beflügelt. Für die jungen Leute war jeder Tag, den sie gemeinsam draußen zubrachten, ein Ferientag. Doch die Zeit kann nicht durch Ah's und Oh's und Seufzen angehalten werden. Als die Sonne hinter den Wolken verschwand und Regen, Wind und Schneegestöber folgten, begannen Mensch und Tier an die Winterquartiere zu denken.

Nur Opa Dim war sehr zufrieden. »Nun wird mir der Frost die Backen röten und mich wieder jung machen«, sagte er träge.

Ehe sie umzogen, rief Guran alle seine Leute zusammen, um ihnen anzukündigen, daß seine Tochter Nata Mitte des Winters sechzehn Jahre alt sein werde und er sie seinem Neffen Dahn zur Ehe versprochen habe. Gurans Stimme klang sachlich, aber die Zuhörer brauchten nur in die Gesichter rundum zu blicken, um zu wissen, daß ein sehr glückliches Ereignis bevorstand.

Lächeln und Beifallsgemurmel umgaben ihn. »Ah, das ist richtig!« – »Genau die rechte Zeit – weder zu jung noch zu spät.« – »Gute junge Menschen machen eine gesunde Ehe.«

Nun versprach der Winter allen eine seltene Abwechslung. Eine Verlobungsfeier für die Tochter des Herrn – das hieß: Feiern und Trinken für Tage. Und nach kurzer Zeit würde die Hochzeit sein mit weiterem Essen und Trinken. Das war etwas, auf das man sich in den langen stürmischen Wintertagen freuen konnte und das Gesprächsstoff bildete auf Jahre hinaus.

»Eine Hochzeit«, sagte einer zum anderen, den Gedanken auskostend. »Es ist selten, daß wir das Privileg haben, einer so schönen beizuwohnen.«

Ermuntert durch die Aussicht auf kommende Vergnügen, stürzten sich alle bereitwillig in die Erntearbeiten.

Anna vertraute Opa Dim, auf den sie sich ganz verließ, ihre Sorgen an und fragte ihn: »Ist Nata bestimmt gesund genug zum Heiraten?«

Seine Antwort war beruhigend: »Denk an das Sprichwort: ›Iß, wenn du hungrig, liebe, wenn du jung bist!‹ Die Ehe wird dem Kind nicht schaden. Sie mag die Gesundheit sogar fördern. Aber nichts überstürzen, nichts überstürzen. Nächstes Jahr ist früh genug.«

14

Eines Morgens, bald nach der Rückkehr in die Winterjurte, wachte Anna in einem Zustand unterdrückter Erregung auf.

»Hör zu, Guran«, sagte sie, »ich hatte einen bösen Traum. Es sah aus, als lägen Dahn und Toyon zusammen in einem Bett. Ich fragte Toyon: ›Warum hast du deinen Platz gewechselt?‹, und er erwiderte mit der Stimme eines Menschen: ›Wir sind beide krank, sehr krank.‹ – Was soll das bedeuten, Mann? Was hältst du davon?«

Guran antwortete scharf, ja sogar ärgerlich. »Es bedeutet gar nichts! Du machst dir nach Weiberart dauernd dumme Gedanken, und so kommt es zu diesen Träumen, die dich quälen.« Denn er nahm von sich selber gern an, daß er nicht an Träume glaubte.

Anna war jedoch durch Ärger nicht zu überzeugen. »Nach Weiberart!« ahmte sie ihn nach. »Nun sag mir bloß, wer den Traum vom Waldhuhn hatte! Oder den Traum, in dem dich böse Männer jagten? Unsinn, nicht wahr? Nein, ich sage dir, Träume sagen die Wahrheit, aber nicht jedem. Ich glaube, daß Gott uns durch Träume warnt.«

Guran entgegnete nichts mehr, aber der Traum ergriff Besitz von ihm. Sosehr er es auch versuchte, er konnte ihn nicht wieder loswerden. – Vielleicht besitzt meine Frau prophetische Kräfte, dachte er. – Vielleicht sind ihre Träume wirklich Gottes Warnungen. – Doch wie sollte man sich dann vor dem Unglück schützen? Indem man auf Gott und die guten Geister vertraute? Ja. Aber solche Überlegungen gewährten ihm nur wenig Trost.

Wenn niemand in der Nähe war, rief er Toyon heimlich zu sich und tastete ihn ganz ab, schüttelte dann den Kopf. »Ich begreife es nicht. Man braucht dich nur anzusehen, du platzt beinahe vor Gesundheit. Weshalb kann ich dann Annas Traum nicht vergessen? Trotz allem – paß auf!«

Toyon, der es für ein Spiel hielt, wedelte begeistert mit dem Schwanz.

Auch Dahn erschien Gurans prüfenden Augen wie ein

Bild blühender Gesundheit. Außer beim Schnitzen war er ständig in Bewegung – nach den Rentieren sehend, mit Blackie in den Wald eilend oder zum See rennend, um nachzuschauen, ob das Eis schon dick genug zum Fischen war. Irgend etwas zog und stieß ihn dauernd, und es war, als könne er nicht zwei Minuten hintereinander still sein.

Opa Dim fiel das gleichfalls auf. »Welch ein Feuer er in sich hat«, sagte er, »ach, welch ein gesegnet Ding ist doch die Jugend!«

Doch obwohl der alte Mann Tatkraft und Ungestüm der Jugend bewundern konnte, gab es auch Zeiten, da er zur Vorsicht mahnte. Er kannte Dahns Leidenschaft für das Fischen in Eislöchern und meinte, der Junge vertraue allzusehr dem Wetter.

»Frischer Fisch zu dieser Jahreszeit ist gut«, gab er zu, »fein und fett. Doch Eile macht sich nicht bezahlt. Gib dem Eis Zeit zum Dickerwerden.«

Wie jeder Fischer sehnte sich Dahn, den ersten Fang des Jahres melden zu können. Aal und Süßwassersalm waren besondere Delikatessen.

»Am Ufer ist das Eis ganz fest«, sagte er. »Ich habe es versucht. Es knirscht und biegt sich, hält aber. Es wird nicht mehr lange dauern, bis auch das tiefere Wasser vereist ist und wir Löcher hauen und die Netze hinablassen können.«

»Alles zu seiner Zeit«, entgegnete der alte Mann doppelsinnig. »Versuch nicht, die Natur anzutreiben. Du handelst wie ein Irrer, wenn du alle paar Stunden zum See rennst und probierst. Dies ist die gefährlichste Zeit des Jahres. Laß das Eis dick und fest werden.«

Dahn hörte zu, lief aber trotzdem jeden Tag heimlich zum See, nachdem er im Fluß die Köderhaken nachgesehen und aufgefüllt hatte, die an strategisch guten Stellen für größere Fische ausgelegt waren. Von der ganzen Familie fischte Dahn als einziger zum Vergnügen.

In diesem Zustand eigentümlicher Rastlosigkeit schien ihm, als habe außer ihm jeder Dringendes zu tun. Eines Morgens verspürte Dahn, nach Beendigung seiner Arbeit, das wilde Bedürfnis, unbedingt etwas zu unternehmen. Ein paarmal schlenderte er ziellos über den Hof und beschloß, jagen zu gehen. Doch Blackie, der ihn immer begleitete, war nicht zu sehen. Er rief. Keine Antwort.

»Hol der Teufel diesen Landstreicher!« sagte Guran. »Warum nimmst du Toyon nicht mit? Sieh ihn dir an. Er ist genauso schlimm wie du, läuft mir vor die Füße und bettelt, daß ich mein Gewehr hole.«

»Schön«, erwiderte Dahn, »erst gehe ich am Fluß vorbei und schau dann, wie weit der See vereist ist.«

Guran war an seine Arbeit zurückgekehrt und hörte nicht mehr zu.

Mit einem übermütigen Ruf rannte Dahn los, Toyon auf den Fersen, Glück dicht dahinter. Am Fluß zog er zwei Aale aus dem Wasser, die den Weg an seine Haken gefunden hatten, und kämpfte eine halbe Stunde lang mit einem wütenden Salm, der fast fünf Pfund wog. Mit dem Gefühl, eine wirkliche Leistung vollbracht zu haben, warf er ihn schließlich in einen Beutel, der außer Reichweite hungriger Tiere an einem Ast hing. Darauf ging er, an die schöne Pastete denkend, die Anna aus dem Fisch machen würde, zum See hinüber. Die Hunde trotteten selbstverständlich nach.

Ehe er das Eis betrat, suchte er nach einem Stock oder ähnlichem, mit dem er es im Vorwärtsgehen prüfen konnte, fand jedoch nichts. Daher ging er, nach einer Sekunde unentschlossenen Zögerns, langsam vorwärts, immer sorgsam mit vorgestrecktem Fuß das Eis abtastend, ehe er ihm sein ganzes Gewicht anvertraute. Das Eis war fest, und bald bewegte er sich mit größerer Sicherheit. Im Gehen markierte er Stellen für die Angellöcher.

»Ich werde morgen zurückkommen und der erste sein, der Netze auswirft«, versprach er sich selbst.

Der größte Teil der Eisfläche war glatt, aber hier und da hatte der Wind den Schnee zu kleinen Verwehungen zusammengefegt. Dahn näherte sich gerade einer von diesen, ungefähr auf der Mitte des Sees, als Toyon, der neben ihm ging, plötzlich anhielt, gespannt die Luft einzog, bellte und dem Ufer zulief.

»He! Wohin gehst du?« rief Dahn. »Ich bin noch nicht fertig!« Toyon wandte den Kopf, um seinen jungen Herrn anzusehen, lief aber weiter. Er bellte nun so eindringlich, daß Glück sich ihm anschloß.

»Dumme Hunde!« rief Dahn. »Was soll der ganze Radau? Habt ihr Gespenster gesehen?«

Im Sprechen machte er einen Schritt nach vorn in die frische Schneeverwehung hinein – und da geschah es. Das Eis gab nach, er sank und fühlte das bitterkalte Wasser über sich zusammenschlagen. In Gedanken noch immer bei den Hunden, erfaßte er die Situation nicht sogleich.

Er hörte seine eigene Stimme in einem verschreckten »Oh-o-oh!« und hörte die Hunde mit noch rasenderem Bellen antworten.

Dann begann er zu kämpfen. Um ihn herum war ein Rand von Eis, doch jedesmal, wenn er danach griff, brach das Eis unter seinen Händen und bildete ein immer größer werdendes Wasserloch. Er versuchte zu schwimmen, aber seine Rentierstiefel und der leichte Kuklianka, den er trug, sogen sich rasend schnell voll Wasser und zerrten ihn hinab.

»Toyon! Toyon! Hilfe!« schrie er mit einer Stimme, die ihm wie ein Flüstern vorkam.

Toyon, noch immer bellend, erschien über ihm, auf den Bauch geduckt, und faßte nach dem Ärmel seines Kuklianka. Wieder brach das Eis, ehe der Hund die Zähne in den Stoff schlagen konnte. Mit übermenschlicher Anstrengung arbeitete Dahn sich näher, indes Glück kläglich wimmernd zusah. Ein neues Stück Eis brach unter seinem Gewicht zusammen, und immer noch eins, bis seine Hände blutig und zerschnitten waren, und er dachte, der ganze See müsse aus treibenden Eisstücken bestehen. Sein Vater kam ihm in den Sinn und seine Mutter, die beide durch Ertrinken ums Leben gekommen waren. »Soll ich auf die gleiche Weise sterben?« Er dachte an Nata. »Nein! Nein! Ich muß leben!«

Plötzlich packte seine Hand einen Eisrand, der fest zu sein schien. Toyon schlug seine Zähne in ein Stück des Kukliankas und zog. Aber der Druck war zu stark. Ein heftiges Knirschen wurde hörbar, ein Krachen, und das Eis, auf dem Toyon lag, brach ab, ihn neben Dahn ins Wasser werfend.

Nun schwiegen beide, der Junge und der Hund, als sie verzweifelt darum rangen, im eisigen Wasser oben zu bleiben. Dahn verlor jegliches Zeitgefühl. Augenblicke gab es, da er dachte, er müsse einfach der Kälte, die ihm bis in die Knochen drang, nachgeben und der Gewalt des Wassers, das ihn hinunterzog – hinunter. Doch irgend etwas in den Augen des Hundes beschämte ihn so, daß er weiter kämpfte. Diese Hundeaugen waren das einzig sichtbare Lebendige rundum, denn schon war Toyons Kopf von festem Eis eingeschlossen.

Was dann geschah, wußte Dahn auch später nie genau. Irgendwie packte er zu und konnte sich an einem Felsblock festklammern. Er war zu schwach, um noch mehr zu tun, und wäre wahrscheinlich bald ins Wasser zurückgesunken, hätte nicht Toyon das Eis erklettert und ihn festgehalten. Und wieder eine lange Spanne qualvollen Wartens, in der sie halb erfroren, halb bewußtlos dahingen, bis ein vorübergehender Arbeiter, Glücks Jaulen hörend, Alarm schlug und Hilfe herbeirief.

Guran und etliche Arbeiter warfen sich flach auf das Eis, um eine Kette zu bilden, in der ein jeder Mann das Bein des Vordermannes festhielt, und so brachten sie Toyon und Dahn in Sicherheit. Inzwischen kamen andere – Männer und Frauen – voll Hilfsbereitschaft mit Decken zum Ufer gerannt, bis die ganze Tundra versammelt schien.

Beim Anblick der beiden regungslosen Gestalten brachen einige Frauen in lautes Wehklagen aus, doch Opa Dim hieß sie ärgerlich schweigen: »Wollt ihr wohl still sein, ihr Elstern! Wir müssen sie retten, nicht beweinen!«

Mit diesen Worten übernahm der alte Mann das Kommando: »Legt die Decken hierher, und wenn ich den Jungen ausgezogen habe, wickelt ihn ein und tragt ihn schnell nach drinnen. Aber nicht in die Wärme, verstanden? Zunächst ist es dringend notwendig, ihn gut abzureiben und sich zu vergewissern, daß kein Körperteil erfroren ist.«

Während er die Anweisungen gab, handhabte er geschickt sein Messer, um Dahn des Kukliankas und der Stiefel zu entledigen.

»So! Nun eilt euch! Keine Zeit verlieren!«

Er wandte sich Guran zu: »Trag Toyon in die warme Jurte, aber nicht zu nahe ans Feuer. Ausziehen können wir ihn nicht. Entferne statt dessen das Eis aus seinem Fell, trockne ihn und reib Körper und Beine mit einem Tuch ab. Dies letzte ist wichtig. Hör nicht auf zu reiben, bis du merkst, daß seine Beine anfangen, sich zu bewegen.«

Behutsam und mit schwerem Herzen nahm Guran Toyon auf seine Arme und rannte zur Jurte.

Während Opa Dim mit Hilfe von Nata und einem der Männer Dahn im neuen Haus bearbeitete, wandten Guran und Anna ihre Aufmerksamkeit Toyon zu. Sie handelten genau, wie Opa Dim bestimmt hatte – zuerst das Eis entfernend, ganz vorsichtig, um die Haut nicht zu zerren, dann den Körper sanft mit wollenen Tüchern massierend, um die Blutzirkulation anzuregen.

Als Guran schweigsam arbeitete, liefen ihm große Schweißperlen übers Gesicht. Er wagte nicht eine Sekunde aufzuhören, denn er war überzeugt, daß nur dies beständige Reiben seinen Freund retten könne. Nach einiger Zeit belohnte ihn eine leise Bewegung der Vorderläufe. Die hinteren jedoch blieben unbeweglich.

Anna huschte wiederholt in das neue Haus, um sich von Dahns Fortschritten zu überzeugen und nachzusehen, ob es Nata gut gehe, deren Augen trübe waren vor Elend. Im Laufe des Tages wurde es dann möglich, Dahn in die Jurte zu transportieren. Er schien kaum zu wissen, was geschah, bis sein Blick auf Toyon fiel und er aufstöhnend die Hände vors Gesicht schlug.

Opa Dim, der sah, daß Anna und Nata dem Weinen nahe waren, warnte: »Regt ihn nicht auf! Wir müssen uns um seine Seele ebenso kümmern wie um den Körper. Und reibt weiter, selbst wenn der Frost gewichen ist und er rot wird.« Zu dem Arbeiter sagte er: »Reib, bis dir heiß wird. Reiben wärmt das Blut, und das wird helfen.« Dabei flößte er dem Jungen ein starkes Gebräu aus Tee und Wodka ein.

Opa Dim war mit Dahns Befinden offensichtlich sehr zufrieden, doch als er zu Toyon kam, wandelte sein Ausdruck sich zu besorgtem Stirnrunzeln. Obwohl das Fell des Hundes eisfrei und trocken war, blieben die Hinterläufe und der Schwanz unbeweglich, und seine Augen, die nie von Guran abließen, zeigten, daß er litt. »Was ist nur mit mir geschehen?« schien er zu fragen.

Ins Herz getroffen, drängte Guran Opa Dim: »Wie können wir ihm helfen? Denk nach! Es muß möglich sein, ihn zu retten!«

Opa Dim sagte nichts, er tastete Toyons Körper ab und überlegte. Jedermann wartete voll Ungeduld, gleichzeitig wissend, daß der Alte sich nicht treiben ließ.

»Wir müssen Toyon genauso behandeln, wie wir Dahn behandeln«, verkündete er schließlich sehr bestimmt. »Einen heißen Trank mit Wodka zur innerlichen Erwärmung und eine Mischung aus Bärenfett und Wodka zum Einreiben. Es ist überaus wichtig, sein Blut zu erhitzen, das fürchterlich vereist ist. Du, Guran – du mußt müde sein. Warum läßt du nicht jemanden anders eine Zeitlang für dich einspringen?«

Doch Guran wollte den Hund von niemandem anfassen lassen. Unermüdlich rieb und knetete er ihn unter besänftigenden, lindernden Worten – wobei ihm ungewiß war, ob er sie zu seinem eigenen oder zum Trost des Hundes aussprach.

»Ach, Toyon, Toyon, welch ein Elend! Aber wir werden dich mit Gottes Hilfe wieder gesund machen. Du bist unser Freund und Helfer.«

Und all die Zeit über lief ihm der Gedanke durch den Kopf, daß er es gewesen war, der Toyon in dieses Abenteuer geschickt hatte. Doch ohne Toyon wäre Dahn umgekommen. »Ach, so ist das Schicksal! Wir tun, was wir tun müssen.«

Und Annas Traum: Wie konnte er ihn nur vergessen haben! »Eine Warnung«, beschuldigte er sich selbst, »und ich habe mich taub gestellt.«

Unterdessen hielt Toyon alle Bemühungen seines Freundes geduldig aus. Mit Widerwillen schluckte er Opa Dims Kräuter- und Wodkagemisch. Seine Augen verloren den gequälten Ausdruck, doch sein Schweif – das Barometer seines Wohlergehens – verweigerte ihm immer noch den Dienst. Er machte mehrmals den Versuch, sich zu erheben, schaffte es nicht und legte sich mit geschlossenen Augen hin.

»Er schläft«, erläuterte Opa Dim als Antwort auf Gurans alarmierte Frage, »schläft gut. Laßt ihn nun allein.«

Am nächsten Tag erklärte Opa Dim, Dahn sei frei

von Erfrierungen, schüttelte jedoch den Kopf, als er entdeckte, daß der Junge hohes Fieber und eine schwere Lungenentzündung hatte. Toyon ging es weder besser noch schlechter. Nun hatte Annas Traum sich tatsächlich bewahrheitet. Der Junge und der Hund waren beide gefährlich krank.

Mit all seinem medizinischen Wissen und seiner Erfahrung kämpfte Opa Dim um eine schnelle Gesundung der beiden. Gleichzeitig fand er heftige Worte für alle, die der Verzweiflung nachgeben wollten. Und er sorgte sich eher um Toyon als um Dahn.

»Dahn ist jung und kräftig«, sagte er, »das Fieber wird ihn ein wenig durcheinanderrütteln und die Genesung nur langsam vonstatten gehen. Doch er wird trotz allem genesen. Bei Toyon ist's anders. Zwar ist er nicht, wie ich befürchtete, gelähmt, denn ich sah, wie sich sein Schwanz bewegte, aber er ist ein sehr, sehr kranker Hund.«

So wurde die Behandlung fortgesetzt, und alle lebten nur in Erwartung der Anzeichen einer Besserung, mochten es auch winzige sein. Nicht einmal Anna dachte daran, die Schamanen zu rufen, so groß war ihr Vertrauen zu Opa Dim. Die Verlobungspläne wurden einstimmig beiseite gestellt. »Denn«, sagte Anna, »ihre Gesundheit geht allem vor.« Sie meinte damit auch Nata, die nur noch wie ein Gespenst ihrer selbst aussah.

Als mehrere Tage vergangen waren und sich in Toyons Befinden kaum etwas geändert hatte, zog Guran Opa Dim beiseite und fragte ihn: »Wird er gesund werden oder nicht? Sag mir die Wahrheit.«

»Die Wahrheit?« wiederholte der alte Mann.

»Ja«, nickte Guran.

»Die Wahrheit ist – er wird leben, aber seine Beine werden nie mehr sein wie früher. Ich fürchte, du hast einen Jagdgefährten weniger.«

Mit einem Ausdruck der Erleichterung griff Guran nach den Händen des alten Mannes. »Danke, mein Freund! Danke, danke! Wer denkt an die Jagd, wenn er nur am Leben bleibt! Mir ist er mehr als ein Hund. Ich sehe in ihm das Vermächtnis des alten Tartu. Wenn Gott beschlossen hat, daß er ein Invalide bleiben soll, soll er ein hochgeehrter Invalide sein. Er hat genug für uns getan. Nun werden wir ihm all die Liebe und Hingabe vergelten, die er für uns gehabt hat.«

Opa Dim fühlte, als er große Tränen über Gurans Gesicht rollen sah, selbst ein Kitzeln in der Nase, und seine Augen wurden feucht. Er sagte weich:

»Sie sagen, unser Land sei streng und kalt. Doch unsere Herzen sind um so wärmer. Die Alten sprechen wahr, wenn sie sagen, daß Leben überall ist, selbst in der Tundra. Ich verstehe deine Gefühle, Guran. Glaub mir, wir werden Toyon retten.«

Die Zuversicht des alten Mannes übertrug sich auf alle. Weitere Tage verstrichen, ein jeder gekennzeichnet durch einen unendlich winzigen Schritt zur Besserung. Während die anderen für Dahn sorgten, schenkte Guran seine ganze Aufmerksamkeit Toyon – er massierte ihn, gab ihm seine Medizin ein und trug ihn auf den Armen nach draußen und wieder zurück, wenn er sich erleichtern mußte. Es war Guran, der als erster sah, wie der Hund seine Beine bewegte und aufzustehen versuchte, und Guran, der Opa Dim berichtete, daß sein Appetit normal und seine Darmtätigkeit regelmäßig sei.

»Fein! Fein!« sagte Opa Dim. »Auch ich habe Neuigkeiten für dich. Dahn hat die Krise überwunden und ist auf dem Wege der Besserung.«

Das war ein Freudentag. Natas rosiges, lächelndes Gesicht sprach für die ganze Familie.

»Krankheit«, sagte ein altes Sprichwort, »nimmt die Kräfte pfundweise weg und gibt sie nur grammweise zurück.« – Es dauerte Wochen, ehe Dahn sein Bett verlassen konnte, und noch länger, bis Toyon es fertigbrachte, ohne Hilfe auf die Füße zu kommen und wie ein Betrunkener auf Guran zuzuwanken. Die Geschwindigkeit, mit der sein Schweif sich hin und her bewegte, bezeugte seine Freude, als er den Kopf zum erstenmal wieder auf die Knie seines Herrn legte.

Dahn machte sich bittere Vorwürfe, weil er Toyon so in Gefahr gebracht hatte. »Du hast mich gewarnt«, sagte er, »und ich habe nicht verstanden. Meine Dummheit hat uns beide fast das Leben gekostet.«

Aber Guran schüttelte den Kopf. »Wer kann sagen, wessen Schuld es war? Niemand. Gott sei Dank bist du noch da. Laß es darauf beruhen.«

15

Drei Tage und drei lange Abende verbrachte ich in Gurans Jurte, während er mir von Toyon und den Seinen berichtete. Guran war ein begabter Geschichtenerzähler, wie so viele, die keine geschriebene Literatur kennen und auf mündliche Unterhaltung angewiesen sind. Er hatte die Macht, seine Zuhörer in Bann zu halten. Selbst Anna, Nata, Dahn und der alte Opa Dim – die sicherlich die Geschichte auswendig kannten – vernachlässigten ihre Arbeiten, um bei uns zu sitzen und die geschilderten Ereignisse wieder zu durchleben.

Ich erinnere mich so gut an sie: an den Kreis der Menschen um den knisternden Komelek und an Toyon, den Helden der Geschichte, der sich auf rheumatischen Beinen mühsam zwischen uns bewegte oder mit halbgeschlossenen Augen in die Ferne schaute. Vom Zauber des Ortes und der Geschichte gefangen, sah ich den Hund auf neue Weise. Wie Guran war auch ich überzeugt, daß er der wiedergeborene Geist des alten Tartu war, daß er die leibliche Sicherheit der Familie verkörperte und die Tugenden der Treue und des uneigennützigen Dienens versinnbildlichte.

»Ja«, schloß Guran, »Toyon ist ein echter Sohn der Tundra, der nie einen Freund bei Gefahr im Stich lassen würde. Und klug. Er hätte selbst um Hilfe rennen können, als Dahn im See lag, aber er verstand, daß es zuviel Zeit kosten würde. So blieb er, um Hilfe zu leisten, und schickte Glück statt seiner. Das Resultat – er ist ein Krüppel. Das ist ein Jammer; doch groß ist unsere Freude, ihn überhaupt noch bei uns zu haben.«

Lange Zeit, nachdem Guran geendet hatte, saßen wir schweigsam da und zögerten, die Verzauberung, die er um uns gewoben hatte, durch Wort oder Geste aufzureißen. In drei Tagen hatte ich viele Dinge verstehen gelernt, ich sah nicht nur einen alten, kranken Hund, sondern darüber hinaus das Wesen von Menschen, die seine Qualitäten so glühend schätzten. Eine Gegend, in der so gütige, simple Menschen zu finden waren, konnte nicht schlecht sein, überlegte ich. Es war ein erwärmender Gedanke angesichts von fünf Jahren in diesem frostigkalten Land des Nordens.

Arena-Taschenbücher günstig im Preis

Großschrift-Reihe, vierfarbig illustriert ■
Märchen und Kindererzählungen

1165	Margot Naumann, Der rotkarierte Omnibus	J M ab 6
1188	Hans Baumann, Die Reise mit dem Einhorn	J M ab 6
1191	R. Otto Wiemer, Kalle Schneemann	J M ab 7
1195 ■	Das Traummännlein erzählt	J M ab 5
1200 ■	Adolf Oehlen, Zwei Räuber und ihr Gockelhahn	J M ab 6
1203	F. E. Meyer, Neues von mir und meinem Bruder	J M ab 8
1204 ■	R. O. Wiemer, Das Pferd das in die Schule kam	J M ab 6
1208 ■	J. Permjak / H. Baumann, Glückliche Trompete	J M ab 6
1215	Barbara Götz, Die Reise mit Apeldag Spuk	J M ab 8
1219 ■	Ilse van Heyst, Das riesenrunde Riesenrad	J M ab 6
1225 ■	Carl Josef Grund, Wo steckt Zacharias?	J M ab 6
1227	I. Rodrian, Das Abenteuer mit der rosaroten 7	J M ab 8
1231 ■	Barbara Götz, Jonathan und Mucko Murr	J M ab 6
1235 ■	M. u. F. Mehling, Das kleine Osterbuch	J M ab 8
1243	W. Krapiwin, Die zerplatzte Riesenmelone	J M ab 8
1247 ■	Sigrid Mordi, Roland mag nicht	J M ab 6
1249	Sigrid Heuck, Zacharias Walfischzahn	J M ab 8
1253	B. Götz, Dreimal Stern und fünfmal Schnuppe	J M ab 8
1254 ■	Sigrid Mordi, Dreckigsein ist schön	J M ab 6
1265	Wladislaw Krapiwin, Steig Drachen steig	J M ab 10
1269 ■	Ilsemarie Pfeiffer, Mit Katzen kann man spielen	J M ab 5
1271	Michael Meisner, Quissel und Quassel	J M ab 8
1278 ■	F. Mehling, Plitsch und die Blume Lukrezia	J M ab 6
1282 ■	T. Michels, Anja unterm Regenbogen	J M ab 7

Weihnachtsbücher

1094	R. O. Wiemer, Pit und die Krippenmänner ♛	J M ab 6
1145	Hermann Gerstner, Tannenduft und Lichterglanz	J M ab 10
1173	M. und F. Mehling, Weihnachten in der Familie	J E
1239	R. O. Wiemer, Ludmilla Winzig	J M ab 8
1273	Karin Walther, Kinder basteln Weihnachtsschmuck	J M ab 8

Tiererzählungen

1115	Kurt Lütgen, Das Elefantenjahr	J M ab 12
1149	Nicholas Kalashnikoff, Faß zu, Toyon! ♛	J M ab 12
1206	Peter Krott, Paß auf, Tupu! ♛	J M ab 10
1223	May d'Alencon, Florian und Roter Blitz ♛	J M ab 8
1234	M. Mackay, Der Ritt auf dem Delphin ♛	J M ab 8
1245	W. Corbin, Christoph und sein Hund ♛	J M ab 12
1257	Farley Mowat, Wol und Wieps	J M ab 10
1266	Hugo Kocher, Der silberne Räuber	J M ab 12
1277	Tim Maran, El Demonio ♛	J M ab 10
1281	J. Hagenbeck, Aug' in Aug' mit 1000 Tieren	J M ab 12

Arena